オタク、ムキムキばかりの異《い》世《せ》界《かい》でハムスター扱《あつか》いされてます

チャトラン

ill. 万《まん》天《てん》飴《あめ》子《こ》

Otaku mukimuki
bakarino isekaide
hamster atukai
saretemasu

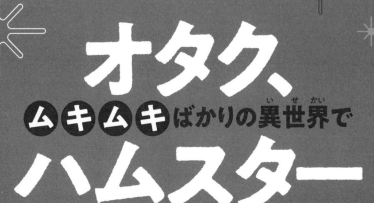

この物語はフィクションであり、
実際の人物・団体・事件等とは、いっさい関係ありません。

CONTENTS

人物紹介
ライル
アキラの護衛兼お世話係になった
イスリール国最強の戦士。奴隷出身。
頭が切れる超絶美男子で、料理・掃除・裁縫など
家事も万能。クールで容赦がないけれど、
アキラの好みや体調に細やかに気がつき、
なんだかんだ大切にお世話してくれて…？
アキラ（来栖《くるす》晶《あきら》）
ゲームと動画とマンガが命のオタク。
幸せをもたらす神子として、異世界に
飛ばされた。ちょっぴりひ弱な今時の
男子だが、頑丈な人ばかりの異世界では
小さなハムスター並みにか弱い生き物扱いで、
王宮で過保護に接される。
アレク
ライルを先輩として慕う
大型ワンコ系騎士。
名家の箱入り息子で
真っ直ぐな性格の脳筋。

王様
イスリール国の王様。アキラにとっては
優しい親戚のおじさんのような存在。
神子様を心配してすぐ泣いてしまう。
王宮の皆さん
花のように小さく儚い神子様が
ソワソワちまちま動き回るのが
心配でしょうがない人たち。
イスリール国
男性も女性も平均身長180cm超、
ムキムキで逞しい人ばかりの異世界の国。

初出一覧

オタク、ムキムキばかりの異世界でハムスター扱いされてます

※上記の作品は「ムーンライトノベルズ」(https://mnlt.syosetu.com/)掲載の「オタク、ムキムキばかりの異世界でハムスター扱いされてます」を加筆修正したものです。(「ムーンライトノベルズ」は「株式会社ヒナプロジェクト」の登録商標です)

神子様はいずこ

書き下ろし

Otaku mukimuki
bakarino isekaide
hamster atukai
saretemasu

1　オタク、安易に死にがち

少しは活動的な人間になるために始めたカフェのアルバイトでくったくたになった体をノタノタ引き摺《ず》って帰る道すがら。

アスファルトがピカ！と光って、気づいたらここにいた。

……n番煎《せん》じというか、なんというか。

ありがちな魔法陣の上でアキラがパチリと目を開けると、なんとそこはアラビアンな雰囲気漂《ただよ》う白亜《はくあ》と黄金の王宮。

こちらはまだ状況を把握できていないというのに、どこからか「エ……小さ……」「なにあの子……」なんていう声が聞こえてきて、彼の垂れ眉《まゆ》がキッ！と凛々《りり》しく尖《とが》った。

アキラは、小さいとかそういう言葉にとかく敏感だった。

――オイ、誰だ。今俺を小さいなんて言ったやつは。

言っとくけど、俺は日本人男性の平均身長きっかりだぞ。全然小さくなんかないやい。

アキラがムッと怒った顔で仁王立《におうだ》ちしている間に、モクモク漂っていた煙が晴れて視界が開けてくる。

見えたのはずらりと整列した褐色の男たちだった。

老いも若きも全員冗談みたいにでかいので、凛々しく吊《つ》り上がっていた眉はすぐにしおしおと垂れ下がっていった。

だめだ。喧嘩《けんか》を売ったら、一番端の八十歳くらいのお爺《じい》さんにでさえ瞬殺される自信がある。

「デッカ……」

そんな声をアキラが漏らした瞬間、手やら足やらにジャラジャラ金色のアクセサリーをつけた、二メートル以上はあるだろう大男たちがカッと目を見開いた。

とても怖い。

「ヒィ！」

巨人たちが両手のひらを頭の上に掲げるようにして平伏《へいふく》のポーズを取り「神子《みこ》様！」と這《は》いつくばる。

「神子様、どうかこの国をお救いください！」

――なにこれ怖い。テンプレが過ぎる。そもそもマイスイートホームはどこ？　神子って例のアレか？　よくあるやつか？

言いたいことは色々あれど、バイトで表情筋を使い果たしていたアキラには「どこだよここ!?」みたいな、良いリアクションをとってやる体力は残っていなかった。

だってまだ夕飯も食べていないしお風呂にも入っていない。アプリゲーのデイリーミッションもこなせていないし、友達とこれから夜中まで某ＦＰＳゲームのランク上げをする予定だった。

なので素直な男アキラは、困った顔でこうお願いした。

「訳がわからんし迷惑なんで今すぐお家に帰してください」

――バイト一ヶ月分の給料つぎ込んだフカフカマットレスと、ゲーミングＰＣと漫画の揃《そろ》う冷暖房完備の愛するマイスイートホーム（６畳１Ｒ）に俺を帰して。

勿論《もちろん》、そんな願いがテンプレ異世界で通るはずもなく。

アキラはドナドナと五つ星ホテルも真っ青な豪華絢爛《ごうかけんらん》の部屋へ連れ去られた。

「帰れないよね。知ってた」

胸の前で可愛《かわい》らしい少女のように手を握りながら、真顔でアキラが呟《つぶや》く。

ここまでアキラをお姫様抱っこして運んできた女中っぽい女の人が「神子様のお力は予見の能力なのですか？」と真面目な目で言った。ちなみに女性にお姫様抱っこされるのはこれが初めてだった。

――なに？　〝予見の力〟？　神子ってそんな不思議パワーが身につくかもしれないの？　今の俺にも何かしらのパワーがあるってこと？

不覚にも純粋なオタク心をくすぐられて、異世界がちょっぴりまんざらでもなくなっていた僅《わず》かな時間に、女中の綺麗《きれい》なお姉さんたちに服を全部引《ひ》っ剝《ぺ》がされていて呆然《ぼうぜん》とする。ひどい詐欺《さぎ》にあった気分だ。この世界にも弁護士はいるのだろうか。

「え、ふ、服……もしかして俺、神子は神子でもエッチな神子なの？」

ハッと気づいたアキラがそう呟いた。

彼は男の子なので、神子がエッチな目に遭《あ》う漫画とかももちろん知っている。大体ぐでんぐでんのドロドロにされるのだ。アラビアンナイト風の世界だと催淫《さいいん》効果のあるお香とか焚《た》かれてエッチな気持ちになったところをアレコレされるんだろう。オタクだからよく知ってる。

「痛いところはございませんか」

「あ、ないです。かつてないくらい気持ちいいです」

普通に、部屋に備え付けられた蒸し風呂でサッパリ体を清められた。

美女たちに取り囲まれ、アラビアンな服を着せられる。薄い布で出来た服を細い飾《かざ》り紐《ひも》やらチャラチャラ鳴るネックレスやらブレスレットやらアンクレットやらで留めるゴージャス&セクシーな格好をした自分を見て、アキラの顔からストンと表情が抜けた。


なにこれ公開処刑？　皆でオタクを嘲笑《あざわら》おうとしてんの？　そういうのどうかと思うな、俺。


そんなこんなで散々色々辱《はずかし》められた後（全年齢対象）、今は大きな扇子であおがれたりしながら花びらが浮いた桶《おけ》の中で立ち仕事で疲れ切った足をモミモミされているところである。

………あれ。

「え、それで俺、ここで何させられるんですか？」

「神子様はここにいてくださるだけで良いのです」

「ん？」

「神子様が我が国で幸せに過ごしてくださるだけで、我が国は豊かになるのです」

――え、それって、ここでずっと飼い殺しにされるってことなのでは？

「ええ!!」

バシャン。アキラが立ち上がった拍子にほんの少しの水がこぼれて「マア」と女中が笑いながら手を拭《ふ》いた。

あ、ごめんね。大丈夫？　服にかからなかった？

ニッコリと柔和《にゅうわ》な笑顔が返ってきてホ、と息を吐く。

ああ、だけどこんなチヤホヤされる暮らし。一週間やそこらなら豪華な旅行だと思って楽しめるけど、ずっと続くのは……。

「俺、こんな風に暮らしてたら、死んじゃうんだが！」


……ここで彼について、少し説明をしなくてはならない。

彼の名前は来栖《くるす》晶《あきら》。

大学三年生。男。一人っ子。

ふわふわ癖毛の茶髪と、「カワイイーッ！」と、年上のお姉様方《がた》に騒がれがちな甘めの顔。チャームポイントはムッとしてるみたいな口と垂れ目がちな瞳《ひとみ》、その下にチョンチョンとある涙ボクロ。

ちなみに、この顔のせいで大学の友達に「お前絶対さ、真面目に働くより年上美人のヒモになった方が良いよ」と謎《なぞ》のアドバイスを受けている。

だがアキラはゲイなので、できれば年上のカッコいいお兄さんに養われたい。

まあ今のところは引きこもり生活が祟《たた》って、彼氏の一人も出来たことがないのだけれど。

趣味はゲームと読書だ。ベッドの上でゴロゴロ過ごす時間が大好きな、根っからのインドア派である。

日々の主食は一人暮らしの貧乏大学生らしい雑な自炊《じすい》飯《めし》。具のない焼きそばとか塩味のパスタ。バイトをしているのに貧乏な理由は、ゲーミングPCに金を注《つ》ぎ込みすぎたから。オタクは趣味への出資を惜しまない生き物なのだ。

……そしてここからが大事な話になるのだが、人のお母さんが握ったおにぎりは食べれないタイプである。友達のお弁当をつまんで、お腹を壊したことがあるから。

あと、朝礼で貧血起こして倒れるタイプだし、給食を時間内に食べきれなくて一人取り残されるタイプ。

季節の変わり目に風邪ひきがち。

気圧の変化で頭痛起こしがち。

そんな人よりちょっとひ弱な二十歳。

「今時の男子って潔癖？　神経質？　っていうか。なんかチョット情けないよね」そんな言葉にも神妙な顔で頷《うなず》くことしかできない。

現代人に割とよくいる虚弱体質。

それが、アキラである。


なにが言いたいかって、つまり静かな一人時間がある程度欲しいのだ。さもないとストレスで体調を崩してしまう。

これは大袈裟《おおげさ》に言っているわけでもワガママを言っているわけでもなかった。

この神経質っぷりと虚弱体質っぷりに、一番振り回されてきたのはアキラ自身なのだ。自分のことは自分が一番理解している。

常に大勢の人と一緒に暮らさなくちゃならない王宮生活なんて、絶対に無理。必ず体調を崩す。倒れる。

「無理。このままだと俺、いつか本当に死んじゃう」

……この一言が、アキラの異世界生活の始まりだった。

2　いいから、君は動かないで

「俺だって自分を変えたくて努力してきた……中高陸上部でできる限り体を鍛《きた》えたし……陽キャっぽいキラキラ系カフェでバイトも頑張ってる……。でも体質は変えられなかった……。俺、もう多分そういう生き物なんだと思う。面倒だよね。ごめん」

陸上は長距離ではなく短距離。カフェのバイトは精神力と表情筋を酷使しすぎて、むしろ虚無《きょむ》顔がデフォルト設定になってしまっている始末だけど、努力はしている、彼なりに。

そんなアキラの告白に、女中が恐る恐る尋ねた。

「つまり、神子様はこのまま王宮で生活を続けると」

「死んじゃいます」

「なんてこと……」

オタクはすぐ死ぬ。ガチャで爆死して死ぬし、ランクが下がっても死ぬ、推《お》しのビジュが良すぎても死ぬし、友達の神考察ツイートを読んでも死ぬ。マンボウよりも死にやすい生き物、それがオタクなのである。

だが、最も重要なことをこの国の人々は知らなかった。

オタクは話を盛るのだ。「一億」とか「宇宙」とかデカい言葉をすぐに使いたがる。

つまり、オタクの「死んじゃう」は死なない。


普段のアキラなら、この瞬間の違和感に気づけたはずだった。

可愛らしく口に手を当て、眉を下げる美女を見て「あ、しまったな」と、自重《じちょう》して自分を落ち着けることができるはずだった。オタクしぐさで一般人を置いてきぼりにしてしまったり、引かれてしまった忌《い》まわしき記憶がオタクには必ず一つや二つあるものなので。

だけどアキラはこのイレギュラーな状況と、初対面の異世界人たちとなんとか意思疎通を図ったことで、力を使い果たしていた。

別に人見知りをするタイプではないが、他人と一緒にいると減っていく謎の体力ゲージがアキラにはあるのだ。初対面の相手となると尚更《なおさら》疲れる。

――ああ、俺頑張った。

そんな達成感でへたりと椅子《いす》に座り込むアキラには、自分の犯した致命的な失敗に気づく余裕がなかった。

まず最初に違和感を感じたのは、へたり込むアキラを見てなにを思ったか「キャア！　大変！」と女中の一人が叫《さけ》んだ時だ。

彼女の口を、一番近くにいた妙齢《みょうれい》の女性がムギュッと塞《ふさ》いだ。

彼女は額《ひたい》からタラリと汗を垂らしながら「シ――」と、小声で女中を咎《とが》めている。

口を塞がれた女中がコクコク頷いて、それから全員で顔を見合わせた女中たちが何かの覚悟を決めたように一つ深呼吸。

――なに？　何事？

抜き足差し足、無音でゆっくりと動き始めた。

突然、静かになった部屋と美人さんたちをキョロキョロ見渡すアキラを、皆が笑顔でニッコリ優しく宥《なだ》めた。

「大丈夫ですよ」

それは「大丈夫、よーしよし怖くないよ」と、診察台の上で震える小動物を宥める時の獣医の言い方だった。

宇宙猫の顔をしたアキラの、一般的な日本人男性より少々華奢《きゃしゃ》な体が、薄手のブランケットでふあふあに包まれる。

ゴクリ、唾《つば》を飲み込んだアキラの手元にヒンヤリ冷たいハーブティーがサササッと滑り込んできた。

「……アッ、お茶を冷やしすぎてしまったかもしれません……」

「……俺、冷たい飲み物好きなんで平気です。ありがとうございます」

ハーブティーを一口含んで、その甘さに度肝を抜かれつつ、アキラが答えた。美人さんが顔を真っ青にしているのが不憫《ふびん》だったのもあるが、甘党で冷たいもの好きのアキラには事実好ましい飲み物だった。

貧血気味の人間は冷たいものを好むらしい。

「そうですか？　なら安心いたしました。ああ、そうだわ。もしかしてお召し上がりになれない食材があったりするのでしょうか」

「……あ、魚、魚介類はアレルギーで食べられないけど、あとは大丈夫です。好き嫌いはないので」

カラフェを持ったまま、極端なくらい柔らかい声で話しかけてくる女中の質問に答えると、「魚介類」と、己《おのれ》の脳みそにその言葉を刻み込むように彼女が言葉を繰り返した。

「……神子様、私たちはしばらくお部屋から下がります。扉の前に護衛のものがおりますので、なにか御用があれば彼らにお声がけください」

「え、あ、はい」

それから、女中頭っぽい妙齢の女性に、小さな子猫に言い聞かせるような声で囁《ささや》かれ、彼女の顔を見上げたままポカンと頷くアキラ（成人男性）。

ちなみに、見上げたっていうのは彼がフカフカのソファーに座っているからとかそういう理由ではない。

この部屋にいる女性たち全員、アキラが一生懸命見上げなくてはならないくらいに身長が高いからだ。

この部屋の、というよりはこの国の平均身長がそもそも高いのだろう。

女性でもゆうに百八十センチメートルは超えている。みんなパリコレスーパーモデルスタイルだ。

ハイヒールを履いているせいでなお高い。褐色の美しい肌や、その上に描かれたゴールドのヘナタトゥー、筋肉質で引き締まった体なんかは、いっそのこと芸術品みたいだった。とても同じ人間に見えない。

アキラなんか、年がら年中引きこもっているせいでその辺の女の子よりずっと生《なま》っ白《ちろ》い肌だし、身長も百七十センチメートルが精々なのに。

自慢と言えば、別に筋トレをしたわけでもなく、ただ脂肪がついていないから浮き出ているだけの微妙な腹筋くらい。

何気に身長を盛ってくれていたさりげなく厚底のスニーカーも、さっきスッポリ脱がされたせいでありのままの姿を晒《さら》す羽目になっている。

——もしかしてこの感じ、俺、子供と間違えられてる？

彼女たちに比べて随分《ずいぶん》と小さく華奢な自分の体に視線を落としてアキラの眉がへにゃりと垂れた。

「はわ」と何処《どこ》からかそんな声がしたが、頭を捻《ひね》るのに忙しいアキラの耳には届かなかった。

――いや。でも俺、さっき成人男性ですって自己紹介で言ったよね？　すごい騒《ざわ》つかれてたけど。……あれ、じゃあ、この扱いはなんだ？

「み、神子様？」

窺《うかが》うような声に八の字眉のままのアキラが顔を上げた。

「何か、問題がありましたでしょうか？　どこかお具合が……？」

「あ、ううん。元気」

「……室温は、問題ありませんか？」

「ウン。問題ないです」

「乾燥は、どうですか。喉《のど》の具合が悪くなったりしていませんか？」

「ウン。今のところ全然。超快適です」

「それは……ようございました……。何か問題がありましたら直《す》ぐに。そう、〝直ぐに〟お申し付けください」

女中頭の鬼気迫《ききせま》った顔に気圧《けお》されたアキラが「え？ア、……ハイ」と引き攣《つ》った顔で頷く。

それに納得したらしい女中頭がサッと手を払うと、頭を下げた姿勢のまま、美人さんたちが後ろ歩きで滑るように部屋を出ていく。

「…………」

首を傾《かし》げたままのアキラが、広い部屋に一人ポチンと残された。

……み、神子って、こんなに丁重《ていちょう》に扱われる存在なんだな。すごいな。

そう自分に言い聞かせつつ、イヤな予感に気づかないふりを……するのは流石《さすが》に無理だった。

……あれ、もしかして俺、なんか間違えた？

その後、国中にこんな噂《うわさ》が駆け巡った。

「神子様は太陽の光に少し当たっただけで倒れてしまう、病弱な方なんだとか」

「食事があまり取れないらしい」

「季節ごとに病になるって」

「聞くには、ただずっと立っているのもお辛《つら》いんだと」

「花のように儚《はかな》い方なのね」

……間違いではない。間違いではないけれど、なんだかちょっとだけ語弊《ごへい》がある気がしないでもない。

現代日本なら、

『あ～、そういう子、クラスに一人はいたよね。わかるわかる。オジサンも最近、パソコン仕事した後すぐ立ち上がるとさ、立ちくらみするようになっちゃってさ』

『あ、分かります。なんかそれって、下半身の筋肉不足が原因らしいっすよ』

『本当に？　ランニングでも始めよっかな』

なんて、雑談の種になる程度の。

ちょっとばかり体が弱めの子なんだね、で済む程度の話のはずだった。

だが、この国の人々にとっては（見ての通り屈強な体を持った頑丈な人間ばかりなので）、現代人の虚弱っぷりは青ざめて震えるほどの衝撃だったらしい。

ウソ……そんなに弱くて生きていけるの……？

どでかいドラゴンや、モンスターが出るような世界である。彼らの心配もあながち的外れというわけではないが、アキラだって日常生活の中で突然ポックリ死んだりはしない。……いいや。絶対、百パーセントしないわけではないが、まず滅多《めった》にしない。

そう訂正するには、何もかもが遅すぎた。

だってもうこの国の人々は、アキラの弱さに恐れをなして、彼を小さいハムスターかなにかだと思ってしまった後なんだから。

初めてハムスターを手のひらに乗せた人間が、「え……小さ……軽……うそ、し、死んじゃう！　こんなの力加減間違えたらウッカリ殺しちゃうじゃん！」と、固まって震えるような状態に、国中が陥っていたのである。

「は？　太陽の光に当たりすぎると具合が悪くなって倒れる!?」は、つまり「え！　被毛に水がついたら体が冷えて病気になっちゃうの!?」だ。

「てか俺これからどうやって生きていけばいいんだろ。おじいちゃんになるまで一生お金とか面倒見てもらえるんですか？　現代日本で生きてきたから、なんの保証もないのすごい不安だな。一応今のうちから手に職とかつけておいても良いです？　職人さんの工房とかに弟子入りさせてもらいたい。……え、ポーションとかあるのこの世界!?　お、大人なのに俺テンション上がっちゃうんだが！」

小さく弱い体で、ソワソワちまちまハフハフ、やたら動き回ろうとするハムスターに人間が思うことは、ただ一つである。

『いいから……頼むから……お願いだからジッとしてて……』

3　籠《かご》のハム

「暇《ひま》すぎて、」

『暇すぎて死にそう』

アキラはそんな言葉をすんでのところで飲み込んだ。危ない危ない。此処《ここ》は王宮、何処で誰が聞いているのか分からないのだ。まさか、暇すぎても死ぬと思われたら敵《かな》わない。

「……だとしてもヒマすぎ」

四角い空をチュピチュピ小鳥が飛んでいく。気分はまさに籠の鳥である。お前はいいな……自由で……。

アキラは見ての通りだいぶ参っている。二昔くらい前のアニメで聞いたような台詞をちょっとキメ顔で呟きたくなるくらいには。

――このムキムキ異世界にやってきて早三週間が経《た》った。

アキラは今のところ一度も、与えられた部屋から出ていない。

「あー、オタクくんはお部屋大好きだよね」と言われるかもしれないが勘違いしないで欲しい。引きこもるのは好きだが、今のこれに関しては好きで引きこもっているわけではない。外に出ることを許されていないのだ。

そう。こんなに退屈してるのに。

きっと、現代日本にいた頃のアキラなら「三週間がなんだ、贅沢《ぜいたく》な話じゃないか」と言えただろう。むしろ、「エッ！　仕事も家事もせずに家に引きこもってていいんですか！　ヒャッホウ！」と、飛び上がったはずだ。だが今は状況が違う。なんたって此処にはスマホもゲームも漫画もないのだから。

日がな一日、椅子に腰掛けてぼんやりしている。老後の余暇《よか》を過ごすおじいちゃんだって、もう少し活動的な一日を過ごしているに違いない。

「……」

膝《ひざ》を圧迫する分厚い本に視線を落とす。あまりの重たさに脚がだんだん痺《しび》れてくるので、十分と乗せていられない。人のサイズからして大きいせいだろうか、この世界は物がいちいちアキラの知っている物より一回り大きいのだ。

ちなみにこれは暇を持て余しすぎて気が狂いそうになったアキラが「なんか面白い本とか……ないですかね……」と息も絶え絶え頼《た》んだ《だ》結果、与えられた本である。

「なんこれ……」

「聖典です」

「聖典……」

——聖典とか生まれてこの方読んだことないんだが。

「神子様にこれほど相応《ふさわ》しい本はないかと」

「……まあ、それはそうだね。俺をここに誘拐《ゆうかい》してきた神《ひと》さまについての本だしね」

この三週間ずっと、こんな調子だ。勿論娯楽を求めたところで大好きなゲームが出てくるとは思っていなかった。異世界だからね、仕方ないよね。

渡されたものが本だというのもまだ理解できる。神子パワーなのか何なのか、言葉が通じるのと同じように文字も読めるようだし、暇つぶしにはうってつけだろう。

だけど聖典はない。普通にキレそう。まあキレたところでちっとも勝ち目がないからキレないけど。心の中ではもうお菓子コーナーの床で癇癪《かんしゃく》を起こす三歳児が如《ごと》くジタバタを繰り返している。

人間が暇で死ねるのなら、俺はとっくに死んでるぞ！　そう叫んでやりたいくらいに暇。

「しまったなあ……」

ポツリと呟きが落ちる。

三週間も至れり尽くせり、お世話されまくっているはずなのに、アキラの頬《ほお》はなんだか少し痩《こ》けていた。籠《こも》りきりの生活で腹が空かないのと、慣れない食事が続いたせいだ。

スパイスたっぷりの料理でアキラの貧弱な胃腸はもうヘトヘトだった。なんかもう全部からクミンの味がするし、絶妙に脂《あぶら》っこい。ラム肉なんかも慣れない。豚と牛と鶏を食べさせて欲しい。胃もたれがすごい。

さらに言うのなら、いくら世話をしても痩《や》せていくアキラのせいで、最近は女中頭の顔色までもが悪くなっていた。

アキラが空を見上げて呟く。

「王様と、約束とかするんじゃなかったかなあ……」

——アキラの部屋に王様がすっ飛んできたのは、〝例の噂〟が広がった直後のことだった。

危篤《きとく》のお爺ちゃんの元に駆けつけるみたいに必死な顔をした王様が、部屋に飛び込んで来た時。

アキラはちょうど、籐《ラタン》で出来たロッキングチェアに腰掛けて、ユーラユラ揺《ゆ》れているところだった。

下の広い広い中庭の噴水が立てる水音が涼しげで心地いい。チチチと水浴びをしている小鳥の声まで聞こえる。葉擦《はず》れの音。回廊を行き交う使用人たちの囁き声。配膳中の銀食器がカチャカチャ擦《こす》れ合う音。

なにこれ、超贅沢。タダで聴ける天然ヒーリングミュージックじゃん。

そんなくだらない物思いに耽《ふけ》りながら、ユーラユラ。サイドテーブルに置かれた桃っぽい果物にはぶりと齧《かじ》り付いたりして、呑気《のんき》にしていたのだ。

「神子様！」

立派な服を着た王様が、ゼーゼーヒーヒーふらふらしながらアキラに近づいてくる。そして彼は、パタ、と力尽きるみたいにアキラの腰掛けた椅子の脇へ跪《ひざまず》いた。

「どうか、どうか、お願いです。しばらくの間だけ、この部屋から出ないで欲しいのです……どうか……」

王様は組み合わせた両手に、俯《うつむ》いた額を擦り合わせるようにして懇願《こんがん》した。

つい最近まで、1Rのうさぎ小屋みたいな部屋でカップ焼きそばを啜《すす》っていた男に、一国の主人が恥も外聞《がいぶん》もなく頼み込んだのだ。

唇《くちびる》を桃の果汁でペカペカさせた若造に、多分アキラのお父さんくらいの年齢のお髭《ひげ》の似合うナイスダンディな王様が、身を投げ出したのである。

日本人の一般的な価値観を持ったアキラには、とびきり気まずい瞬間だった。

「……あ、え、」

――え、っと、今度は何事ですかね。

ギクシャクあたりを見渡す。百戦錬磨《ひゃくせんれんま》の女中頭が、何も言わずともサササッとアキラの唇を拭《ぬぐ》った。ひどいや。恥ずかしい。赤ん坊じゃないのに。

恥じらいで耳を赤くして俯いたアキラに、「ンン」とそれまで無言で立っていた王様の近衛《このえ》の一人が呻《うめ》いた。こちらの近衛もまた、ムキムキと逞《たくま》しいオジサマである。眉毛も睫毛も濃い。多分、胸毛も立派に生えている。そんな顔だ。

「え、あの、俺って此処から出るとかいう選択肢も許されてるんですか？」

問答無用で軟禁されているものだと思っていたアキラが呟くと、それを聞いた王様が「ヒンッ」と顔を覆った。

なんてこった。大の大人の男を泣かせてしまった、とアキラが椅子の上でのけぞる。

きっとアキラが王宮を出たがっているのだと思ったのであろう。可哀想《かわいそう》に。

「おいたわしや」

今のは女中頭の言葉である。王様の悲しみに共感しているらしい。彼女は握りしめていた白い手拭いで、自分の目元をソッ……とおさえた。

「……」

それを見たアキラがピッと片眉を上げる。彼女が涙を拭く手拭いが、先ほど果汁で濡《ぬ》れたアキラの唇を拭ったものと同じだったからだ。

彼はちょっぴり潔癖症だった。

——それにしても、どうやらまた俺の言葉が勘違いされて伝わってるっぽいな。

スンスンする王様のつむじを無言で見下ろしながら、アキラが思う。

勿論、彼だって、こんな巨人だらけの世界に一人で飛び出していくつもりはない。

ただ、ずっと保護してもらえる保証がないのなら、早めに街で職業訓練でも受けさせてもらった方が安心できるよな、と思っただけで。

言い方が悪かったのかもしれない。

相手は外国人を通り越して異世界人なのだ。コミュニケーションの取り方には気をつけないと。勉強になった。

そう考えをまとめたアキラがなんとか誤解を解こうと口を開く前に、切羽詰《せっぱつ》まった様子の王様がパッと勢いよく顔を上げて喋《しゃべ》り始めた。

「どうか……ひと月……ひと月だけ……」

「……ひと月？」

一ヶ月経ったら何があると言うのだろう。

小首を傾げたアキラに、また先ほどの近衛が「ンンン」と呻いた。こういう仕草が好きらしい。硬派そうな顔してムッツリだ。隣に並んだ若い好青年風の近衛が彼に非難げな眼差《まなざ》しを向けている。

「神子様を、必ずお守りできる者を一ヶ月で手配いたします」

「必ずお守りできる……？」

それは、そこにいるムキムキムッツリ近衛とか、好青年近衛じゃダメなのか？

反対方向に首を傾げると、ムッツリ近衛が案《あん》の定《じょう》変な顔で唸《うな》るので、ちょっと面白くなってきてしまったアキラが呟く。

「そうです。この国で最も強き戦士をご用意いたします。長らく膠着《こうちゃく》状態が続いていた東の紛争を鎮《しず》めに行っておったのですが、つい先日ようやく落ち着きました。これも神子様のお力のおかげ……」

「……」

――え、俺、好物の桃に齧り付いている間に、紛争を鎮めてたんですか？

いやいや、それはその戦士様の力だろうと思いつつ、黙っている。

「奴隷《どれい》の出なのですが、あの者ほど強い者はこの国におりません。我が国の闘技大会で一位を取ることで奴隷から成り上がった。とんでもない男です」

「へ、へえ……」

ど、奴隷とかいるんですか、この国。ちょっぴりアキラの顔が引《ひ》き攣《つ》ったのを見て、王様が慌《あわ》てて身を乗り出す。

「……さ、さらには料理、掃除、裁縫、詩の朗読から、翻訳、なんでもござれ！　子供の頃は従者として働いていたようです。とびきり優秀です！」

「おお……すごい……」

なんだかテレビショッピングみたいになってきた。

顎《あご》に手を当て感心したように頷いたアキラにとどめを刺さんと、王様が鼻息を荒くして言い募《つの》る。

「美男子です。傾国《けいこく》の美女も裸足で逃げ出す美男子です。国で一番高名な画家が、どうか肖像画を描かせてくれと懇願したとか！」

「なんと……」

そりゃあいい。護衛と言えば、日がな一日、一緒にいる相手なのだ。

それならば、そこにいるムッツリスケベのムキムキ迫力偉丈夫《いじょうぶ》みたいな人よりは、美男子の方がずっと目と心に優しいだろう。

「愛想はありませんが、欲のない、信心深い男です。神子様に心から仕えてくれるはずです」

「……」

これが決め手だった。

ここ最近、ずっと彼の心を悩ませていることがあったのだ。

アキラはこれでもバカでも考えなしでもない。何も考えず、桃をモチモチ食べてばかりいるわけでもなかった。

色々と考えたり悩んだり、一人でしていたのである。デフォルトの表情が眠たげでちょっと困っているような顔をしているせいで、その悩みは女中頭にさえ気づかれることはなかった。

――あれ、もしかして、自分がこの国を豊かにする神子であるのなら、他国からすれば俺ってめちゃくちゃに煩《わずら》わしい存在なのでは。

現に紛争が突然鎮まったらしい。

北の方で続いていた日照りが終わり、雨が降ったとも聞いた。

オタクは死亡フラグには詳しいのだ。幾度、推しの死で涙を流してきたことか。アキラは推しが不幸に遭いがちなオタクであった。

自分があんな憂き目に遭うのはゴメンである。

一番近くに置く護衛はなんとしても信頼できる、安心できる人であってほしい。

「あの、ちなみになんですけど、その戦士様を護衛にする場合、契約者は俺ですか、それとも陛下《へいか》ですか」

現代人らしいあけすけな質問に、これまた信心深い王様は包み隠さず正直に答えた。

「給金は城から。ですが彼が主人《あるじ》とするのは神子様です」

「うん、よし、その話乗った！」

「ありがとうございます！」

グッ！　熱い握手が二人の間で交わされた。

王様の目尻で、か弱き神子を守った、ひいてはこの国を守った達成感による熱い涙がキラリと光っていた。

アキラは全力で。王様はまるで赤ちゃんの手をそっと触るみたいに、お互いの手を握った。

「感謝します、神子様」

「アキラです、陛下」

「アキール様」

「アキラ」

「アキーラ、」

「なんかかっこいいからそれでいいです」


そんなわけでアキラはこの王宮から出られない。

少なくとも、後一週間はこうして隠居のお爺ちゃん生活を続けなくてはならない。

なんてったって王様と約束をしてしまったから。

国一番の戦士が今、アキラのために東の果てから王宮に、わざわざ向かってきているところなのだから。

4　ムキムキの国とムキムキの神様とムキムキの神子

「ふう、」

アキラはヨイショ、と膝の上の聖典を抱え直し、それをパラパラと捲《めく》った。


部屋にいることを約束したからといって、さすがに、日がな一日ふあふあブランケットに包まれグータラ過ごしてはいられない。

一応、彼なりに、日々この異世界についての理解を深めようとしている。

主に女中さんや護衛のムキムキたちに話しかけたりすることで。

だけど、彼らはアキラが話しかけると、憧《あこが》れのアイドルに話しかけられたオタクみたいにハフハフもじもじし始めるので、あんまり会話にならなかった。

それにアキラの安全を重視しすぎて、何もさせてくれない。

高いところにある本を取るために踏み台に乗ることさえさせてもらえないのだ。

部屋の果物を自分で剝《む》くこともできない。果物ナイフでショリショリやっているところを見つけただけで「ヒィ!!」と飛び上がってナイフを取り上げにくるのだ。

身長百八十センチメートル＋ハイヒールの女性に猛

ダッシュで向かってこられたら、アキラなんかもう涙目のタジタジになって「ゴメンナサイ……」と呟くしかできない。

それに比べると女中頭は、まだまともにコミュニケーションが取れる相手だった。

だけど彼女は忙しい人だったし、「ね、俺、果物くらい流石に自分で剝かせてもらっていいですよね？」と期待を込めて言ったところで、「神子様のお体が我々よりずっと繊細《せんさい》なのは事実ですので」と女中たちの肩を持つものだから、アキラは裏切られた哀れなハムスターとしてポチンと一人、立ち尽くすことになった。

ブランケットの中で果物や木の実を食べ、昼寝をし、広い部屋の中をとぼとぼと歩き回っているとやるせない気持ちになってくる。

——俺を誰か、一人前の男として扱ってはくれませんか。いや、だめか。働いてないんだし。いやいや、生きてるだけで利益が出るなら生きてるだけで働いてるってことになるんでは。

そして、そんな悩めるアキラの一番の味方になってくれたのが、意外なことにこの聖典。

この聖典が、誰よりも一番、有用な情報を与えてくれた。

悔しいが女中頭のセンスは正しかったというわけだ。つまらないとか言ってごめん。アキラ自身はもっと勇者の冒険録とか、伝説の戦士の記録とか、そういう少年心とオタク心がワクワクするようなものが読みたかったが。

「神子様、今日は乾燥します、どうぞお茶をお飲みになってください」

「うん、ありがとう」

聖典に視線を落としたまま、お茶を受け取った。アキラが好きな氷たっぷりのキンキンに冷えたお茶だった。

深々と頭を下げて去っていく女中の後ろ姿をチラと見る。

「……ふむ」

どうも、この国の人々はとても信心深い。心から神を信じているのだ。

アキラにこれだけ良くしてくれるのも、きっとその信仰心からなんだろう。

「……」

無言のまま聖典を捲っていたアキラは、あるページでピタリと指を止めた。

この国、イスリールで信仰されている神の挿絵のページだった。イスリール神は鷲《わし》のような姿をしているらしい。戦と豊穣《ほうじょう》を司《つかさど》る神様で、なんでも一つ前の神子様が姿を見たのだとか。

さらにパラパラとページを捲ると、神子に関しての章に行きつく。異世界から神様にヒョイと摘まれてポイとこの世界に放り込まれる、不思議な力を持った人のこと。

なんでもイスリールに最後にきた神子様は、百何十年も前に亡《な》くなっているのだとか。

つまり、アキラはイスリールにとって百何十年ぶりの待望の神子だったことになる。

それならばなぜ、イスリール神は一つ前の神子様の前には姿を現して、アキラの前には姿を現さないのだろう。

そう首を傾げたアキラの問いに答えたのは珍しいことに女中の一人だった。「恐れながら神子様、」とスラリとした足を一歩踏み出し決定的な一言。

「先代神子様は、鬼神の如く強い方であらせられたそうです」

ピシャーン！とアキラの頭にショックな稲妻《いなずま》が落ちた。

――ははーん。なるほど。なるほどね。イスリール神って、腕力で人間を差別してんだ？　そりゃあ俺の前に姿を見せないわけだ。そういう奴なんだ？

途端《とたん》にやさぐれ顔になったアキラの周りで、大きな美女たちがアワアワした。

「いらないことを！」と、アキラに気づきを与えてしまった女中がお尻を叩《たた》かれている。

「神子様、いえ、アキーラ様。先代神子様の際は、なかなかイスリール神の恩恵《おんけい》を得られなかったそうで、痺れを切らした先代神子様が自ら紛争を鎮めに行ったなんて話があるのですよ」

「そうです。召喚されてすぐに東の紛争を鎮め、干ばつの続いていた北の街に雨を降らせたアキーラ様はイスリール神に愛されてらっしゃるともっぱらの噂なのですよ」

「そうだわ、召喚の儀。召喚の間にピッタリと神子様が現れるのは史上初だそうです。いつもは国のどこかに現れる神子様を探すところから始まるんですよ。毎回大騒ぎだと伝わっております」

「イスリール神は、豪胆《ごうたん》な方ですから……」

――今の数十秒の間に、ツッコミどころが大分あったぞ。先代様が自ら紛争を鎮めに行ったたって？　いいや、それよりも、国のどこかに現れる神子様ってなんの話だ。つまり本当なら、国のどこかに放り出されて、しばらくの間異世界でサバイバルするのが慣例だと？

皆《みんな》、一体どんなムキムキ神子だったんだ。

ムキムキの神様の治めるムキムキの国にやってくる神子はムキムキがデフォルトなのか。

じゃあ、今回のアキラはなんだろう。手違いか。味変的なあれか。

イスリール神も召喚してみた後で、「アレ、なんか今回の神子弱いし小さくない？　大丈夫？」と驚いて雨やらなんやらサービスしてくれているのか。

「……う――ん、なるほど」

唸りながらまた聖典に視線を落としたアキラに「あぁ、神子様すみません……」「なんと勉強熱心な方……」と女中たちがすごすご後ろへ戻っていく。

アキラはページをパラパラ捲った。

彼の手が再び止まったのは、建国時から続いている闘技大会に関しての記述があるページだった。

「……〝闘技大会、一位の者はイスリール神の祝福を授《さず》かり、神聖な身となる〟」

そういえば、新しく来る護衛の人は、闘技大会一位の人なんだったっけ。

なんだかすごい人が来るみたいだ。

家事も勉学も武術も完璧にこなす上に超絶美男子。そんな人、日本じゃまずお近づきになれないような相手だ。鼻くそみたいに扱われたらどうしよう。

いいや、信心深い人らしいし、そんなことはないだろう。

きっと女中たちみたいに、礼儀正しく恭《うやうや》しい態度で接してくれるに違いない。

アキラを毎日、完璧に着飾らせ、豪華な食事を揃え、言う言葉全てにウンウンと頷き、機嫌を損ねれば敬意を持って一生懸命励ましてくれて。

「……仲良く、なれる気がしないわ……」

そんな隙のない完璧超人って、近寄りがたくないか。そんな人と四六時中ずっと一緒にいなくちゃならないのか。

最初は良くても、いつか絶対心の中で『なんか神子様思ってた感じと違ったな』とか幻滅《げんめつ》されて嫌われるに違いない。

だってアキラは神聖な御使《みつか》いでも、敬虔《けいけん》な信徒でもない。つい最近まで大学生やってた普通の男なのだから。

「……やっぱり、早まったかなあ」

例の戦士様が来るまで後一週間。

なんだか、お見合いでも控えているような気分だった。興味本位で受けて、最初はなんだか楽しみな気がしていたけれど、当日が近づいてくるにつれて気が重くなってくる。そんな感じだ。

「唐揚げ、食べたいなあ〜〜……」

空をチュピチュピ飛んでいく鳥に、神やら神子としての使命やらと、シリアスなムードを醸《かも》し出していたはずのアキラがポツリとつぶやいた。後ろの方の女中たちが顔を寄せ合い「からあ、げ？」と囁き合いはじめる。

聞いたことがないのも当たり前。

イスリール神が鷲の姿をしているせいで、この国には鶏肉を食べる習慣がないのだ。鳥は神聖な生き物だとされている。

「唐揚げ、親子丼、オムライス、……」

努めて〝鶏《とり》〟の言葉を出さないようにしながら、アキラはパタリと背もたれに倒れた。

とりあえず、難しいことは置いといて、食事が合わない問題だけ早急に解決しないかな。

キュルルと鳴る腹の音。食事が合わないことがこんなにストレスになるとは。知らなかった。

薄い腹を薄い手のひらでさすさす摩《さす》る。神様だとか凄腕の護衛だとかそんなことに悩む前に、アキラの最重要課題が日下《もっか》食事であることは確かである。

再び腹が鳴る。真面目な悩みはどこぞへ吹き飛んでしまう。唐揚げ、親子丼、オムライス……。

——多分俺、神子とか向いてないな。わかってたけど。

空を飛ぶ鳥を目で追いながら、アキラがのんびり立ち上がった。

「アッ、やば、足痺れ……ッ、あ〜〜〜ッ」

「神子様ー！！！！」

ペチャリ。床に潰《つぶ》れたアキラにその場が騒然《そうぜん》となった。

逞しい筋肉によってムキムキ血液を循環《じゅんかん》させている彼らは、足が痺れるなんて経験をしたことがなかった。

「アッ、だめ、今触っちゃ……」

てんやわんやの騒ぎの中溢《こぼ》れたアキラの声で、顔を赤くしたムキムキのムッツリ護衛。なぜ自分がそういう対象として見られるのかはよく分からないが、アキラは子供ではないのでムッツリ護衛が少し前屈《まえかが》みになった理由だけはわかってしまった。

……おい、お前顔を覚えたからな。

国一番の戦士だという彼が来たら、まず一番にあのムッツリを追い出してもらおうと心に決める。あんなムキムキに二人きりの部屋で、ムキッムキッ！と迫られたら、一巻の終わりである。

何よりうっかり手とか足とか折られそうで怖い。大男とハムスターじゃ悲しいかな、愛しあえないのだ。

許せ、ムキムキたち。俺の貞操《ていそう》のためだ。

それから件《くだん》の戦士様は早く到着してください。頼むから。


——そんな騒がしい王宮生活は続き、例の戦士様がようやく到着したのはそれから二週間後。夏の初めの頃だった。

5　脱走の企《くわだ》て

アキラは今日も、ロッキングチェアの上でユーラユラ揺れている。

揺れるたびに、アキラの手首足首に巻き付けられた金の装飾がシャラ、シャラと音を立てた。

「うう――――ん」

耳元でシャラシャラ鳴られるのが鬱陶《うっとう》しくて、髪に巻き付けられている装飾をむしりとる。

反射的にしたことだが、アキラはハッと飛び起きるように身を起こしキョロキョロ辺りを見渡した。「神子様！」と飛んでくるはずの女中頭の幻覚が見えた気がしたのだ。

いつもの流れならこうである――。


『神子様、良いですか、これは神子様のお美しさを際立たせるために計算し尽くした装《よそお》いなのです』

『はあ、』

一般成人男性の美しさって何だろうか。

冴《さ》えない顔で頷くアキラに、女中頭が人差し指を突き出した。

『ご覧になってください。本日の衣装を考えた女中が泣いております』

『……ハッ！』

指先を追ったアキラの仏頂面《ぶっちょうづら》がサッと曇《くも》る。

顔を覆い、仲間に慰《なぐさ》められる女中が見えたからだ。

サイドテーブルに放り投げていた装飾をひったくり、大慌てで髪にぐるぐる巻き付ける。

『ほ、ほら見て！　直した、直したよ！』

『神子様に気に入っていただけなかったんだわ……』

『気に入ってる気に入ってる！　おしゃれだよね！　アラビアンナイトって感じ！　本当に！　……ねえ、ごめんってー！　泣かないでー！』

……と、そんな賑《にぎ》やかでちょっぴり疲れる日常を過ごしていたはずのアキラの部屋は、今や人っ子一人いないんじゃないかってくらいに静まり返っている。

いいや、今は実際に人っ子一人いない。

訳あって、女中たちがアキラの担当から外れたせいだ。扉の前に立っていた護衛も、下の中庭を警護していた護衛の姿ももうない。

今、アキラの住むこの建物にいるのは、アキラ以外にたった一人だけ。

「……」

謎の寂しさを感じて、桃をそっと一口大に切り分け口に運ぶ。

部屋の果物をショリショリ剝いているのを見つかるだけで、ナイフを取り上げられる日々ももう終わった。

今ではこうして、テーブルの桃を自分で切り分けて食べることができる。

ナイフは先端の尖ってない、お母さんのお手伝いをする子供が使うようなアレだが。多分しっかりと熟《じゅく》した桃くらいしか切れない。

アキラは唐突に、最近定位置になりつつあるロッキングチェアからスクッ！と立ち上がった。

このままではいけない。怠《なま》ける生活が癖になってしまっている。日課にしようとしていた筋トレも続いていない。

今からでも筋肉をつければ「キャー！　神子様かっこいいー！」と人々の尊敬を集める威厳あふれる神子に方向転換できる可能性もゼロではないのだ。

イスリール神を「舐《な》めててすみません」と土下座させられるかもしれない。

筋トレの続かない人間にありがちな、高すぎる理想にアキラは燃えた。

せめてダンベルかなにかあればいいのに……と、鼻息荒く辺りを見渡す。

だが、この部屋にそういうものは見当たらない。なんだかフワフワもふもふした良い匂いのものしかない。

「……」

眉間《みけん》に皺《しわ》を寄せたアキラがドアノブを捻る。

ガチャリ。当たり前のようにドアには鍵がかけられている。それはアキラを虐《しいた》げるための鍵ではなく、アキラを外の世界から守るための鍵である。

「……俺はいつからお姫様になったんだ」

お姫様以下、小さなハムスター扱いされているのを知らないアキラは、不機嫌な表情で自分の体を見下ろした。

男のプライドが傷つけられて反逆心がムキムキ育っていくのを感じる。

――そりゃたしかに男らしいとは言えない体だ。

普通に比べたら貧弱だし、この国の人の中では多分最弱だ。

八十歳の、それも風邪《かぜ》をひいていて熱があって、ついでに利き腕が折れているお爺ちゃんと取っ組み合って五分五分ってくらいだろう。「俺ってこの世界でいうとどのくらいの強さなの？」あまりに過保護にされるので確かめたところ、そう言われた。弱い。驚きの弱さだ。

だけど、それでもアキラは男である。それも二十歳の。まだ若くて元気一杯の。陸上をやっていたから足は速いし、運動神経だってかなり良いほう。ただ体力がないだけ。

つまり………。

「ウン、行けるなこれ」

アキラは、ググッと窓から身を乗り出して下を見下ろしていた。高さは……正確にはわからないが、高めの二階ぐらい。ちょうど足場になりそうなツタの形の飾りが大変ありがたい。いけるいける。

ウッカリ落ちたとしても悪くて骨折。頑張れば足を挫《くじ》くぐらいでいける。

なんせまだピチピチだし、俺。折れたって骨が丈夫になるだけだって。痛いだろうけど。

アキラは尻込みしそうな自分に言い聞かせた。若人《わこうど》とは無理する生き物なのである。自分の力量を見誤って。

「おし」

窓の前で足首手首をクルクル回し、頬をパチンと叩いて気合をいれた。アキラの垂れ眉が反逆の意志に燃えキッ！と吊り上がっている。

いざ行かん。異世界の王宮探索。

今やアキラを縛《しば》るものは何もない。部屋で目を光らせる女中頭も、中庭を巡回するムキムキたちも、王様との約束だって。

そう。王様の約束も今は無効なのだ。アキラには今どうしてもこの部屋を脱走して反逆の意志を示さねばならない理由があった。

誰に示すかってあの男に。あのこんちくしょうにである。

「神子様」

6　凄腕《すごうで》飼育員さん

ヨイショ、とアキラの身長には随分高く感じる窓枠を跨《また》いだところでそれを邪魔する物があった。

「神子様」と、後ろからした低い声である。

——あ。

怒鳴られたわけでもない、罵《ののし》られたわけでもない。ただ自分を呼ぶだけの静かな声に、アキラの顔がサッと青ざめた。

それから遅れて、声が自分のすぐ後ろからした事に気がついてゾゾゾと肌が粟立《あわだ》つ。

だって、今の今まで、この広い部屋には誰もいなかったはずなのに。それなのに……。

脇の下をでっかい手にがっしり摑《つか》まれる。

アキラの体がプラン……と、無力に宙に浮いた。

「バカなんですか」

「すみませんでした」

猫の子のように持ち上げられたまま、クルーッと反転させられて見えてくる端正な顔にアキラはすかさず謝った。

反逆心とか男のプライドとかはかなぐり捨てた。多分その辺の地面を探せばまだ落ちているんじゃないかな。わからない。

「あなた、この高さじゃ足の骨折れますよね?」

「はい、その通りでございます」

シャラリ、黒繻子《くろしゅす》の髪から覗《のぞ》くゴールドの耳飾りが、怪訝《けげん》な顔をした男が首を傾げると同時に音を立てた。

男性的とも女性的とも言えないミステリアスな美貌である。どこか冷たさを覚えるような切れ長の瞳に、細い鼻梁《びりょう》。思わず視線が惹《ひ》きつけられる完璧な形の唇と、無駄な脂肪が一つもないシャープなフェイスラインの。


涼やかな美男子の不機嫌な流し目に、アキラの心臓が勝手にピョンと跳《は》ねた。何もかも、男の顔がアキラのどタイプなせいである。とっても素敵。好み。大好き。顔だけは。

だが、アキラはこの男が自分のことを鼻くそくらいにしか思っていないと心の底から信じていた。自分がちょっぴり好意を抱いている相手が、自分を歯牙《しが》にも掛けていないというのは何とも悔しいものである。

故《ゆえ》にアキラは絶対にこの男に対してなんだかつれない態度を取ってしまう。

「クソ、どこから湧《わ》いたんだライルめ……」


「神子様、顔背《そむ》けても聞こえてますよ」

顔を背け、歯嚙《はが》みしながら文句を言うアキラにおバカな生き物を見る視線が注がれた。

ムッとして睨《にら》むが男に動じる様子はない。アキラが睨んだりすれば、この城の人たちは大抵《たいてい》『ああ、神子様をご不快にしてしまった』『斬首《ざんしゅ》だわ』『己の首を切ります』とアキラもドン引きするくらい悲嘆《ひたん》に暮れて見せるのに。

「……」

――そう。この男、ライルは王宮の人間ではないのだ。数日前に到着した例の戦士。王様が呼んだ国一番の戦士である。

そして今、アキラの身の回りの世話から護衛まで全てを請《う》け負《お》っているのもこの男だ。

「それで神子様？　こんなところから一体どこに出かけようとしてたんですか？　それも俺に黙って。俺言いましたよね。まだ王宮の中が把握しきれてないので、お出かけはもう少し待ってくださいと」

褐色の肌と対比するように明るく輝くコバルトブル

ーの瞳を、ス……と細めたライルの迫力たるや。王宮の中を確認するっていうその仕事はいつ終わるんですかね、そんな文句も口に出せない。

顔立ちの整った人間の静かな怒りほどこの世に怖いものはない。

ちなみに言うなら二メートル越えの褐色美人だ。アキラの世界の美人とは色々と格が違う。

アキラがキュッと眉を顰《ひそ》めた。体が鷲に睨まれた子リスのように縮こまり、ついでに「ヒェ」と情けない声まで漏れた。

この端正な男を見て「とんでもない美人さんがやって来たんだが。嘘でしょ。今日からこんな人に優しくお世話されちゃうの。ハー、ありがとうございます、イスリール神、ここが俺の天国です」なんて、浮かれた数日前の記憶は、早くもアキラの中で懐かしいものとなっている。

「……これはその、」

言い淀《よど》むアキラを凜々しい眉を僅かに上げ、切れ長の目でジッと見つめるライル。

美しい顔から目を逸《そ》らしたところで、そこにあるのは美しい体である。

上腕二頭筋ムキッ！　大胸筋ドーン！　腰がキュッ！　大臀筋《だいでんきん》ガチッ！て感じの男が多いこの国では細い方なんだろうが、肩幅が広くて腰のキュッと細い引き締まった体はとびきりカッコいい。ヒョロヒョロのアキラなんかには憧れざるを得ないスタイルだった。

「……その？」

「あのですね……」

「……あの？」

「……」

シンと静かに響くような低音にクソ、声まで良いぞこの男、と内心で毒づく。

この数日、つれない男をからかってやりたい一心で、弱点を探して散々観察し続けてきたのに。ライルには欠点という欠点が、やや愛想が悪いことぐらいしか見当たらないのだ。

さすが、未知の最弱人間を前に、恐慌《きょうこう》状態に陥った王宮の人々が召喚した最後の切り札なだけある。

今まで、アキラの部屋の周りをぐるりと取り囲んでいた護衛たちの姿を最近見なくなったのは、「ライルがいれば必要がないから」なんだと聞いた時には、「嘘でしょ。完全無欠の最強アンドロイドかなんかなの?」と真面目な顔で首を傾げてしまった。

——なるほど、たしかに人間にしては顔面が整いすぎていると思った。この距離で見ても毛穴の一つも見当たらないし。一分一秒ちゃんとかっこいい。神は不公平だ。

この男、多分雨のマンホールの上で滑ってお尻を打ったこととかない。自分の後ろの人に向けられた挨拶《あいさつ》を間違えて返したこともないだろうし、鳩《はと》のフンが肩にペチャリと直撃したこともない。ちなみにアキラは全部ある。

「……ライルってさ、出来ないこととかある?」そうはっきりと質問してもライルは当たり前な顔をしてこう答えるだろう。「ないですね」

「神子様。それで、どちらに行かれようとされていたんですか?」

「……エ? あ、いや……その。トイレ?」

行き先を正直に教えたくなかったので、アキラは苦しい嘘をついた。もちろんライルにはバレている。なんなら、アキラの部屋には浴室もトイレも付いているので、バレバレの嘘だった。

バカなのか、俺は。

そう言った当人も内心で頭を抱えるくらい。

「なるほど。異世界の方は窓から部屋を出入りされるんですか?」

「ウ、ウン、実はそうなんだ」

「へえ、興味深いですね。是非《ぜひ》、じっくり聞かせていただきたいものです」

「へ、へへ」と、プランと持ち上げられたまま鼻の下を擦るアキラの目が右に左に泳ぎまくる。彼は正直な男だった。嘘も下手。

「……神子様ってやっぱりバカなんですね?」

「それ二回も言う必要あった?」

――この数日、ずっとこんな調子。見てわかる通り、アキラはライルに良いようにやられっぱなしなのだ。

新しい護衛は、敬虔な信者だとか王様が言うから、きっとアキラに「ははー！　神子様！」と平伏するような人が来るんだろうな、やりづらいなぁ、なんてつい最近まで思っていたのに。

この男ときたら、アキラが惰眠《だみん》を貪《むさぼ》っていれば「ほら、何時まで寝ているんですか。起きる」と実家の母も真っ青な容赦《ようしゃ》のなさでブランケットを剝《は》ぎ取り。

食欲がなくて桃ばかり食べていれば口にムギュリと肉の塊《かたまり》を突っ込んでくる。無表情の憎まれ口付きで。

「いいですか、アキラ様。これから大切なことを言います。なんと驚くべきことに、あなたはその貧弱さで一応人間なんです。木の実や果物だけじゃ生きていけない。タンパク質が必要なんですよ」

「知っとるわ」

「なんと。賢いですね。俺はあなたと仔リスの見分けが昨日やっとつきました」

「……」

――このやろう。

それだけじゃない。冷たいものばかりを飲んでいると「これだから冷え性になるんですよ」と温かいハーブティーに取っ替えられるし。

冷える夜は問答無用でアキラをミノムシみたいにブランケットでグルグル巻きにするし（巻きの力が強すぎて本当に何もできない）。

寝台で夜遅くまで本を読《よ》み耽《ふけ》っていれば「おやすみの時間です。暗い中で本を読んでいると目が悪くなります」とフッと問答無用で燭台《しょくだい》の明かりを吹き消される。

これではもはや護衛というより……。

「今、何考えてます？」

「……え？　い、いやあ、ライルは美人さんだなあと」

「よく言われます」

「あーね、そうよね」

真顔のまま恥じらいもしないライルにアキラの顔が酸っぱいものを食べた人みたいになった。

なんかさ、想像してたのと違うじゃんね。

別に悪い意味じゃないんだけどさ。

「アキラ様も可愛らしいですよ」

「俺も男の子なの。かっこいいって言ってくれる？」

「すみません、俺、嘘は苦手な方《ほう》で」

「このクソイケメン野郎がよお――――」

ジタバタ。全力で暴れるアキラを何食わぬ顔で持ち上げたまま部屋に戻ろうとするライル。

この男といったら、本当に、ずっとこんな調子なのだ。

もう一回言ってもいいだろうか。思ってたのと全然違う。

異世界に来てからこんなことばっかりである。

7　反逆のハム

ええい、ままよ。

毎回毎回、この男の思い通りにされるわけにはいかない。今日ばかりはどうしても行きたいところがあるのだ。

アキラは反抗期の少年のように固く心を決めた。保護者を裏切り、非行に走る強く鋭《するど》い覚悟を、である。

「あっ！　痛い！」

「……」

脇の下を掴まれてプランと持ち上げられた状態のまま突然痛がり出したアキラを、ライルが次はどんな悪さをするつもりだという顔で窺っている。

「ライル、ちょっと力が強い、痛いかもしれない！」

「……残念ながら俺は力加減を間違えるようなことはしません」

「……ん、まあ、……そうだろうけど。……そ、そこ昨日ぶつけたかもしれない」

「……脇を？」

「ウン……」

「脇ってどうやってぶつけるんです？」

そうだね。どうやってぶつけようね。

「へへ」

アキラはその垂れ眉をキュッと下げ、なんとか笑ってみせた。

彼が弟子入りすべきはポーション職人の元ではなく、詐欺師とかその辺の人の元かもしれない。あまりに嘘が下手すぎる。

ちなみにアキラが無意識に浮かべたこの困ったみたいな笑い顔。年上のお姉さん方には大変好評な笑い顔であった。

子供の頃からこの顔をするとわりかし許されてきた経験から、何かを目溢《めこぼ》ししてほしい時に自然とへにゃりと眉を下げて笑う悪い癖がアキラにはついている。

もちろん、そんな笑顔がこの無愛想男に効くとは少しも思えない。

アキラが甘えて笑うより、ライルがただほんのちょっぴり目尻を下げる方がよっぽどお姉さんたちは沸くだろう。少なくともアキラは沸く。カッコ良すぎて、推しの新ビジュが素晴らしかった時くらい沸く。スタンディングオベーションして沸く。間違いない。

あわよくば自分に向けて笑ってほしいものだが、ライルの表情筋は今のところほぼ動いていないので、そんな笑顔を見るなんていうのは夢のまた夢である。

……だが何を思ったかそのMr.無愛想男ライルは、アキラのふにゃふにゃな顔を見て、脇の下をむんずと掴んでいた大きな手から一瞬だけ力を抜いた。

——ここで先に言っておかなくちゃならないことがある。

断じてわざとではない。

全ては、偶然に起こった悲劇だった。

アキラが宙ぶらりんの脚をジタバタ振り上げたちょうどその地点に……ライルのライルがあったことは。

そう、アキラは、ありとあらゆる格闘技で禁じ手とされている卑怯な技・急所蹴《げ》りを図らずも全力のパワーで食らわせてしまったのである。国で一番強い男相手に。ちなみに美男子。とっても好みの男。そしてこ数日、なんだかんだ大変お世話になっている相手。

最低だ、絶対嫌われた。

「うわ、やば。ご、ごめ、」

「グッ、……」

ソコを蹴られた男が全員そうなるように、ライルがゆっくりと前のめりに蹲《うずくま》った。

そんな状態であってもアキラを放り出すんじゃなくて、丁寧に床に下ろしてみせるんだから大した男である。

——あ、ライルにもチンコついてるんだな。あんまり綺麗だから、実はついてないんじゃないかと思った。

罪悪感やら焦燥《しょうそう》感やらで揉《も》みくちゃになりながら、現実逃避したいアキラの心のどこかがそんな間の抜けたことを言った。

勿論とっても悪いことをしたと思っている。

同じ男として、やってはいけないことをしてしまった。

「……クソ、…ころ……す」

「ヒエ」

咄嗟《とっさ》に歩み寄ろうとした。

だけど、崩れ落ちる男から聞こえてきたうめき声が物騒すぎた。

手を差し出したりなんかしたら、差し出した手を握りつぶされるかも。ううん。間違いなく握りつぶされる。

蹲る被害者の方がブチギレていて、暴行犯の方が涙目で、はわ……と後ずさっている状況。なんともおかしな事件現場の完成である。

「ご、ごめ……大丈夫……？」

「…………」

返事がない。

終わりだ。何が終わりってアキラの命が今日で終わり。

——コンコン。

その瞬間である。アキラの部屋のドアを、ノックする者があった。

来客だ。ピカン！とアキラの脳髄《のうずい》に悪の閃《ひらめ》きが落ちた。

「ど――――ぞ!!」

大声で叫ぶと同時に、アキラは駆け出した。

ガチャリ、鍵が開き、扉が開く。

その先に立っていたのはいつぞやの王の近衛。好青年騎士である。相変わらず男前だ。ナイス。俺はお前を忘れない。

「失礼します、神子様！」

「このクソ馬鹿アレク！　扉を閉めろ！」

「ごめん！　本当ごめん！　ちょっと行くとこ行ったら帰ってくるから！　許して！」

右から好青年騎士、怒鳴るライル。それから平謝りで、扉を開けた好青年騎士の脇の下をすり抜けたアキラの声である。「え……？」と、好青年騎士ことアレクが自分の脇の下を覗き込んだが、もう遅い。

風のような速さで部屋を抜け出したアキラは、もう廊下の遥か彼方《かなた》へスタコラサッサと走っていった。命の危険を感じた小動物の本気の逃走である。陸上部六年の速さは伊達《だて》じゃない。


——あーヤレヤレ、命拾い。

バカの顔でアキラは冷や汗を拭う。ちなみにそれは強がりで、少しも冷や汗は収まっていない。

さて、ライルにどうやって命乞いをするか。なんて、必死に脳みそを回転させながらも、この好機を逃す手もなかった。一ヶ月前の記憶を頼りにシャカシャカ脚を動かして、白亜の王宮を右に左に走り回る。

「あれ、こっちだっけ？」

「え、ちょ、あそこ……あれ、神子様じゃない!?　保護しゃ……護衛の方は!?」

「あ、あっちだ」

「大変だー！　神子様が脱走しておられるー!!」

わー！と王宮中が騒ぎになるが、騒ぎになるだけで、誰もアキラを取っ捕まえようとはしなかった。

力加減を間違えて、怪我《けが》でもさせたら大変だと全員が全員考えたからだ。

彼らにとって、アキラはそれくらい繊細な生き物だった。

アキラの首根っこを引っ摑んで、ガミガミ言えるのは自分の身体能力に自信満々なライルだけ。

皆、遠巻きに騒いだり、遠慮気味に道を通せんぼするばかりなので、アキラは簡単に脇をすり抜けて当初の目的の部屋を探すことができた。

「あ、あった……」

天井の一際高くて広い部屋。

どうしても行きたかった部屋というのは、初めてアキラが召喚されたこの部屋のことである。

本当は、もっと早くに来ておきたかった。だが、王様との約束を反故《ほご》にするのも申し訳なくて、ライルが来るまで良い子にソワソワ待っていたのだ。

――魔法陣は……。

部屋の床をキョロキョロ探す。

「……あ、」

この国にやってきた日、謎のパワーで光っていたはずの床は、今や何の変哲もないただの豪華な床になっていた。

あの日のように上に立ってみても何かが起こる様子もない。

「……」

それでも、物語の中の主人公みたいなショックを、アキラが受けることはなかった。

この国に来たのが、召喚されたからじゃない、イスリール神に連れ去られたからなのだと知ってから、きっと帰れないんだろうなとほんのり予感していたからだ。

ロッキングチェアでゆらゆら揺れながら、桃をはむりはむりと食べながら、それなりに覚悟ができていたのだ。

「気が済みましたか」

じっと床を見つめるアキラに声をかけたのは、さっきのことなんてなかったみたいに、いつもの無愛想顔に戻ったライルだった。

あんなに思いっきり蹴ってしまったのに。

アキラの眉が申し訳なさでへにゃりと垂れる。

「……痛かった？」

「クソ痛かったです」

「ごめん」

この男、顔に似合わず案外お口が悪かったらしい。

美しい護衛が長い脚でスタスタ近づいてくるのを眉を垂らしたまま逃げずに見上げた。

「……先に抜け出したことの言い訳しても良い？」

「どうぞ」

冷たい態度とは裏腹にライルは宝物みたいにアキラの体を抱き上げた。アキラも大人しく抱き上げられた。

「なんかこの世界に来てからさ、夢みたいな贅沢な暮らしすぎて、ほんとに夢なんじゃないかなあみたいな気持ちが抜けなくてさ」

「……」

「分かってたけど一応確かめておきたかったんだよ。これが現実なんだ、俺もう日本には戻れないんだって認めるために」

「……」

ライルが自分を見上げるアキラをそっと見下ろした。アキラの濡れたような大きな瞳が苦しげに揺れていた。

「親孝行もっとしとけばよかったとかさあ、友達と離れ離れかとかさ、俺も一応人間だからさ、色々思うとこはあるわけ」

「……」

「……何より受け止められないのがさ、俺の性癖丸出しのコレクションを両親に片付けられるんだっていう現実」

「……」

「辛すぎるんだが……」

ソッ……と顔を覆ったアキラに、それまで少し気遣《きづか》わしげな雰囲気を出していたライルの目がスッと細められ、廊下の先に向けられた。

「オタクは突然死に備えておけとかそういう話よく聞いたけどさあ、死んだらもう関係なくね、とか胡座《あぐら》かいてたわけ。愚かだったわ……。この一ヶ月気が気じゃなくてさ……ああ、やっぱちゃんと対策しとくんだった……だって多分俺まだ生きてるんだもんね……生き恥じゃんね……」

顔を覆う手の中でモゴモゴ喋り続けるアキラを放置して、ライルがスタスタ部屋への道を歩いている。

つい最近、城にやってきたばかりなのに、既に部屋への道順を覚えているらしい。

ずっとアキラにつきっきりだったのに一体いつ覚えたのだろうか。つくづく優秀な男である。

「……もうさ、独り立ちする年齢じゃん、俺。会えないとかその辺は割り切ろうと思えばまだ割り切れるけどさ。家族に最後に残る俺の記憶、俺の男の趣味なの……まじで辛すぎるんだが」

「……ハア――」

「ねえ、ライル、聞いてる？　分かる？　俺のこの苦しみ」

「本当にこの人はバカなんだなあということだけ」

「あ、ヒドイ。バカって言うの今日三回目……あいたァ！」

グッと肩の上に担がれ、ペチン、とかわいい音でお尻を叩かれたアキラが大袈裟に叫んだ。遠巻きに見ていた城仕えの者たちが「キャア！！！」「酷い！！！」とアキラよりよっぽど痛そうな声で悲鳴を上げた。

「夢じゃないと分かりましたか」

「よく分かりまし……おわっ」

また横抱きにヒョイと戻される。

貴重なシリアスポイントなのに全然シリアスにならない。

「現実ですよ」

「あえ、お尻ヒリヒリする」

「…………、ふ」

あ、れ、？

ポカンとしてアキラが上を向く。

そこにあったライルのほのかな笑顔に、釘付《くぎづ》けになった。目の下に小さなシワの出来る、なんとも魅力的な笑顔がすぐ間近に。

――え、笑顔見れたじゃん。てか笑顔まで俺の大好

きなやつなのずるいじゃん。

ビョン！と、またアキラの心臓が跳ねた。

ついでに、ふざけて見せてはいたけど心の片隅でズキズキ痛んでいた、ちょっと寂しいような心細いような気持ちがピョンピョコ跳ねていなくなる。

――う――ん、異世界、悪くない。全然悪くない。

なんてったって笑った顔を見ただけで、謎に幸せになれちゃうくらいカッコいい男がこんなに近くにいるのだ。

チョロいと言われたらそうかもしれない。だけどアキラは、初恋もまだの男である。ものすごく好みの相手がすぐそばにいたら、浮き立っちゃうし、そりゃシリアスになんてなれない。

相手に全く脈はないけど。

「……ライルってさ、かっこいいよね」

「よく言われます」

ドキドキ勇気を出して誉《ほ》めてみたところでこの反応である。おかしい。異世界転移したらイケメンに囲われたり溺愛《できあい》されたりするって聞いてたのに。話が違う。

「……全然かわいげがないんだけど～～！」

「ちょ、あーもー暴れないでください」

と、こんな感じで。アキラのなにもかもうまくいかない異世界生活はいよいよ本格的なスタートを切ったのである。

8　ご飯と水の合わない国には住むな

ここから、アキラのめくるめく異世界生活が始まった……と続けたいところだったが、残念、そうは問屋が卸《おろ》さなかった。

アキラの知っている物語の中ならば大体、こういう流れで話は続く。素敵な王宮生活。豪華な食事に豪華な服。そんな中でも謙虚さと純粋さを忘れない主人公。そして何より、主人公を愛する侍従《じじゅう》や素敵なお相手。時々現れるライバルや強力な敵たち。主人公は仲間達と協力しあいながら彼らを打ち倒し、運命の相手と幸せな結婚。ゴールイン。

——だけどここは良くも悪くも現実である。

「あっっっっっっっ……」

まずアキラを苦しめたのはこの強烈な暑さ。

聞くに、つい最近夏に入ったばかり。つまり何が言いたいかって、まだまだ太陽は本気を出していないってこと。まだまだ暑くなるってことだ。

真夏は余裕で四十度とか超えるらしい。

「ウソ……俺死ぬじゃん」

ちなみにこれは、大袈裟な「死ぬ」ではない。本気の「死ぬ」である。この国の、このギラギラの太陽を浴びながら四十度は、多分普通に死ぬ。

日本の夏のあのお湯の中を泳いでいるようなジメジメとした暑さとは違う。例えるのなら、鉄板の上でジユージュー焼かれる焼肉になったような暑さなのである。

「そうですね。俺たちはこれくらいじゃなんともありませんけど」

「…………」

「アキラ様なら死にかねませんね」

「…………」

な～んにもうまくいかないな、俺の異世界生活。

寝台の上でパタ……と後ろに倒れたアキラをパタパタ扇《おうぎ》であおぎながら覗き込んでくるライルの顔には汗一つ浮かんでいない。

そりゃうまくいかないわけだよな、と思う。

だってこれだけ頑丈で優秀な人間用に作られた世界なんだから。アキラみたいな日本人の中でも特に貧弱な生き物が生きる想定をまずしていないのだ。思い通りに暮らしていけるわけがない。

「……ハア、」

——さらに、アキラを苦しめたこと。

これは以前と変わらず、慣れない食事である。なんならこれが、ダントツで苦しい。暑さは部屋にこもって日差しを防いでさえいれば良いからまだなんとかなるが、食事となると話は別だ。

どんなに口に合わなくても、食事を取らないと人間生きていけない。

引きこもり異世界生活も二ヶ月目。

ため息をつくアキラに「食事くらいさっさと慣れなよ」なんて冷たいことを言えるのは、きっと生まれた国を長く離れたことのない人だけだろう。

日常の食事が、なんか違う、これじゃない、という違和感は結構なストレスになるものである。

あれが食べたいこれが食べたいと、次々頭に浮かぶ故郷の食べ物。それらがどう頑張ったって手に入らないと分かっているのなら、そのストレスは尚更大きくなるのだ。

アキラのばあちゃんも言っていた。「ご飯と水の合わない国は住んじゃだめ」と。ばあちゃんが言うことっていうのは大体正しい。ばあちゃん子のアキラは心からそう信じている。

「……ハア」

「……」

一人でこっそりため息をつき、日に日に萎《しお》れていくアキラを救ってくれたのは、意外にも、アキラを蝶《ちょう》よ花よとチヤホヤしてくれる王宮の人々でも、あれこれと貢《みつぎ》物《もの》を送ってくる顔を合わせたことのないお金持ちの人たちでも、時々甘いものを懐《ふところ》に忍ばせて部屋を訪ねてくる王様でもなく……。

「アキラ様、食事ができました」

「はあい」

冷酷無慈悲・無愛想・塩対応に定評のある例の飼育員さん、ライルであった。

「はあ、お米……」

「人の作った料理見てため息つくのやめてもらっていいですか」

アキラがこの国の食事に参っていることに王宮の人々は気がついていなかったのに、ライルはあっという間に気がついた。

別に王宮の人々がアキラに関心がなかったとかそういうことではない。

関心ならありすぎるくらいあった。彼らはアキラのため息一つ、絶対に聞き漏らさなかったし、あれこれ手を尽くしているのに日に日にほっそりとしていくアキラを、爪を噛みながらヒヤヒヤして見ていた。

だけど、アキラの方がこれ以上気を遣わせるのはと、気を回して弱音を吐かなかったし、ほとんど文句も言わないせいでどうしたら良いかわからなかったのだ。

アキラの前には毎食毎食、贅《ぜい》を尽くした料理が並んだ。

豚の姿焼とか。スパイスたっぷりのスープカレーとか。小麦の味がしっかりとついた真っ白なパンとか。ザクロに、ドライフルーツに、いちじくに……ゲロ甘のスイーツに、とにかくそういうやつだ。

だけど、食事を取っているアキラの苦しげな様子にライルは気がついたらしい。いつのまにか食事内容がシレッと変更されていた。今アキラの前に並んでいるのはお米と、串に刺さった脂身の少ないミンチ肉、サラダとトマトのスープである。

こんなシンプルな食事を王宮の厨房《ちゅうぼう》の人たちがアキラに何も言わずに出すはずがない。まさかと思って尋ねてみれば、ライルが手ずから作ってくれていると いうのだからビックリだった。彼曰《いわ》く「厨房の人間を説得するのが面倒だったので。毒味の手間も省けますし」とのこと。なんでも完璧にこなしちゃう戦士様。王様が言っていたそんな触れ込みは嘘じゃなかったらしい。

「こんなのでいいんですか？」と、ライルが出すスパイスも何も炊《た》き込まれていないお米を初めて見た時、アキラはもう大感動だった。

「最高！」

サラダも、オニオンフライだのパセリだのなんだのが入っていないシンプルなサラダである。

なにより、ミンチ肉にたっぷりのニンニクと、クミンとチリパウダーとヨーグルトソースがかかっていない。

トマトスープもシンプルなトマトとお塩とベーコンの味。

アキラは、二日酔いの朝一番に、しじみの味噌汁《みそしる》を啜《すす》って飲んだ中年オジサンみたいにトマトスープを啜って

「あ――――」と、ため息なんだかうめき声なんだか、よく分からない声を出して舌鼓《したつづみ》を打った。

「ライルは天才……もう、激うま。料理人になれるね。星三つ。ずっとこれを求めてた」

感謝と称賛の言葉は惜しむな。これもアキラのばあちゃんの教えである。

教えの通り、心の底からベタ褒《ぼ》めした。

手を拭きながら戻ってきたライルがアキラの隣に控える。

「……こんなもので褒められても困ります」

「分かってない。自分の凄さが分かってない。シンプルなご飯をサラッと美味《おい》しく作れるのが一番すごいんです。ご飯が美味しく炊けてお味噌汁が美味しく作れれば、お嫁にもお婿《むこ》にもいけるからね」

「……おみ、そ？」

ふざけて昔気質《かたぎ》のおじいちゃんみたいなことを言いながら、もりもりご飯を食べる。

肉には臭みがないし、シンプルなのに全然飽きない味付け。絶対料理人の腕が良いのだ。

久しぶりにこんなに食事が進んだ。

一口、口に運び飲み込むたびにワーワーとライルを褒めながら、おいしいおいしいと絶賛するアキラを、もう何も言うまい……と言う顔でライルが見下ろしている。

「食べてる人を喜ばせる料理が一番すごいから！　まじで！」

「分かりました。分かりましたから」

「ほんとに美味しい上に胃もたれもしない！　俺がどれだけ今嬉《うれ》しいか分かる？」

「分かりましたって。ありがとうございます。恥ずかしいからもうやめてください」

9　初恋のハードル

こうやって、日々を気楽に楽しそうに過ごしているせいで、アキラはなんだか悩みのないおバカな人間だと思われることが多い。

だけど本当のところは、そういうわけでもないのだ。ただ、言っても仕方のないことや、周りの人を暗い気持ちにさせることを言うのが嫌いなだけ。

それには多分、昔から体が弱いことが関係している。人よりきっと頭に浮かんでくる不安の数が多い。日常生活のちょっとしたストレスを人より不快に感じてしまうことも多いし、それで体調を崩して人に迷惑をかけてしまうことも多い。

だからこそ、あんまり暗くてシリアスなオーラは出さないことにしている。人より弱音を吐く体だから、せめて言葉くらいは明るいやつでいたい。

これはアキラの、ちょっとしたモットーみたいなものだった。


今だってアキラは正直言うと、この国より日本の方が好きだ。

それは別にこの国のことが嫌いだってわけじゃない。

ここまでよくしてもらっておいて、と言われるかもしれないけど、大抵の人はある程度長く異国で暮らしていれば、自分の生まれた国が恋しくなるものなのだと思う。

勿論、この国にも好きなところは沢山ある。

寒暖差が激しいから、夜には決まって涼しくなる。これは、ブランケットに包《くる》まって眠るのが好きなアキラには嬉しいことだ。

おおらかだったり豪胆だったりサッパリしている人が多いのも良い。

小さなものを可愛がるのは国民性らしい。猫や犬なんかがトコトコその辺を歩いていて、よくご飯をもらっているのも微笑《ほほえ》ましくて好きだ。

建物は、熱気を流すためだろうか、窓が大きくて天井がものすごく高い。狭い日本の住宅よりずっと気分よく過ごせる気がする。

あちこちに、暑さを凌《しの》ぐために巡らされた水路や噴水があるのも良い。

夜に決まって中庭で鳴く不思議な鳥の声も好きだ。

だけど、やっぱり昼の暑さがバカにならない。

風に混ざった砂で喉が痛くなる。

あと皆、良くも悪くもおおざっぱ。色々雑。はっきり言うとガサツだ。

湿気《しっけ》が少なくて食べ物が傷《いた》みづらいせいだろうか。

豪奢《ごうしゃ》なテーブルの上には果物が盛り付けられたまま。

そしてそれらには時々虫が止まっていたりする。

食器も石鹼《せっけん》を使って洗わない。水だけ。

そういうのが全然平気な人もいるだろう。

だけど潔癖症気味のアキラには辛いものがあった。

まさか「このカトラリー、前に使ったの誰ですか」なんて聞けないし。

何より、色々と身の危険が多い。

この間、王宮の中をライルと散策していたらヌーみたいな馬鹿でかい動物が道を歩いているのが見えて腰が抜けそうになった。なんでも荷物を運ぶときに使われる動物らしいけど、あんな大きなツノの、筋肉の塊みたいなやつを人混みの中ロープ一本で引いているなんて、ちょっと正気を疑う。

そして、街中には当たり前のようにスリがいて、時たま盗賊団や誘拐グループなんかによる犯罪もあるらしい。日本とは比べ物にならないくらい治安が悪い。


「……ふう、」

相変わらず暇を持て余していたある日。そんな不安や不満について考え込んで、なんとか折り合いをつけようとしていると、アキラはふと気がついた。

あれ、と、口元に運んでいたコップを見回す。

そのコップは新品のようにピカピカとしていたのだ。

色鮮やかな食器が多いこの国にしては珍しい、清潔さを証明するようなオフホワイトの陶器のコップ。

そういえばライルが来てから、潔癖症を押し込めて黙って無理する場面がなくなった。

「…………」

窓を見た。

部屋を覆うように薄い麻布が張られている。

そういえば、ここ最近、砂で喉が痛むことがないな、と思う。日差しを防ぐために、夏は皆ああいう布を張るんだろうと思っていたけど、この間王宮を探索した時にはそんな部屋は他に無かった。

そして何より、夜。

この国の夜はとびきり暗いのだ。自分の手のひらも見えないくらいに。そしてヒンヤリと冷たい。

そのせいだろうか。時々妙に寂しかったり心細かったりで、眠れない夜がある。連絡できる友達もここにはいないのでアキラはいつも、広すぎる寝台で膝を抱えてはモゾモゾゴソゴソ寝返りを打って、なんとかそんな夜をやり過ごす。

だけどライルが来てから、一人で夜を明かすことがなくなった。アキラが眠れずにゴソゴソしていると、どんな真夜中でも彼はいつもいつの間にか部屋にやってきて、枕もとの燭台に灯《あか》りをつけてくれる。

アキラが申し訳なくて、ブランケットの中に隠れていると「寝ぐずりですか」なんて憎まれ口を叩きながら、アキラの腕を引っ張り起こして、背中の後ろにむぎゅむぎゅクッションを詰め込む。そして、たっぷりの蜂蜜《はちみつ》入りのハーブティーを持ってきてくれるのだ。

アキラがこくこくとそれを飲む間、ライルは決して急《せ》かしたりなんかしないし、女中の人みたいにジッとそばに立っていたりもしない。

いつもアキラが腰掛けているロッキングチェアでゆらゆら揺れて星を眺《なが》めたりなんかして、自分の分のコップに口をつけてのんびり過ごしている。

アキラはそうして二人で過ごす静かな夜が好きだった。

そして、それでもアキラが眠れないとなれば、アキラはスポポーンと服を脱がされて、

「ぎゃー！　変態ー！　犯されるー!!」

「ちょっと。変なこと言わないでください。俺を縛り首にしたいんですか」

なんて騒ぎながら、いい匂いのオイルで体をもみもみされる。

気づいたら寂しい気持ちも吹き飛んで、騒ぎつかれてとっくり眠り、ふと目覚めると朝になっている。

「……………」

それだけじゃない。一人の時間が欲しいとぐったりカーテンに包まって、部屋の隅で落ち込むことも最近はなくなった。

気配を消すのがうまいんだろうか。

さすが、凄腕の戦士。近くにいても少しも気にならないのだ。

それに、アキラが椅子に座って大人しく本を読んでいたり、ウトウトしだすと、サッと程よく一人にしてくれる。

歯に衣《きぬ》着せぬ物言いだって、時々腹が立つけど気楽で良い。

丁寧に接してくれる女中たちには、こちらも丁寧に返さねば、と気を遣わなくちゃならなかった。

だけど小動物の首根っこをヒョイと摑むような対応をされるとアキラも思う存分ブーブー文句を言いながらジタバタすることができる。

今は遠慮ゼロで、気心許した相手にするみたいに絡んだりワガママ言ったり、くだらない話を振ったりしている。

「……………こんなの」

フォークに突き刺したラム肉を睨みつけながら、アキラが呟いた。

「どうかされました?」

ライルが後ろからひょいと覗き込んでくる。手には小説。有名な冒険家の書いた冒険記らしい。今度面白かったか教えてもらおう、と心の中で思う。

――そう。つまり、本の趣味も合うのだ。

「……お口に合いませんでした?」

黙り込んだままのアキラを見て、ライルの美しい眉根にうっすらと皺が寄った。

不安な顔だ。ここ最近、ライルのわずかな表情の変化が読めるようになってきたアキラには分かる。

ライルが容姿以外を褒められると、ちょっと満更《まんざら》でもない顔をすることも。

だからアキラは素直に思いっきり、ライルの作る食事や、丁寧な掃除、最高のベッドメイキングや、着心地の良くてかっこいい服を選ぶセンスなんかを褒めて褒めて褒めちぎることに決めている。

そんなアキラが、今日ばかりは黙ってラム肉を見つめているのが不思議だったんだろう。

――なんだ、今日は褒めないのか。何か失敗したかな。

そんな顔に胸がぎゅぎゅぎゅぎゅーっと締め付けられるのを感じながら、アキラはラム肉に視線を戻した。

口に頰張る。ホロホロと口の中で崩れる柔らかい食感。

ラムを食べ慣れていないアキラのために時間をかけて煮込んだんだろう。

お世辞じゃなく「うま……」と自然に声が出た。その瞬間、ライルの眉根から安心したように力が抜けるのを見たら、もう。


「こんなのさあ、好きになっちゃうじゃんね……」

「良かったです」

――いいや、ラム肉が、じゃなくて。ライルが。

だけどアキラは黙っておいた。

今のこの状態で、会ったばかりの頃みたいに冷たくあしらわれたら、流石に落ち込んだ気持ちを顔に出してしまうような気がしたからだ。

もくもくと肉を咀嚼《そしゃく》する。耳がポッポと熱いのはなんとしても無視するのだ。

「……」

「美味しいですか?」

「……美味しいよ。最高」

だって、好きな相手にどうやってアプローチすれば良いかなんてアキラには分からない。

初恋の相手のハードルが、あまりにも高すぎる。

10　重すぎるお守り

「用意できました！」

　暑さのピークがようやく過ぎてきた頃、いつだかのムキムキが弾《はじ》けんばかりの笑顔で部屋に飛び込んできた。

　今日も存分にムキムキしている。大胸筋がはち切れそうだ。あの逞しい上腕二頭筋でギューッと寄せて上げたら、Dカップくらいはあるんじゃなかろうか。

「おわ、」

　バタン！と扉を開け放してのムキムキの登場に、驚いてバランスを崩したアキラがハンモックから転がり落ちた。

　ライルが当然のようにそれを受け止める。

「……ノックはどうした」

　涼やかな眉を寄せ、苦言を呈するライルの声は低い。

　なんだか彼は、時々こうしてガラが悪くなるのだ。

「は！　す、すみません先輩！　神子様！　大変失礼を！」

　切れ長のコバルトブルーにキロリと睨みつけられたムキムキが、ハッとして姿勢を正し、アキラに向かって深々頭を下げた。

　自分のせいでアキラがハンモックから転がり落ちたことには気がついていないようだった。気がついていたらきっとこんな謝罪だけではすまなかっただろう。

　――ライルの腕の中で素《す》っ頓狂《とんきょう》な顔をしている状態を見れば、なにが起こったか大方想像がつきそうなものだが。

　同じことを考えたらしいライルが、頭上で「はあ……」とため息をついた。

「ア、イエ、大丈夫」とカタコトで返事をするアキラは、もう驚いていたことも忘れて、いつもと様子の違うライルに釘付けになる。

　――ちょっと粗野な態度も男らしくてかっこいいぞ。イケメンパワーすごい。

「……ん？　ちょっと待って。『先輩』？」

　我に返ったアキラを、ライルがソッと床に下ろした。

首を傾げたまま床にスタリと降り立ち、大きな男二人を交互に見比べる。

「先輩って……あ、ごめん。どうぞ、入って」

「はい！　失礼します！」

ペコッ！と元気よく頭を下げたムキムキが、許可を得て部屋の中に入ってくる。

巨体が迫ってくるにつれて、その体に相応しい巨大な影が、アキラをすっぽり覆い隠した。それをまるで怪獣でも見るみたいな顔をして「オオ……」と、アキラが仰《あお》ぎ見る。

――こ、こいつ、でかい……。二メートル五十センチはあるぞ……。

彼には前にも二回ほど会ったことがある。

王様がアキラに縋《すが》りついて来た時と、彼を生贄《いけにえ》にライルから逃亡した時だ。

だが、こうして正面から対峙《たいじ》したのはこれが初めてだった。

二メートル五十センチって言ったらデッカいホッキヨクグマくらいのサイズである。とんでもない大きさだ。

頭上を見上げ過ぎてふらついたアキラの背中を、ライルの手がそっと支えてくれた。

このムキムキがうっかり転んで倒れたら、アキラは多分ぺちゃんこになる。

大岩を仰ぎ見るみたいにして見つめてくるアキラに、ニコッと柔らかい笑みを返すムキムキ。

褐色の肌に白い歯が眩《まぶ》しい。

――うん、大丈夫。この人は絶対いい人だ。

ちょっぴりヤンチャそうな笑顔を見ながら、アキラは謎の確信を持ってそう思った。

少なくとも、背後から刺してきたり、終盤に裏切るタイプの顔はしていない。

むしろ親友を庇《かば》って死ぬタイプの顔。「俺はいいから、お前は勝てよ……」なんて良い死に方をして全国のオタクたちを泣かせるタイプの顔である。

勝手に目の前の男の好感度を上げたアキラがニコッと笑みを返すと、目の前のムキムキがとびきり嬉しそうに目尻を下げた。

「じ、自分と先輩は、同じ師範《しはん》の元で剣術を習った同門の兄弟弟子です、神子様！」

崇敬《すうけい》している神子から向けられた好意的な笑顔が、随分と嬉しかったらしい。

腕を後ろに組み、背筋《せすじ》をピンッと伸ばし、その強大な胸板を鳩のように膨《ふく》らませて発せられたライオンの咆哮《ほうこう》みたいな大声に、アキラが強風に襲われたポメラニアンみたいな顔になった。

サッと耳が温かな手に覆われたことで、ギリギリ鼓膜は無事である。

だがライルの手も、アキラの横顔をまるっと覆い隠してしまうような大きな手だった。

この世界には大きなものしか存在しないのか。

大型動物に挟まれた子ネズミがパチパチと忙《せわ》しなく睫毛《まつげ》を瞬《まばた》かせる。

「……アレク、声がでかい。神子様の鼓膜を破るつもりか」

「はっ！　す、すみません！」

まさに大型の動物のような唸り声を上げたライルに、ムキムキことアレクが頭を下げた。

騎士というよりは、運動部っぽい……アキラに陸上部での青春時代を思い出させる頭の下げ方だ。

ムキムキの下げた頭の勢いで、アキラの栗色の前髪がファサ……と煽《あお》られた。

「謝罪が既にうるさい」と、アレクの後ろ頭にライルのチョップが落ちるのを遠い目で見守る。

――チョップが落ちた時の擬音って「ドカッ」で合ってたっけ。

「……同門、なんだ？」

「いえ。彼は騎士見習いでしたが、俺はただの奴隷――使用人です。兄弟弟子なんて関係になったことはありません」

ライルがアキラの方に視線を落として端的に答えた。

そうだ。そういえば、ライルはかつて奴隷だったんだ。

王様がそんなことを言っていた。

武功で身を立てた、元奴隷だと。

現代日本にいたアキラにとっては、奴隷と言われても具体的な想像はできない。脳内に浮かぶのは、手枷《かせ》や足枷をつけられて重労働を強《し》いられる、そういう人たちの姿である。

……なんでもそつなくこなすのは、過去の苦労があったからだろうか。

今の彼を見ていると、とてもそんな過去がある風には見えない。

「仕事の合間に剣を振っていた先輩を見て、師匠が才能を見出したんです！『これは神童だ！奴隷にしておくには惜しい！』と！　それからの先輩の剣の腕の成長はイスリール神のご加護を受けたに違いないと皆に言わしめるほど神がかり的な――」

「……気の良い主人が時たま修行をつけてくれたというだけです。あれの言うことはあまり聞かないでください」

目の前でガオッと吠《ほ》えるみたいに発せられる先輩自慢と、右耳にコッソリ囁かれる冷めた言葉の温度差に、アキラが苦笑いする。

言っていることが違いすぎてよく分からないが、アレクがライルのことをものすごく尊敬しているということは痛いくらいに分かった。

現に今も、彼の大声で鼓膜がジンジン痛んでいる。

「すみません。あれ以上興奮するようなら麻酔針で昏《こん》倒《とう》させます」

「……アレクって熊かなにかなの？」

顔を見合わせて喋る二人の言葉に、アレクがピタと動きを止めた。

もう既に麻酔針を打ち込まれたことのある人間の反応じゃなかった？　今の。

「……申し訳ございません」

「今度は大分小さくなっちゃったなあ」

今度は、信じられないくらい小さな声でアレクが謝罪した。音量調節ボタンに０か１００かしかないらしい。

アレクの扱いが雑になるライルの気持ちがなんだか分かってきたアキラがケラケラ笑う。

「……本題」

「あはは！」

ついには、犬にするみたいに単語で指示し始めたライルに笑い声が大きくなった。

自分と二人の時では見れないライルの新たな一面を引き出してくれたアレクには大感謝だ。鼓膜の犠牲もよしとしよう。

「ハイ、頼まれていた品の持ち出しが許可されました」

ようやく音量調整に成功したらしいアレクが黒いビロードの包みを恭しく取り出す。

サッとライルがアキラの前に出て、それの中を検分した。

「どうぞ」

「なにこれ?」

差し出されるまま受け取った包みは、棒状の見た目から想像していたより随分と重たい。

目を丸くしたアキラが巻き付けられたビロードをペラペラと捲った。中身の分からないプレゼントのラッピングを剝がす時の子供のようなキョトンとした顔が、中身を見た途端に引き攣った。床にビロードの包みが落ちる。

「……剣」

「短剣です。代々の神子様に受け継がれている国宝だとか」

口の端を引き攣らせる主人とは裏腹に、物珍しそうな顔をしたライルがサラリと答えた。

その目は貴重な国宝を見る目というよりは、この武器がまともに使えるものなのかを品定めする戦士の目をしている。

「こ、こく、こくほう……」

アキラの顔から血の気が引いた。

どうも今、自分が素手で触っている柄《つか》は金でできているらしい。オレンジがかった黄金に目がチカチカ眩《くら》む。

「柄に施《ほどこ》された鷲は言わずもがなイスリール神を表します。瞳に嵌《は》められたペリドットは太陽の石と呼ばれていて……」

「ペ、ペリドット……ッ」

宝石だのなんだのに、生まれてこの方縁のないアキラでも聞き覚えのある名前だ。

悲鳴のようなか細い声が上がった。

まさか落とすわけにもいかないので、短剣はアキラの薄い両手のひらに大切に載せられたまま、可能な限り体から遠い場所に掲げられた。呪物でも手に取ってしまったような反応であった。

「なに、なにこの剣、俺にこれでなにをどうしろと……ッ」

剣なんて握ったこともない。

アキラはリンゴを剥いているだけで「お前の包丁捌《さば》きは見る人に不安を与える」と友人に包丁を取り上げられるような男である。短剣なんて扱えるわけがないのだ。

「護身用です！」

ニカッ！と、騎士というよりはハンサムな若者然としたアレクの笑顔に、アキラが目を細めた。背後のライルも同じように目を細める。真夏に見るには少々眩しすぎる笑顔だった。

「護身用と言っても、剣として使うというよりは身分の証明や、イスリール神のご加護を賜《たまわ》る……という意味での護身ですね」

後ろから、冷静な言葉が付け加えられる。

「金もペリドットも脆《もろ》いので。まともに戦うための剣ではありません」

「……」

「脆い」の言葉に、アキラの顔のありとあらゆるパーツがムギュッと中心に寄った。今すぐこの手の中の国宝を投げ捨てたいです、の顔である。

「お守りのようなものなので。身につけておいたら良いですよ」

「俺、これ、持ち歩くんですか……」

「はい」

「身分の証明って……誰に……」

「アキラ様のご尊顔を知らない街のものにです」

「……ま、ち？」

言葉を初めて知った宇宙人みたいな顔をして、首を傾げる。

「はい」

「神子様が街に出るのに、念のため持っていた方が安全だからと、先輩が陛下に頼んだんです。ようやく今朝宝物庫から引っ張り出されてきました！」

俺が、街に出るために……!?

退屈しているアキラのために、街に出る準備をライルは黙って着々と進めていたらしい。なんて主人思いなのだろう！

アキラが手をぎゅっと組んだ。

恋する乙女の顔である。

「ラ、ライル……」

「はい」

「好き……結婚して……」

ピタ、とライルの動きが一瞬止まった。

動揺に揺れたみたいに見えたコバルトブルーの瞳が、ゆっくりと一度長い睫毛に閉ざされて、それからすっかり冷静さを取り戻した状態でまた現れる。

「……お戯《たわむ》れを」

アキラの言葉選びに慣れていたライルが、呆《あき》れたみたいに眉を下げて笑った。

11　粧《めか》し込むハム

「すみません、俺、事務所が女装ＮＧで〜〜」

「そんなこと言ったって……このままじゃ目立ちまくるんですよ、あなた」

アキラの部屋は広かった。

６畳１Ｒのかつてのアキラの城なんて、この部屋の浴室の広さにも満たない。

部屋から一歩も出ることができなかった引きこもり生活の間、運動不足にならなかったのは、この部屋が広いおかげだ。いくらでも歩き回ることができる。

陸上部時代にやっていた筋トレなんかをしても、床も厚けりゃ壁も厚いので、誰の迷惑にもならない。ピョンピョン跳ねては腕立てにスクワットに、とフンフン頑張るアキラを、女中さんたちが冷やしタオルを片手に心配そうに見守るだけ。

大きな窓からは麻布越しに風が気持ちよく入ってきてくれるし、アキラが四人も五人も眠れそうな寝台にはトパーズイエローやターコイズブルーの肌触りの良いブランケットたちが数枚ふかふか積み上がっている。

部屋の端には水路が通っていてサラサラと水の流れる音がする。

上を見上げれば、アーチ状の高い天井に、幾何学模様の描かれた白とゴールドのタイルが美しく敷き詰められている。

窓の外の中庭には小さな池があって、睡蓮《すいれん》に似た花が白や薄桃色の花弁を浮かべている。

——だからつまり何が言いたいかって。この部屋がとにかく広くて快適だってことだ。

ゲームに負けて「ちくしょー!」なんて台パンしただけで、隣の部屋から「うるせー!!」と壁ドンされていた頃なんかとは、もちろん比べ物にならない。

ちょっと暑いけど。


そんなこの世の天国みたいな場所で、今アキラは地獄を味わっていた。

快適で広々としたアキラの城は、今やその美しさをすっかり失っていた。

壁や椅子や寝台が見えなくなるほど、あちこちに引っ掛けられた大量の布のせいである。砂とか苔《こけ》っぽいくすんだ小汚い色の布たちがパラパラぱたぱたと風にはためいているのだ。

天国から下町の露店に大変身じゃん。偽物のブランド品とか売ってそう。

極め付けはスンとした顔の体温の低そうな美男子がベージュのブラジャーを手に持っているというこの状況だ。

「ねえ……嘘でしょ、なにそれ」

「胸をふくよかに見せるための物です」

「偽乳じゃん……ライルが偽乳とか持ってんの嫌すぎる……何これ、悪い夢？　俺、今、悪夢見てる？」

神子の証《あかし》となる短剣。

それを身分の証に与えられたまではよかったのだ。

幸い、この国の服装はたっぷりとした余裕のあるものが多い。短剣を固定する腰紐をしっかり巻き付けて、その上からローブなんかを着てしまえば、悪目立ちもしないだろうし、盗まれることもないだろう。

渋々、黄金の短剣を自分の物にすることを受け入れたアキラは、絶対にこいつを服の下から出さないことを心に決めていた。

盗まれたり壊したりなんかしたら責任が取れない。

腕力で紛争を鎮めにいく先代神子ならいざ知らず、しがない一般人であるアキラには手に余る代物《しろもの》だった。重すぎる。物理的にも精神的にも。

「さて、それじゃあ次は変装ですね」

「……なんて?？」

――変装？

キョト、とするアキラをほっぽって、パンパン！と、ライルが手を打った。「お願いします」

すると、扉が開いて列を成した女中たちが流れるように入ってきた。中には見覚えのある顔もあった。ただいつもと様子が違うのは、彼女らの手に山盛りの布が抱えられている、ということだ。

「……え、なにごと？」

「何事も念には念を入れなくてはなりません、神子様」

ポケッと立ち尽くすアキラに、そう答えたのはいつだかの女中頭である。

「あ、お久しぶりです……」「お元気そうで何よりでございます」お互い律儀《りちぎ》に頭を下げ合ったかと思えば、次の瞬間には、女中頭の姿は似たような背格好の女中たちの中に消えて見えなくなっている。

「……ラ、ライル？」

「あなたの身を守るのにやりすぎということはありませんから」

ライルが冷静な声をアキラの頭に落とした。

「……それはそうと、なんで変装する必要が？」

「肌の色も体つきもあなたは目立ちすぎます。そのまま街に出れば立ち所に囲まれて、街を巡るどころじゃなくなりますよ」

「つまり?」

「多分、祭りとかが始まりますね」

――〝祭り〟????


……前にも言ったことだが、この国にとってアキラは、待ちに待った神子様である。

既に干ばつに苦しむ町の者が救われているし、大勢の犠牲者を出していた長年の紛争も落ち着いた。

アキラがその間、ロッキングチェアやらハンモックやらで、聖典片手にのんびり寛《くつろ》いでいただけであっても関係ない。

神子とはそういう生き物なのだ。

異世界からヒョイとつまみ上げられ、全く知らない世界に放り出される代わりに、福を呼ぶ力で人々を救い、ありがたがられる存在になる。

一目でこの国の人間ではないと分かる顔立ちの、美しい格好をしたアキラが街を歩けば、その姿が見たくて街中の人間が押しかけてくるのは間違いない。

「下に~下に~」なんて言わずとも、道中が、平伏する人間たちでいっぱいになるだろう。

さながら大名行列。はたまた大人気アイドルのコンサートみたいになってしまう。

そんなことになれば、流石のライルも一人じゃ手が回らない。

護衛を大量につけなくちゃならないし、アキラに触れて、ご利益《りやく》を賜りたいなんて考える人間から守るために馬か、駕籠《かご》か、馬車か、アキラを乗せる安全な乗り物をなにかしら用意しなくちゃならない。

それから、大勢詰めかける人の交通整理に、その機を狙ってやってくるだろうスリや誘拐グループなんかをひっ捕まえる用意に……。

ただ、異世界の街を散策したいなんていう自分の細やかなワガママのせいで、街中がそんな大パニックになったら。

アキラは、申し訳なさで多分寝込む。熱とか出して、正真正銘の引きこもりになりかねない。

「……絶対バレない変装、しようね」

「あなたならそう言うと思いました」

さて、どんな格好をすれば街の喧騒《けんそう》の中を歩いてもバレないだろうか。

地味で安価な服を着ることは第一条件である。

金持ち丸出しの格好なんかでブラついたら、よっぽど屈強な護衛をつけていない限り、いいカモになって身包《みぐる》み剝がされるのがオチらしい。

もちろんライルはその〝屈強な護衛〟に含まれる。なんていったって国一番の実力者なのだから。

だが、街中で大立ち回りなんかしたら目立ってしまって、アキラの正体がバレてしまいかねない。あんな凄腕の護衛をつけている男は何者だと必ず詮索《せんさく》されるだろう。

アキラは、肌の色も背丈も何もかもが違うのに、なんとかして街の人々に溶け込む必要があるのだ。

「背丈は誤魔化《ごまか》せませんからね……」

女中たちが次々とアキラに服を当てた。

どれもアキラがこの世界に来てから一度も見たこともない、使い古された服だった。

「子供の格好をするにしては目鼻立ちが子供じゃありませんし」

アキラの目はパチリと大きい。鼻も小さくて一見童顔だが、頰はすんなり痩せている。子供らしい丸みは全くない。首や肩も、華奢ではあるが男らしくある程度骨張っている。子供と言うには少々違和感があった。

服が、大きなフード付きのローブに取り替えられる。

「しかし、顔を隠して歩く子供なんていませんしね」

次は、少々露出の多い服だった。

踊り子なんかには異国の出の人間が多いのだ。

少々珍しい出で立ちをしていても、流れの旅芸人なのだと想像されるはず。

「まさか！　神子様にこの様な格好をさせられませんん！」

今のは女中頭の声である。

一体どこから見ているんだろう。

布の波の中でキョロキョロしているうちに、また服が取り替えられて、それからまたどこかから抗議の声が上がる。

それを延々と繰り返し、もうこのまま自分は気絶するまで着せ替え続けられるんじゃないかとアキラが思い始めたその時。

試行錯誤の末、ようやくたどり着いた最良の結論が。

「……ねえ～、だからその顔でブラジャー持つのやめてってば～～」

女装であった。

「……お気持ちは分かりますが。フェイスベールをつけていても、女性ならそう不自然でもありませんし、なにより低い背丈も女性ということにすれば靴でなんとか誤魔化せます」

分かっている。

わりかし最初の方から気づいていた答えを、彼らがアキラのために、せめて女装は避けてあげよう……とあれこれ他のやり方を探ってくれていたのは、分かっている。

「せめてブラジャーは……」

「アキラ様」

いいや。この国の女性はメリハリのあるボディーをした人が多いのだ。

アレをつけなければ、女性の服を着たぺちゃんこの胸の低身長の謎の生き物になってしまう。

「……俺、その格好してるときに神子だってバレたりしたら、憤死《ふんし》するからね」

文句を言いながらもアキラは頷いた。飼い主に不本意なハロウィン仮装をさせられる犬のような、めちゃくちゃに嫌そうな顔だった。

――いや、引きこもり生活から脱出できるのなら女装がなんだ。今は男だってスカートを穿《は》く時代である。別に、フェイスベールくらい……ヒール付きのサンダルとか、なんかヒラヒラかわいい布くらい……。

「では失礼して」

女中たちが、サッとアキラを取り囲む。

淡い色の布で出来た服をタッセル付きの華やかな紐で縛り装飾する。

顔にポンポン何かをはたかれ、紅を塗られた。

仕事を終えた女中たちが離れれば、ライルが筆を持って待っている。

水を含んだ筆に玉虫色を含ませる様子を見て、観念したアキラが瞼《まぶた》を閉じた。唯一露出した目元を筆がなぞる。睫毛なんかにもなにかが塗られたのがわかった。

「良いですよ」

ゆっくりと瞼を開けたアキラに、布の向こうから顔を覗かせていた女中がほのかに浮き立ち、耐えきれなかった誰かが「素敵だわ！」と黄色い声を上げた。その後すぐにしたペチンという音は、言わずもがなお尻をたたかれた音だ。

「お綺麗です」

「でしょうね」

知っている。少しも、驚かない。

自分が女装が似合う顔だなんてことは、十五歳の頃から知っている。文化祭で嫌というほど思い知らされた。女子に好き勝手にめかしこまされ、看板持って客寄せパンダにされた忌まわしき記憶がアキラの中で蘇《よみがえ》る。他校の男子に告白されたことが伝説となって、高校の文化祭でも同じ悪夢を繰り返させられた。

ライルが感心したように頷いているのも腹立たしい。

「…………」

何やら布の陰から、女中に混じって数人のムキムキが頬を染めてこちらを見ているのもむかっ腹が立つ。

アキラの鼻の頭にギューッと皺が寄った。

「……なんか出かけたくなくなってきた」

ここまで手を尽くしてもらって申し訳ないのだが。

「神子様の感じる幸せが、イスリール国に福を招くのです。どうぞ楽しんできてください」

相変わらず、よく気づく女中頭がそつなく答えた。

アキラが自分の姿に視線を落とす。この格好で、幸せを感じろと……？

「異国の街歩きは退屈凌《しの》ぎにもってこいですよ」

女中頭の言葉にさして興味もないらしいライルが付け加えた。

口元をアキラの耳に寄せる。

「うまいものが沢山あります。ラクダにも、乗れますよ」

「……ヨシきた、行こう」

男とは、いくつになっても冒険が好きな生き物なのである。

12 オタクはギャップに弱い

「うわ、ヌーだ」

「ヌー」

「ヌーって鳴くヌーだ」

「……アキラ様、俺から離れないでください」

白い石造りの街並みを、色鮮やかな天幕たちがカラフルに彩《いろど》る。

アキラは言われた通り、ライルの腕にピッタリと引っ付くみたいにして人混みを歩いた。

ライルはとても器用に人混みを縫って歩く。アキラが歩きやすいように、さりげなく人波からガードしてくれる。

これは毎日毎日自分に言い聞かせていることだが、好意を持っている男からこんな風に大切にされると、つい舞い上がってしまいそうになる。だけど舞い上がっちゃいけない。……ううん、でもやっぱり役得だ。

自分のドキドキにあまり意識をやらないよう、アキラは見慣れない街並みに集中した。

暑さもようやく落ち着いてきた街は、夕日で赤く染まっていた。

まだ昼間の日差しはアキラには辛いだろうと、日が落ち始めてからの外出になったのだ。

夕飯時なので、あちこちからやかましい客寄せの掛け声が聞こえていた。

それに対抗して、商品を少しでも値切ろうとゴネる客の大声も。

「絶対に俺から離れないでください。離れるようならリードをつけることも致し方なしです」

これは、部屋を出た時にライルが言い放った一言である。

ヒールの高い靴を履かせたのは身長を誤魔化すためもあるが、興奮のあまり一人で駆け出したりしないように、という考えもあったらしい。

現に、アキラは興奮している。

店先の止まり木の上で羽繕《はづくろ》いしているオウムに視線が釘付けだ。

「シンセンフルーツノミックスジュース、シンセンフルーツノミックスジュース」

オウムがポリポリ尾っぽを掻《か》きながら、おざなりな大声で客寄せをしている。

その後ろでは屈強なお婆《ばあ》さんがフンッ！とハンドジューサーに果物を押し付けてジュースを作っていた。

「すごい……お婆ちゃんの生搾りジュースだ」

「アキラ様、言い方もう少し選びましょうね」

右に左に顔をキョロキョロさせて、見慣れない街並みに「オオ」なんて歓声を上げて、おのぼりさん丸出しのアキラを道ゆく人たちが微笑ましげに振り返る。

この人、なるべく目立たないようにと言ったことを早速忘れてるな。

ライルがそんな顔をするが、アキラの心底楽しそうな様子を見てから、やんわりと注意するだけで許してくれた。

「こほ」

「……ショールをずらさないで」

砂埃《すなぼこり》で喉が痛んで「んん」と咳払《せきばら》いしたアキラのショールを巻き直す。

「お熱いねえ」

その様子を見ていた通り掛かりの男が冷やかしの声を上げた。

布の隙間からチラリと覗く目元だけでも、充分に美男子ぶりを発揮しているライルと、華奢な女の子に見えるアキラ。

道の端でカップルがいちゃついているように見えたのだろう。

――うるさいなあ～！

本人が頭からすっぽり被ったショールと顔の半分を隠すフェイスベールの下でいくら歯嚙みしていたって、今のアキラは小柄でかわゆい女の子にしか見えない。

たっぷりとした布の隙間から覗く、濡れたような大きな垂れ目がなんとも魅力的だ。泣きボクロがちょっぴり色っぽい。

この国の人間にしては背が低いし、売れっ子の踊り子か何かだろうかと、微妙に良い推理をした一人のオジサンが振り返った。

「いいなあ。ねえ、お嬢ちゃん、その彼に飽きたらオジサンなんかどうだい。もっと良い服着せてあげられるよ。オジサン女の子甘やかすの得意だよ」

立ち止まって無遠慮にアキラの顔を覗き込んできたオジサンが言った。口からプンとアルコールの匂いがした。

やらしい視線が、小ぶりな尻のあたりだとか、布ごしにわかるスラリとした足のラインだとかをなぞる。

アキラの肌がゾゾゾゾと粟立った。なんだこのオジサン、気持ち悪い。

ライルが一歩後ろに下がる。自分の主人が、女の子扱いされるのが死ぬほど嫌いであることを賢い彼は既に察していた。

「フフ……フフフ……」

かわいくて色っぽい女の子ことアキラ（男・二十歳）が、分厚いまつ毛を瞬かせながら顔を上げる。

ニッコリ。黒目がちの垂れ目が優しく細められたのを見てオジサンの顔がやに下がった。

「オジサンさ、この人の顔どう思う？」

「は？」

美少女の笑顔に小鼻を膨らませたままのオジサンが、ほっそりとした指の先を追う。

無表情で様子を窺っている美男子と視線があった。

「まあ……そりゃ男前だが、」

——オジサンの好みではなかったらしい。

「逆に聞くんだけど、この顔の良い男と付き合うような女の子が、オジサンと付き合うと思う？」

「……は？」

「ナンパのやり方がなってないって言ってるんだよ

〜〜ッ！　普段そんな方法で女の子口説いてんじゃないだろうな!!」

「……はえ」

「そもそも、いやらしい目で人を品定めする暇があったらその汚い肌に化粧水を塗って！　眉毛サロンに行け！　歯をホワイトニングしてこい！　名を名乗れ！　ご趣味は……とかから質問を始めろ、失礼な奴より退屈な奴の方がまだマシ!!」

「どうどう、アキラ様」

　ムキー！と、今にもオジサンに飛びつこうとするアキラを、ライルが柔らかく羽交い締めにして引き離した。

　あれ、という顔をしたオジサンが後退《あとずさ》りする。なんか思ってたのと違ったな、という顔である。

　そりゃそうだ。

　一見、物憂《ものう》げな雰囲気の美少女に見えるかもしれないが、ヒラヒラの服と繊細な化粧の中身は、元気な成人男性である。

　さらに言うなら、女装した時に向けられるスケベな視線が黒歴史の、成人男性だ。

　お淑《しと》やかさとか求めるだけ無駄である。

「よく言った」

　通り掛かりの、物売りっぽいお姉さんが神妙な顔で頷きながら通り過ぎていく。

「いいぞーお嬢ちゃん」なんて野次も時々聞こえてきたが、わざわざ立ち止まったりする者はいなかった。

　この街じゃ、こんないざこざはよくある話らしい。

　そもそも奴隷制度が存在する異世界の国の人間に、令和の日本レベルの倫理観を求めるのが酷な話だ。

　現にオジサンは、ちょっと冷やかしただけなのに……と、しょげていた。

　未だに、ふんす！ふんす！と肩を怒らせているアキラを、ライルが片腕の上に乗せて抱き上げた。

　アキラの頭のショールを鼻先まで下げて目のまわりを覆い隠し、顔を自分の胸板にソッ……と押しつけ視界を塞ぐ。

　おうちで子猫を飼っているオジサンは涙目のまま、あ、オジサンあれ知ってる……と思った。

子猫ちゃんが興奮して落ち着かない時にするやつだ。

「すみません、ご迷惑を」

「ア、ウウン」

ニッコリと、お手本みたいな笑みを顔に貼り付けた美男子が「うちのがすみません」という、面倒見のいいお兄さんみたいな顔をして頭を下げた。

オジサンも、その腕の中で髪を逆立てブツブツ言ってる女の子が、いよいよ子猫みたいに見えてきて冷静になる。

小さな体で怒りっぽいところも、今頃おうちでオジサンの帰りを待っているだろうミイちゃんに似ていた。ミイちゃん相手にあんな声のかけ方をしてしまったのだと思うと胸が痛む。

「オジサンもごめんね……アイタァァ！！」

その瞬間、わざとらしいニッコリ顔の優男《やさおとこ》に、すれ違いざまゴリラみたいな力で足の甲を踏み抜かれて、グシャッ！みたいな音が自分の足から聞こえた。

「ラ、ライル、息が……」

「あっ、アキラ様、すみません……」

プハッと顔を上げたアキラが小さな文句を言った。

ライルが慌てたようにパッと手を離す。

「ライルが力加減間違えるとか珍しい……大胸筋に溺《おぼ》れて死ぬかと思った……」

「すみません」

「いいけど……あれ、オジサンは？　なんか悲鳴聞こえなかった？」

「さあ？　謝ってどこかに行きましたよ？」

白々しい顔でライルが首をキョトと傾げた。

丁寧な喋り方や上品な仕草に騙《だま》されちゃいけない。ぶりっ子している。悪い奴なのだ。

コイツ、顔の良さで何もかも誤魔化そうとしているな。わかっているのに、まんまとアキラの顔は赤くなった。目はキョドキョド泳いでいる。チョロい男だ。

「お、俺が目立ったから怒った？」

「あれくらいのいざこざしょっちゅうなので。大して目立ちませんよ」

「……じゃあなんで怒ってるの」

「怒ってません」

「怒ってるじゃん」

二人で顔を見合わせピーチクパーチク言い合いする。

アキラはまだ抱えられたままなので、顔の距離がものすごく近い。

四六時中、世話して世話されているせいで距離感がバグっているのだ。

顔立ちの整ったカップルの痴話《ちわ》喧嘩に、通行人が振り返っている。

「あ、アキラ様。搾りたてジュースの屋台が出てますよ。アキラ様の好きな果物もあります」

「それさっき俺が見つけたやつね」

「どうします、飲みますか？」

「めちゃくちゃ話そらすじゃん。飲むけど」

アキラはお婆ちゃん子なので、清潔感のありそうなお婆ちゃん限定で潔癖症がちょっぴり緩《ゆる》くなるのだ。

大きなイケメンに抱き上げられたままの、小さな可愛い子と目が合ったお婆ちゃんが、屋台の中でニコニコ手招きした。

ライルがアキラごとそちらへ近づく。

アキラの白い足がぷらぷら揺れた。

「あらかわいいカップルだこと。ハンサムなお兄さん、恋人さんはどうしたの？」

「足を踏まれてしまったようで」

「あらあらかわいそうに。観光の人かい？　ほら、うちのジュース飲んで休んでおゆき。サービスしてあげる」

「え、え〜、サービスなんて良いよ〜」

「いいのよお、ほら、なんの果物が好きなの」

「え〜〜」

優しいお婆ちゃんに甘やかされて、まんまと機嫌を持ち直したアキラが地面に降りた。屋台の中の果物にジッと視線を向ける。

ツヤツヤぴかぴかした色とりどりのフルーツが所狭しと並んでいる。虫を寄せないため、しっかりと網を下ろしているところに好感が持てる。

「おすすめは？」

「甘いのが好き？　酸っぱいのが好き？」

「めっっちゃ甘いの」

「あら趣味が良いこと。この国に向いてるわよ」

「本当？」

「本当本当。かわいいい色の甘いミックスジュース作りましょうね」

かわいいお婆ちゃんとかわいいい小人が、かわいいい会話をしているのを皆がチラチラ見て歩く。

「……」

アキラの視線がフルーツに釘付けなのを確認したライルが、無表情のままクル――――ッと振り返った。

視線の先には、コバルトブルーが三日月型に細まる。

足を踏まれたせいでまだその場にうずくまっているオジサンがいる。

それはそれは美しい御尊顔が口パクでこう言った。

『次、近づいたら、殺す』

「……ピェ」

血管の浮き出た親指が、シュッ！と首を掻き切る動作をするのを見て、オジサンは痛みも忘れ走り出した。

なんだあの怖い男は。

あのかわいいい子の前でしていた態度と随分違うじゃないか。

あの子は騙されているのだ。そうに違いない。

可哀想なオジサンが、人混みをかき分けかき分け消えていく。

一方、ペカペカ光るフルーツに反射したライルの様子を見ていたアキラ。

彼は、お婆さんが物凄い手際で作ってくれたショッキングピンクのジュースを持ったまま、ウットリしていた。

「紳士的な男のちょっと荒々しい一面、イイ……」

「若いわねえ」

お婆ちゃんが、アキラの持っていたジュースのど真ん中に、ズポ！とストローを突き刺した。

コバルトブルーのハート型したストローだった。

13　迷子

知らない街を大した目的もなくプラプラ歩くというのは楽しいものだ。

すれ違う人の服装や仕草から日本とは違う。

店は覗いてみないと何の店なのかわからないし、あちこちからもくもく煙が伸びていて、子供が見慣れないお菓子を咥《くわ》えて走っている。

ジュースの色ひとつとっても派手でおかしい。

荷物を両側に括《くく》り付けられた駄載獣《ださいじゅう》が、パカパカ道の端を歩いていくのも、異国情緒溢《あふ》れていてテンションが上がる。最初のうちはちょっと怖かったけど。

慣れない街をこれだけ好き放題楽しめるのは、頼もしい護衛が必ず隣にいてくれるおかげだ。

うっかり妙な人に絡まれても、ライルがいれば大丈夫。

店でぼったくられそうになることも、うっかりスられることもない。

治安の悪い路地裏なんかの情報を、事前に調べる必要もない。

つまり、海外旅行の面倒なところや怖いところを全部すっ飛ばして、ワクワク楽しいことだけに集中できる。

そんなわけでアキラは、すっかり街歩きにハマっていた。

最近は週に一度くらいのペースでライルに付き合ってもらっている。

街歩きをたくさんした後、初めて出かけた時に発見した例のお婆ちゃんのジュースを飲むのが恒例だ。

砂埃で乾燥した喉に、フレッシュなジュースがたまらなくおいしい。

お婆ちゃんの屋台はいつも同じところに出ているわけではない。大抵、ちょっと違うところに出ている。

今日は大通りのすぐそばでオウムが鳴いていた。

「……ん、あれ、ライル？」

アキラが店先のオウムを構い、ライルがお婆ちゃんにお金を払ってくれている時だった。

ライルに、声をかけるものがあった。

色素の薄い金髪をした、見目麗《みめうるわ》しい男だ。

背が高くて筋肉のついた体。ただ歩いているだけなのに、なんだか無駄のない身のこなし。ちょっぴりライルに似ている。ただものじゃないという感じがした。

彼を見て、アキラが一歩後ろに下がったことに、別に深い意味はない。

街でライルが知り合いに話しかけられる、なんてことを少しも予想していなかったから、驚いたのかもしれない。

それとも、神子である自分を街の知り合いに紹介する時、ライルが困るだろうから身を隠そうとしたのかも。

何にせよ、そんな考えがはっきり纏《まと》まる前に、ただなんとなく足が後ろに下がって、それでアキラは人波にのまれた。

あ、と思った時にはもう遅かった。

「あ、あ、あ、」

周りは自分よりもずっと背の高くてガタイの良い人ばかり。あっという間にアキラは人の流れに足を取られて押し流されてしまった。

まずい、まずい。

流石にこれはまずい。

ライルのいない自分が、この国でどれだけ非力な存在か自覚をしているアキラの顔がサーッと青ざめた。

まさか一歩後ろに下がっただけで、こんなことになるとは。

お婆ちゃんの屋台の位置が変わっていたのと、アキラがこの国の人々の中で特別小さくて非力なこと、それから踵《かかと》が高くて踏ん張りの利かない靴に、黄昏時《たそがれどき》の忙しそうな人混みに。そんな色々が偶然重なって起きた、一瞬の出来事だった。

ど、どうしよう。どうしよう。

右に左に流されながら、アキラは必死に首を回して考えた。

キョロキョロとしたところで、皆アキラよりずっと大きい人たちばかりなのだ。人の胸や肩しか見えない。

この人混みの中、体の小さなアキラがライルの方に人をかき分けて戻るのは、まず無理だ。

ずっと立ち止まってライルの迎えを待つのも難しいだろう。

なんとか、肩や胸をぶつけながら人の隙間を縫って道の端に寄ったときには、だいぶ道を進んでしまっていた。

このまま屋台から離れすぎてしまっては、自分を探す時にライルが苦労するだろう。

そう思ったアキラは、咄嗟に路地に飛び込んだ。

大通りから一本入った、細々とした扉や窓の立ち並ぶ目立たない路地だった。

ちょうど大通りのバザールの、天幕が目隠しみたいになっている。

背の低いアキラだから見つけられたような小道だ。

目立たない代わりに人が歩いていない。

「は、はぁ～～」

おしくらまんじゅうでもしてきた気分だ。

予想外すぎるハプニングにドキドキバクバク全力疾走している心臓を落ち着けようと、アキラはため息をついて、フラフラ壁に手をついた。

ああ、怖かった。

ライルと二人で歩いてる時は全然苦労しなかったのに。

店を覗いたり、すれ違うラクダをコッソリ撫《な》でたりする余裕もあったのに。

あのまま一生、人混みでグルグル揉まれて、バターになっちゃうんじゃないかと思った。

「ワオーン」

「猫ちゃんだ……」

まさかこの歳で迷子になるとは……。

目の前で流れていく人の波を頼りない顔で見つめていたアキラに、むちむちプリプリの猫が声をかけた。

とても太々《ふてぶて》しい顔をしている。この国の動物は、アキラが知っているそれよりも、いちいち少し大きい。

「ど、どうしよ、猫ちゃん。俺、迷子になっちゃった

「……」

「ンワオー」

「リ、リードつけられてしまう……」

「ンワ」

こんなふわふわの猫ちゃんでさえ、一匹で逞しく生きているのに。俺ときたら。満足に道を歩くこともできないの。

嘘だろ、五歳児じゃないんだぞ。

情けなさにアキラが頭を抱えた。

いや、だけど、あんな巨人たちの群れに突進していっても仕方がない。

「……猫ちゃん。格闘技の階級で、体重が厳しく決められている理由を知ってる？」

「ンニャオ」

「……結局、体がデカイやつが強いからです」

情けない自分を慰める屁理屈《へりくつ》をこねながら、アキラが路地にちょこんとしゃがみ込んだ。

幸い、人通りがないので邪魔にもならないだろう。

アキラの隣に、猫ちゃんが太々しく座った。どっしりとした尻がアキラの小さな尻の横に並ぶ。

あんまり頼りない人間なので、仕方がない。保護者が来るまで一緒に待っていてやろう。そんな態度だった。

「ありがとね、猫ちゃん」

「ンオワー」

ライルは優秀な男だ。きっとすぐに俺がいなくなったことに気がついて、見つけてくれることだろう。大丈夫。

立てた膝に頭を預けて、自分を励ましていた時だった。

「誰だお前」

ガチャリと、アキラのすぐ後ろの扉が開いた。

ゴミゴミと立ち並んでいた扉のうちの一つ。周りに瓶やらタバコやらが散らかった特別汚い扉だった。

「………あ、え、」

赤茶けた短髪のくわえタバコの男が、振り返ったアキラの顔をポカンと見回して、それから「おおい！」と、視線を離さないまま野太い声を張り上げた。

ビクッとアキラの細い肩が跳ねたのも男には見えていただろう。

何を考えているのかわからない、モスグリーンの左目がジーッと静かにアキラを見据《みす》えている。右目は大きな切り傷で潰れていた。

「……うるせえな、お前今何時だと思ってんだよ」

「夕方の五時。それより兄ちゃん、見てみろよ」

「なにを」

「あれだよ」

男の後ろから、また男が顔を出した。全く同じ顔が二つ並んだ。双子だ。

「……ちょっと退《の》いて」

兄と呼ばれた男が、弟を押し退けズカズカ出てくる。ギイィッと、油の切れたブリキ人形みたいにアキラが顔を上げた。

目の前に立ち塞がる男のなんと怖いこと。

二の腕がアキラの太ももくらいある。

弟とは反対に、左目の上に大きな傷が走っていた。

「……あ、」


咄嗟に立ち上がって踵《きびす》を返そうとした時、慣れない靴のヒールがヒラヒラした服の裾を踏みつけていたせいで、アキラはへちゃりと尻餅《しりもち》をつくはめになった。

それでなくても異世界の街でいい歳して迷子になって打ちのめされていたところなのに。とどめを刺されたみたいな気分になって、アキラの顔がさらに暗くなる。

「おいおいおい」

「……グッ」

右目の男が、猫の仔を持ち上げるみたいにしてアキラを吊り上げた。

だけどそれはいつだかのライルみたいな優しいやり方とは全然違う。服の襟首《えりくび》を無造作に掴む、荒々しいやり方だ。

男の手首を慌てて掴み引きはがそうとするけど、どうにもならない。

アキラの喉からひき潰れたみたいな声が出た。

右足からコトンとヒール靴が落ちた。

「……見てみろよ、これ」

被っていたショールが肩に落とされて、フェイスベールが剝ぎ取られた。

あらわになった顔に、男が右目を見開いたのがわかった。

「アジトの前にこんな奴が落ちてるなんてさ、ラッキーすぎねえ？　俺ら明日にでも死ぬのかね」

「こんな服着てるけどさ、これ、どこかの御令嬢だろ？　変態に高く売れるって」

小走りで近づいてきた左目男が、アキラの手を取って隅々まで検分した。

傷も汚れもない真っ白けの指だ。

爪先まで手入れが行き届いて、宝物みたいにツヤツヤ輝いていた。

「はあ、ついてる」

「ついてるなあ」

俺は、ついてない。

まさか、足を一歩下げただけで人波に飲まれるとは。

慌てて飛び込んだ路地裏の、偶然しゃがみ込んだすぐ後ろの扉が、こんな柄の悪い連中のアジトだったとは。

そんなの誰だって想像できないはず。

「ま、まって……」

「ごめんよ、お嬢さん」

「俺らの飯の種になってくれな」

——あれ、俺って幸せに過ごしてるだけで福を運ぶっていう吉兆《きっちょう》の神子様なんじゃなかったっけ。

話が違うんだが。

そんなことを思うアキラの両手が、必死に摑んでいたはずの男の手からパタ……と、力無く落ちた。

14　迷子どこの子

「おい、待て。お前、何取り出そうとしてんだ」

観念したように落ちたアキラの手が、静かに懐の下の何かを探っている。そんな怪しい動きをすぐに見咎めた男が、左目を尖らせ、アキラの細っこい手首を摑み上げた。

剣か、ナイフか。

「ん？」

引っ張り出した手に握られた眩《まばゆ》い煌《きら》めきに、男の目が点になった。

握られていたのは確かに剣だった。だけどただの剣じゃない。きんきらきんのとんでもない輝きを放つ宝剣だ。

まさか荒々しく胸ぐらを掴み上げて、今にも自分を誘拐しようとしている男に、懐の下で大切に隠していたお宝をわざわざ差し出すなんて。とんだ間抜けがいたものだ。

いいや、これで命乞いをしようとしているのか。だとしても考えなしだ。短剣をやるから見逃してくれ、そんな言葉に素直に頷く奴がそもそも誘拐なんてするわけがない。短剣ごと売り払われるに決まっているのに。

やっぱり、この甘ちゃんっぷりは世慣れしていないどこかのお嬢様に違いない。ついてる。


「ゲホ、……ね、ねえ、お兄さんたち、盗賊か何かなんでしょ」

「、だったらなんだよ」

「目利きとか、ちょっとは、出来るんじゃないの。これ、見て」

「……」

喉を締め上げられたまま、苦しげなアキラが途切れ途切れに口にした言葉に、二人が顔を見合わせた。

やっぱり命乞いのつもりらしい。バカなやつ。

それから、全く同じ動きで揃って、用心深く短剣を見た。

それは、女の華奢な手にもピッタリと収まるような、ほっそりとした短剣だった。刃先はおそらく二十センチもない。装飾のお陰で随分と握りづらそうだ。大した武器にもならないだろう。

——ただ、その装飾が問題だった。

オレンジがかった金色は、とても紛《まが》い物とは思えない輝きを放っている。意匠も見事なものだ。大きなグリーンの石、あれはなんの宝石だろうか。

「貸してみろよ」

左目男がアキラの手から短剣を取り上げようとする。

その乱雑な動きに、鞘《さや》のみが引っこ抜けた。

つまり、アキラの手には今抜き身の剣が握られたままなわけで。自分の首を掴み上げている男の手に、すぐさまサクッと剣を刺すことのできる状態になったわけだが……二人の視線はもう剣には向いていない。

二つの目玉が釘付けになっているのは、鞘に施されたまったくもって見事な鷲の装飾だ。

鷲の彫られた宝剣……目に嵌め込まれたこの石は、あれ、ペリドットだ……。

「「ん？…？…？…？…？…？…」」

全く同じ動きで双子が首を傾げた。

「い、いや、まさか」

「まさかだよなあ、にいちゃん」

「まさかまさか。こんなとこ一人で歩いてるわけねえだろ」

「だよなあ」

「ゲホ、ゴホ。……んん、あー、はじめまして。俺、アキラ。この国の神子です。こっちは神子の宝剣」

「「…………」」

アキラの呑気な自己紹介に、ドッと双子の額から嘘みたいな量の滝汗が噴き出した。

爆弾を扱うみたいな手つきで、それはもう丁重に、アキラの体が地面に下ろされる。

裸足の足が土の上に立った。

よくよく見れば、ヒール靴が片方脱げたこのかわいー子ちゃんは、随分と小さかった。男たちの胸くらいしか身長がない。

ふわふわとした服で誤魔化してはいるが、体も随分と華奢である。

じゃあ、つまり、本当の本当に……。

悪夢でも見ているような顔をしている双子を前に、ニコッと可憐《かれん》に笑ったアキラは、その可愛らしい笑顔のまま抜き身の短剣をゆっくりと動かした。

刃《やいば》の行く先を見た男たちの顔が、この世の終わりみたいに青ざめた。

双子の本能だろうか。子供の頃みたいにピャッと寄り添いあい二人は震えた。ガチガチ歯を鳴らし、お互いの腕にしがみつきあっている。

「神子が幸せに生きてると国が豊かに平和になるんだって」

「やばいやばいやばい……！」

銀色の静かな輝きを放つ刃が、ヒタ……と首に添えられた。誰の首ってアキラの首だ。喉仏のすぐ上。顎の下。

細い首筋に当てられると、その小さな刃もとんでもない凶器に見えた。

あんなもので刺されたところでどうってことないぜ。そう思っていた右目の男が白目を剥く。

——やばい、死ぬ。誰がって。神子様が。

「じゃあ、神子が不幸に死んだら国はどうなるんだろうなあ。誰か試したことってあるのかなあ」

「だめだめだめだめ！」

左目の男がアキラの方に両手を突き出して、ブンブン首を横に振っている。残った左目からじわじわ涙が滲《にじ》んでいた。

「色々、大変なことになるんだろうなあ……」

「ま、まて、まてまて、早まるな!!」

「おち、おちつけ！　自分が何をしてるか分かってるのか!!」

ニタ、と笑うアキラと、短気を起こそうとしている犯人を説得する警察官みたいに、必死に声を張り上げる二人組。

もうどっちが悪者か分からない。

「……俺を誘拐するの、やめますか」

「やめます!!」

「すぐやめます！！！」

「俺を変態に売り払うのは、」

「売れるわけねえ〜〜〜〜」

「なに、なにしてんだ俺、あぶっあぶね〜〜」

フー、と二人が同時に額を腕で拭った。俺たち、危うくとんでもないことするとこだったね。そんな顔である。うっかり殴《なぐ》ったりしなくてよかった。胸ぐらは掴んだけど。見る限り、目の前の可愛い子の生っ白い肌には傷ひとつない。

だいじょうぶだいじょうぶ。全然、まだ取り返しがつくところにいる。神子様無事だし。俺たちまだ生きてる。

「と、とりあえずその剣おろして」

「いのちだいじに」

「……剣おろした瞬間、襲いかかってくるとかない？」

信じられないな。保護者とはぐれてすぐに酷い目にあったせいで人間不信のアキラに、二人がブンブン首を振る。

「ないないない！」

「万に一つもない！」

アキラが「本当かなあ」と疑《うたぐ》るような声で「フーン、」と呟きながら、そっと剣を下ろした。

ギョロギョロ死に物狂いで見開かれていた二つの目が、最後まで油断しないぞという様子で刃の先を追いかける。

左目男が「ド、ドドドドーゾ」とガタガタ震える手で大事に握りしめていた鞘をアキラに差し出した。

「……」

アキラが無言で、剣を鞘に納める。

二人が、ギュッとお互いを抱き合った。

なんとか命拾いしたか弱い被害者みたいな顔だった。

襲いかかってくる様子は微塵《みじん》もない。

——う、うまくいった。

そしてこちらはアキラ。強気な顔を崩さないアキラも、内心じゃブルブル震え、安堵《あんど》の溜息《ためいき》をついていた。

——一か八《ばち》か。やってみてよかった。

アキラは咄嗟の賭《か》けに勝った。

ヤケを起こしたわけじゃない。

首を絞められたまま、必死に考えたすえに起こした行動だったのだ。

この国の人々にとって、神子がものすごく大事な存在であることはライルに充分に教わって知っている。

このまま、変態の金持ちに売り捌《さば》かれるなんて絶対にごめんだ。

じゃあ、もしかしたら、神子であることを明かしたら助かる？

状況が悪化するパターンもある。他国に売られるとか。短剣のことをこの二人が知らないだとか。

でも身分証明にわざわざ宝物庫から引っ張り出して持たされたものだ。使い道といったらここしか思いつかなかった。

参考元は昔おばあちゃんとよく見ていた時代劇の主人公だ。アキラは自信満々の顔を取り繕ってドドーンと短剣を見せた。この短剣を見よー!!って具合に。足がガタガタ震えていたのは気づかれなかった。

そんな一か八かの賭けの結果は見ての通り。

「……………」

──想像の百倍くらい効果があったな。

黙ったままのアキラに、弟と手を取り合ったままの右目男が情けなく眉を下げて口を開いた。

「……あの、その、それで神子様？」

「……」

「……ど、どうしてお一人でこんなところに？」

「……」

アキラが無言のまま眉間に皺を寄せた。

双子の体に緊張が走る。

なんだか聞いてはいけないことを聞いてしまったことが分かったからだ。

熟考《じゅっこう》を感じさせる重たい沈黙の後。アキラは、追い詰められ国家機密を漏らしてしまうスパイみたいな感じで、重たい口をゆっくり開いた。

「……迷、子、」

「……マイゴ」

「……まいご」

「……エッ、ま、迷子？」

双子がオウムみたいに言葉を繰り返す。

「……なに」

なんか文句あるの。

二十歳で迷子になったことに深く突っ込まれたくなかったアキラが、厳しい声で聞き返した。ようするに八つ当たりである。

ジトリとした視線に哀れな双子が慌てて首を振った。

「イ、イエ！　僕たちに協力できることがあれば！　力になります！」

「ガキの頃からこの街に住んでおります！　お役に立てます！」

「……、そうなの？」

「はい！」

「隅から隅まで知り尽くしております！」

アキラが分かりやすく食いついたのを見て、今度は頼り甲斐のある警察官みたいにビシッと背筋を伸ばした二人組が大きな声で言った。

誘拐犯に被害者に警察官に。忙しい二人組である。

アキラが「え、じゃ、じゃあ……」と切り出す。

「あの、お婆さんの搾りたてジュースの屋台に、帰りたいんだけど」

「「…………」」

おっと、これは思いもよらない難問だぞ。

そんな顔をした双子が「「少々お待ちください！」」と大声で言って、そっくりな顔を寄せ合い会議を始めた。

「う、うん」と返事したアキラは今更になって迷子を告白したことが恥ずかしくなったのか、耳を赤くし俯いて、人差し指と人差し指を腹の前あたりでモショモショやっている。

「ど、どこだ。女に最近人気の東街のあれか？」

「バカお前、こんな子が東街から歩いて来れるわけねえだろうが。中央街のあの観光客向けのたっけぇあれだろ」

「ああ、あのなんか小さいパラソルとかが刺さったあれか」

「ストローがバカ細くて無駄に飲みにくいあれだよ」

「いやでも、お婆さんの店って言ってなかったか。あれを売ってる店には若い女しかいないだろ」

頭を掻き、首を捻り。ゴソゴソごにょごにょやった二人が、最終的に、顔を見合わせ凜々しく頷いた。最終決定が出たらしい。

「あ、あの神子様」

「ハイ……」

心細げなアキラが返事する。

「店先に、オウムがいましたか」

「い、いました！」

俯いていたアキラが、飛び上がって顔をあげた。

双子の顔も明るくなる。

「やかましい声で話す赤と緑のやつですか」

「そう！　それです！」

犬のおまわりさんと迷子の子猫が顔を突き合わせ笑った。

「すぐ近所だ。あっという間に着きますよ」

「アッ、で、でも俺、一人じゃあの人混みをうまく歩いていけなくて」

これまた予想外の言葉だったらしい。

同じように目を見開いた双子がパチリと同時に瞬きをし、それから顔を見合わせ何か無言のやりとりをした。

「俺たちでよかったら送っていきます」

「え、いいの！」

――こんな強そうな双子に送ってもらえるのなら、間違いなくあの屋台の前に戻ることができるはずだ。他の危ない人たちに絡まれたり、誘拐される心配もないだろう。

アキラが助かった！という顔をした。

「はい。神子様に失礼なことをしてしまったお詫《わ》びです」

「こんなもんお詫びになりませんが」

つまり、送って行くからさっきの失礼は許してくださいお願いしますって、そういうことだ。

双子の言いたいことを理解したアキラは、少しだけ悩んだ後、ウンと頷いた。

一人でライルの元に帰れる自信もない。流石のライルもこの人混みの中、小さいアキラを探すのは骨が折れるだろう。

何より急いで無事に帰らなければいけない理由が、アキラにはあった。

見つけてもらうんじゃなくて、自分で帰ってきたなら、多分まだセーフ。

「ヨシ、乗った」

その言葉を聞いた瞬間、双子が揃って後ろを向き、ガッツポーズをした。

生き残った。俺たち、生き残ったな。許されたね。

そういうガッツポーズである。

だけど、すぐに二人とも気を引き締め直し、凜々しい顔に戻った。

絶対に、目の前の神子様を無傷でお帰しするぞ。決意の顔だった。

「こちらです、神子様」

「ウン」

アキラもキリッと眉を上げ、双子の後ろに続く。

いいや、続こうとした。

肝心《かんじん》の一歩目。一歩目で、アキラの歩みは止まった。

「……ん？」

足の裏に何かがザクッと刺さる感覚があったのだ。

めちゃくちゃに痛すぎて、何だか現実味がなかった。

首を傾げ、足を上げるアキラ。

振り返る双子。

アキラのやわこい足の裏に、ブッスリ刺さったドでかいガラス片に視線が集まる。

「「「…………」」」

ガシャン、ガラス片が地面に落ちると同時。足の裏からボタタタタッ、と真っ赤な鮮血が落ちた。

――終わったな。

……三者一様。引き攣った顔を見合わせ、ヘラと笑った。

15　一方その頃

「あれ、ライル？」

「……、」

さて一方、ライルの方はというと。

彼は声をかけられた方に視線をやり、自分を知っているらしい目の前の人間の顔をジッと見つめた。

誰だっけか。

「……ん、あ、お前か」

覚えのある顔だった。二つくらい前の戦場で、何度か並んで剣を振るったことがある。わりと腕の立つやつだったと記憶していた。サッパリとした性格をしていて、煩わしくない。そこそこよくつるんでいた。

「……嘘でしょ？　お前今、オレのこと思い出すのにちょっと時間かからなかった？」

「お前顔が地味だから」

「この色男を捕まえておいて……顔が、地味……？」

大してショックも受けていないくせに大袈裟に悲しんでみせる男と、軽口をほんの一往復。

そして、お婆さんからもらったジュースをアキラに渡そうと横を向いた瞬間。

「は？」

自分の小さな主人が忽然《こつぜん》と姿を消していることに気がついた。

「…………は？」

「え、ちょ」

ジュースを力づくで押しつけられた知人の男が、ワタワタとそれを受け取った。

大きな手にちんまりとしたショッキングピンクのジュースを乗せた姿は少し滑稽《こっけい》だ。やっぱり自分の主人はいくらかおかしいんだ。あんなファンシーな色のジュースが似合う成人男性を、ライルはアキラ以外に知らない。

「ライル？」

「うるさい黙ってろ」

さて。ライルがアキラから目を離したのは、ほんの十秒くらいの僅《わず》かな間であった。

すぐ横にいたのだ。

すぐ横で、オウムの籠に指を突っ込んで「ヘイ、そこのセクシーなお兄さん、うち寄っていかない？」と、オウムに変な言葉を覚えこませようとするバカな姿を、つい十秒前にこの目で見ていた。

——誘拐？　いや、怪しげな人間に自分が気が付かなかったとは思えない。なら、勝手に一人で離れたのか？　まさか。あの人はそんなマヌケじゃない。

「え？　まじでどうした？」

ゴミゴミとした人波に視線を走らせるライルの様子に、知人の男が心配そうに声をかけた。

余裕のないライルなんて、らしくない。

ライルにつられて男までも慌てていた。

この男にとってのライルは、なんというか、〝常人離れしたすごいやつ〟なのだ。

仲間とのバカ話や軽口に付き合うような人間味はあるのに、真横にいた男の頭がボールみたいに吹き飛んでも、動揺一つしない。剣にこびりついた血油を敵の服で拭きとって、サッサと次の相手に取り掛かる。優秀な戦士だ。

夜中に夜襲をかけられても、その混乱に乗じて、上司の隠し持っていた酒をコッソリ盗み「ラッキー」なんて言って笑っていたりする。もちろん彼に襲いかかった敵は全員足元で倒れている。

「……やっぱ、リードつけておくんだったか」

「……」

そんな人間離れした男の目が鋭くなるのを見て、賢い知人はすぐに、その場から撤退することを決めた。

「じ、じゃあ、オレはこれで」

こんな有名な諺《ことわざ》がある。

〈……イスリール神から離れろ。そうすれば彼の怒りからも離れることができる〉

知人の男は、ほんの少し前にアキラがしたみたいにスッと雑踏の中に紛れ込んだ。無骨な手に、かわいいフルーツジュースを握ったまま。

このジュースを話の種に綺麗な女の子でもナンパしよ。そうしよ。

雑踏に入ってしまえば、あの恐ろしい男は追ってこないはずだ。なんだか自分が話しかけたことでトラブルが起こったみたいだったけど。人を見失って焦《あせ》っているみたいだったけど。

「あー、こわこわ」

ライルをあそこまで動揺させるなんて、一体どんな奴なのか。

鳥肌のたった腕をしきりに摩《さす》りながら、男はスタス夕雑踏に消えた。

途中「だから、瓶を外に捨てるのやめろって言ったじゃん！」「バカやろー！　お前だって捨ててただろ！」「ヤメテー！　俺のために争わないでー！」なんて、おバカな喧嘩の声が路地から聞こえてきた気がするが、特に興味も湧かなかったし、ちょうど好みの女の子を見かけたところだったので、視線も向けずに通り過ぎた。

16　紛らわしい状況

さて、保護者とはぐれたひ弱なハムスターは、自分の小さな牙を剥いてどうにかこうにかピンチを切り抜けたところである。

召喚された無力な現代人が、酷い目に遭いかけているところに意中の相手が助けにきて、そのままロマンチックな夜へ雪崩《なだ》れ込む……なんてのは割とよく見る流れだが。

変態親父にあんなことやそんなことをされるのはどうしても御免《ごめん》こうむりたかった。

できればロマンチックな夜のあたりだけ、チョッピリつまみ食いさせてほしい。

何より、アキラはかわいい女子高生とかじゃないので、「いやー！　助けてー！」なんて言ってハラハラ涙を流し、ヒロインみたいにただ助けを待つことはできないと思っていた。アキラにもプライドってものがある。

そんなわけで、大汗かきながら自分より二回りも三回りも大きい、アウトローの男たちを何とかやりこめてやった……ところまでは良かった。

最後の最後、詰めが甘くて大失敗するまでは。


「も～～！　俺っていつもこう～～！」

場は混乱を極めている。

アキラは緊張の糸がプッツリ切れて、自分が情けないわ足が痛すぎるわでジタバタしているし。

頼りの双子たちは、アキラのその細くて白い足の裏からボタボタ垂れる鮮血にガタガタ震えていた。

——あれ、そういえば何ヶ月か前に、神子様の噂が流れてたよな。聞くに、すごく体の弱い方だとか。

随分と深く刺さったのか、それとも刺さる場所が悪かったのか。いや、あの見るからに皮下脂肪の薄そうな足を見てみればわかる。血管を少し傷つけたんだろう。大したことない。自分達にとっては。でも、花のように儚いと噂の、神子様にとっては……?

「「……」」

ザッと双子の顔色が悪くなる。

待って。まずい。とってもまずい。

「て、手当て……とにかく手当てしねーと……」

〝にいちゃん〟である右目男が焦った様子で、アキラを肩に担ぎ上げた。

なぜ神子と知っていてそんな乱暴な持ち上げ方をしたのかって、彼らはか弱い生き物に優しくするなんて経験が生まれてこの方ないタイプの人間だからだ。

自分達より弱い生き物は全員食い物にして生きてきた。

脳内の引き出しには、超絶気持ち良いセックスの仕方・女の子の口説き方・安酒で酔っ払う方法・間違いない恐喝《きょうかつ》のやり方・ハッパの巻き方、なんて物騒な項目がいくらでも並んでいる代わりに、お姫様抱っこ、なんて可愛いものは一つもない。

これでもかなり頑張っている方だった。

「ヒュ」

今のは乱暴に持ち上げられたアキラからした音ではない。

持ち上げた体が軽すぎてビビり散らかした右目男の喉から出た音だ。

「あ、やば、これ力加減間違えたら骨とか折るかもしれない……」

「に、にいちゃん、気をつけて……」

たっかい壺《つぼ》を運ぶのを見る時みたいに、弟の左目男が「そーっと！　そーっと！」と脂汗をかきながら声をかける。

アキラの方はといえば「ヒン」と言って、右目男のムキムキな首に額を押し付けて泣いていた。こんなに出血をしたのは多分初めてなので。なるべく自分の血を見ないようにしているのだ。

左目男が背後にあるアジトの扉を押さえる。

「……は、おま、何やってんのこのバカ双子」

薄暗い居間のような空間で、使い古しのソファーにもたれていた男がポカンと口を開けて、こちらを見た。欠伸《あくび》しながら階段から降りてくるところだった男その二も目をパチパチさせている。

仲間の溜《た》まり場になっているんだろうか。ピザに似たパンを口に咥えてヒョコリと顔を出す男その三もいた。

「え、なに、それ。新しい売り物？　かわいいね」

「は、何で気絶させてねえの。俺らの顔見られてんじゃん」

「さっそく傷物にしてる。高く売れそうなのにもったいな」

わらわらと男たちが集まってくるのを、左目男が一生懸命「寄るな！　臭《くせ》えのが移るだろうが！」と、腕を振り回しながらガードしている。

「え、何、売り物じゃないの？　お前達の女なわけ？」

「もったいね〜〜、お姉さん、コイツ、『セックスがなんか雑』って理由でこの間フラれてたよ」

「その点俺なんかおすすめ」

「下品なことを言うな――――！！」

ギャーと吠える左目男を尻目に右目男がソファーにスタスタ歩み寄る。「退《ど》け」と言うだけ言って、退く前にソファーに座っていた男を蹴り落とした。

「なに。こいつどしたの、発情期？」

「だーから！　お下品なことを言うな！　この方をどなたと心得るか！　バカやろう！」

アキラがポスン、とお尻からソファーに着地した。右目男が早足でどこかに消えていくのを、ソファーに血がつかないよう不自然に右足を伸ばした姿勢のまま見送る。

「……知らね。どなたなの？」

「すげえ可愛いし。売れっ子の踊り子とかなんじゃね」

「それなら俺が知ってる。可愛い踊り子はもう全員唾つけたもん」

顔は怖いけど、よくよく聞いてみれば彼らのノリは現代日本のバカな男子大学生のそれとそんなに変わらない。

アキラの周りは静かだったりのんびりとした連中が多かったので馴染《なじ》みがないが、大学にはこういう下品なネタでバカ騒ぎしている派手なグループがいくつもあった。

異世界でもオジサンはスケベだし男はバカなんだな。アキラはなんだかほんわかした気持ちになった。

「聞いて驚け、この方はなあ、神子様だ！」

「あーね。そういうプレイで今から楽しむのか。わかる。神子様みたいな儚げな天上人とあれこれしてみたいって、男なら一度くらい妄想しちゃうよね」

そう頷いた男が一人。

後の二人は、つまらない冗談だと思ったんだろう。ポカンとして顔を見合わせ、それから顎を上げてゲラゲラ笑い始めてしまった。

「……あの、良かったらこれ」

アキラが懐を探り剣を差し出す。自分の代わりにせっかく説明をしてくれたのに、バカにされてしまった左目男が哀れだったのだ。

「アッ、だめです神子様、こんな汚い連中にそんなホイホイ見せるようなものじゃありません」

「や、でも。身分証明のためにって王様がくれたものだし」

王様。

国内ナンバーワンの権力者が親戚のおじさんくらいのテンションで登場したせいで、左目男は白目を剝いた。

奴隷がいることからもわかる通り、イスリール国は社会階級がはっきりとした国である。

ナイトティーを飲み終え、お布団《ふとん》に入る間際の王様が「あ、そうだ。私たちの可愛い可愛いアキーラ様に乱暴した奴ら、クビね」と一言言うだけで、ここにいる全員の首がスポポーンと飛ぶ。

「……え？」

キラキラの宝剣を見て固まった男がグシャ、と反射的に吸っていたタバコを握りつぶした。当たり前である。神子様に副流煙とか吸わせられない。

「……まじで神子様？」

目の前のかわい子ちゃんは、ただのかわい子ちゃんじゃない。とんでもない天上人が目の前にいるっぽい。

そんなことを理解し始めた男たちが、ソワソワもぞもぞし始めた。

え、そんな汚いソファーに座らせていいの？　俺、そのソファーで女とエッチしたことあるよ？

ピザを咥えていた男が、セージの葉を後ろで焚き始めた。せめてもの足掻《あが》きで空間を清めようとしているらしい。

「だめだ、そもそもここにいる汚ねえ男どもを全員殺さねえと綺麗にならねえわ」

そう言って、セージの葉を放る。

火の不始末を気にしたアキラが、セージの描いた放物線を渋い顔で追った。

「み、神子様ってクッキーとか食べる？」

「バカ。食べるわけねえだろうが。あれだよ、花びらとか、食ってもフルーツとか、そういう美しくて可愛いものしかお食べにならねえよ。殺すぞ」

自分で怪我の具合を確認すると気が遠くなりそうなので、右足の手当ては救急箱っぽいものを持って階段をズダダ！と駆け降りてきた右目男に丸投げすることにして。

アキラは気を紛らわすため、男が持ってきたお菓子の籠をヒョイと覗き込んだ。男世帯っぽいのに、こんなものがあるのか。この国の人々は総じて甘党らしい。

「あ」

「「あ？」」

アキラの視線を奪ったのは見覚えのあるキャンディだった。道ゆく子供が咥えていた、ものすごくカラフルな棒状のアレである。どんな味がするんだろうか。

「え、これ、？」

「選ぶお菓子までかわいい。毛布に包んで持って帰っちゃおうかな」

不穏《ふおん》なことを口走った男がすぐさま灰皿でボカッと殴られて倒れた。

「おわ」と、アキラがドン引きしながらそれを見ていると、サッとキャンディが差し出される。

「あ、いや、でも、毒見してない食べ物に口つけちゃダメって言われてて」

そう言いつつ視線はキャンディに釘付けのアキラに、男が光の速さでキャンディをボキィッ！と割り、自分の口に含みゴリゴリ噛んで飲み込んだ。

「平気です」

「あ、ありがと……」

悪い人なのにいいやつ……。なんだろ、これ、ストックホルム症候群ってやつかな。そんなことを考えながら与えられた半分のキャンディを黙って食べる。舌が痺れるほどに甘い。

甘いものはとことん甘く、辛いものは死ぬほど辛く。そんなイスリール国の姿勢が甘党のアキラは大好きだった。

「え、てか俺、神子様って男だって聞いたんだけど違った？」

灰皿で殴られて今の今まで昏倒していた男がムク……と起き上がり、天啓《てんけい》を得たようにつぶやいた。

男どもの視線がキャンディを無言で舐めるアキラに集まる。

「……あ。俺、男だよ」

「まさか」

「こんな男がいてたまるか」

「いや、ほんとほんと。触る？」

いーよ、別に。触られて減るものじゃないし。

この時にはもう、大学の友人と駄弁《だべ》っているみたいな気分になっていたアキラは、一番近くにいたキャンディをくれた男の手をとって、自分の胸にペタリと押しつけた。

「はにゃ……」と、アキラの薄い胸に手を当てた男がかわいい声を出し、男なんじゃね？と言い出した男は無言でタラリと鼻血を垂らした。

「ね、男でしょ」

その瞬間である。

ドカンと爆発したみたいな音を立てて扉が開いたのは。

17　お世話係の襲来

「……あ、」

ドカンと扉が開いた先を全員が見た。

夕日で赤くなった路地裏を背に、大きな影が佇《たたず》んでいる。

ヒーローの登場シーンってよりは、ほとんどヤクザとか殺し屋とかがする登場の仕方だった。

扉を思いっきり蹴り上げたんだろう。こちらに靴底を見せるみたいに上げていた足をゆっくりと下ろした影の指先には、ついさっき脱げたアキラの靴が引っ掛けられている。

黒い顔の中で、唯一爛々《らんらん》と光っているコバルトブルーがギロリと室内を見渡した。

「…………」

普通なら、こんな風に知らない男が溜まり場に乗り込んできたら、血の気《け》の多いおバカな乱暴者たちはいきりたっただろう。今はすっかり黙り込んでしまっているが。

それくらい迫力があったのだ。

ちなみに、大きな影——ライルが見ていたのは、キャンディ片手にぽけっとしている小さな主人と、その胸に手をぺったり当てる男、右足にグルグル包帯を巻く男、それから鼻血を垂らしている男の姿である。

色々と最悪だ。

「……ライル、」

アキラの言葉で我に返ったみたいに、大きな影がゆらりと陽炎《かげろう》みたいに揺れた。それから無言のまま、のろのろと近づいてくる。

ものすごく怒っている猛獣を前にしたみたいに、背中を向けないようにゆっくりと男達がアキラのそばから離れていく。

抵抗する気もお邪魔する気もありませんよ、そんな様子で。

数だけで言えば多勢に無勢のはずなのに、影は男たちを気にする素振りも見せない。彼にとっては気にする価値もないらしい。

ギラギラしたコバルトブルーは、ただジッとアキラを見据えていた。

巨大な体の落とす大きなシルエットで、アキラのポカンとした顔から爪先までがすっぽり覆われる。

——お、お怒りだ。

タラリと、アキラのこめかみを汗が伝った。

そりゃそうだ。

あれだけ言われたのに、まんまとはぐれて、その上うっかり怪我もして。

——ど、どうしよう。何と言おう。

「ご、ごめんなさい」

アキラはまず、ポツリと謝った。

それから唇を開けたり閉じたりして、続ける言葉を探した。

逆光になってよく見えない顔の表情を知るのが怖くて、右に左に視線を泳がせているうちに、ストンと隣に何かが腰掛けた。

「え？」

予想外の行動に驚いて顔を上げたアキラに、ようやくライルの表情が見えた。

見たこともないくらいのにっこり笑顔。

パチパチとアキラが瞬きした。

ライルが小首を傾げ朗《ほが》らかな声で言う。

「お久しぶりです、アキラ様。こんなところで何をされているんですか？」

「……ひぇ」

この場の緊張感に全く釣り合わない優しげな声と、わざとらしい笑顔に、アキラが一瞬で涙目になった。

「随分と楽しそうでしたね」

「……」

「驚きました。ほんの一瞬目を離したら、いなくなってるんだから」

「…………」

「見つけてみたら怪我してるし。なんか食ってるしなあ」

「…………」

アキラがポイ！とキャンディを後ろに放り投げた。お行儀が悪いとかそんなことを言っている場合ではない。ここは命懸けの現場なのだ。

すみません。足の怪我から気を逸らすのに、こいつが役に立ってくれていたんです。そんな言い訳ももちろん言えない。まだ命が惜しいので。

「アキラ様？」

「はいっ」

優雅に組んだ長い御御足《おみあし》に肘《ひじ》をついて、素敵な微笑みを向けてくるライルの問いかけにアキラがすぐさま返事をした。

号令をかけられたみたいに、背筋がピッ！と伸びた。

「俺、街へ出る前になんといいましたっけ」

「……じ、『自分から絶対に離れないように』と言いましたッ」

「俺が毒味をする前のものは？」

「口にしないようにッ」

「それでアキラ様はどうされたんですか？」

「……ライルから離れた上に、人から貰《もら》ったキャンディを食べました！！」

ギュッと目を瞑《つむ》りながら、調教済みのワンちゃんみたいに、アキラがキビキビ返事をした。

男達は部屋の隅で正座をしている。

可哀想に、涅槃《ねはん》に入ったような顔で床に肘をつき遺書を書き始めているのは、アキラの胸ぐらを摑み上げた右目男だ。

〝ライル〟なんて恐ろしすぎる名前のせいである。

この国の男なら全員知っている。強い戦士は、イスリール神を信仰するこの国じゃ憧れの的なのだ。

現に、年に一度開かれる闘技大会には、大興奮した国中の男たちがこぞって観戦にやってくる。席を確保するために、闘技大会が始まる前に観戦者同士の乱闘が始まるくらいだ。

まさか、あのライルが神子様の護衛をしているなんてことは知らなかったが。この後自分達がどうなるのかくらいは流石に予想ができる。

　子供や女、弱い人間を食い物にしてきた人生のツケが、ついに回ってきたのだ。まさに年貢《ねんぐ》の納め時ってやつだった。

「なるほど。アキラ様はそれがご自分の犯した失敗の全てだと、そうお考えなのですね」

「ハイ」

「アキラ様」と再び名前を呼んで、さらに笑みを深めたライルがアキラの方に顔を近づけた。

　目の前に迫ったそれはそれは美しい笑顔にアキラが息を呑《の》む。鼻先に息がかかるほど近い。なんだか良い匂いがする。

　美しい男は、アキラの柔らかい頬を片手でムギュッと潰した後、とびきり甘やかな声でこう言った。

「ハズレ」

「はわ」

「正解は、『俺から黙って離れた上に、こんな怪我をして、他人に貰ったキャンディを食べ、挙句《あげく》の果てには野郎に体を触らせた』です。大外れ」

「ふ、ふみまへんへひた《すみませんでした》……」

「はぐれたら、うんとかすんとかギャーとか言ってください。いつもの元気はどうしたんですか」

「ほっひゃるとおりで《おっしゃるとおりで》ほはいまふ《ございます》」

　やわやわの白い頬《ほ》っぺたを潰されたままのアキラが、観念するみたいに目を瞑った。

　俺はバカです……全部俺がひ弱でマヌケなせいです……煮るなり焼くなり食べるなり、好きにしてくださ い……。

　アキラが動物ならお腹《なか》を出してパタリと倒れていただろう。全面降伏の顔だった。

「……コイツらに何かされましたか」

　アキラの反省顔からゆっくり手を離したライルが、低い声で尋ねる。

　後ろで正座していた男達がブンブン首を振った。もう双子の顔色が死人みたいになっている。

「され、されてないです」

「この怪我は」

「靴が脱げたままの足で、うっかりガラス踏んづけました」

グッとライルの顔が顰《しか》められた。

まるで彼自身が痛い思いをしたみたいな顔だった。

「体を触らせていたのは」

「あの、俺が本当に神子なのか疑われてて。でもこんな格好だから、男だって証明するのに手っ取り早いと思って、」

ギリ、と怖すぎる歯軋《はぎし》りの音が響いた。

「ごめんなさい」

「…………」

それから、ライルは両手でそっと掬《すく》い上げるみたいにアキラの体を持ち上げた。

双子がしたのとは全然違う。雰囲気はものすごく怒っているのに、大事な大事な子を持ち上げる時の、優しい抱き上げ方だった。

無言のまま、スタスタと暗いアジトを出て行く。

長い脚であっという間に路地まで出たライルは、そのまま立ち去るでもなく、路地の端の石の上にアキラを置いた。

されるがまま、ちょこ……と腰掛けたアキラが「あれ、帰るんじゃないんですか?」というような顔をしてライルを見上げた。

18　色々と間《ま》が悪い

明るい外に出てみれば、真剣なコバルトブルーの瞳がずっとアキラの表情や体を観察しているのがわかった。ほんのちょっとの違和感も見逃さないように、ジッと隅々まで。

それから、彼のこめかみをひとすじの汗が伝っていることも。

彼がまだほんのりと、肩で息をしていることも。

「……、」

ライルが息をきらしているのなんて、初めて見た。必死で探してくれていたんだろうか。

その時ようやく、叱《しか》られる怖さなんかが吹き飛んで、アキラの胸が罪悪感で一杯になった。

——そうだ。俺が、国の神子が行方不明になれば、護衛の彼の責任になるんだ。きっと怖かったに違いない。

「ライル、」

地面に片膝をついたライルが、アキラの踵を手のひらで包むみたいに持ち上げて、足の裏の怪我を確認した。

それから、脱げた靴の上にそっと足を置いて、アキラの少し乱れた服を穏《おだ》やかに直す。

ああ、この靴が落ちたままだったから、ライルは俺を探すことができたのか。この広い街でたった一つの靴を見つけるのは、どれだけ大変だっただろう。

「……ライル、」

「はい」

「ほんとにごめん」

「…………いえ、俺も遅くなってすみませんでした」

怪我を、させてすみませんでした。怖かったでしょう。

ライルは何も悪くないのに、そんな風に小さな声で謝るものだから、なんだか急に泣きそうになる。

怖かったけど、別に。ライルが思うほど怖くはなかったよ。ライルが優秀なことは知ってるから、絶対見つけてくれると思ってたし。信じてたからちょっと大胆な行動がとれて、結果助かったたし。

ライルはそんな辿々《たどたど》しい言葉をアキラの目を見つめたままジッと聞いて、言葉の終わりにゆっくりと瞬きをした。

ホッとして力が抜けたのかもしれない。なんだか急に静かになってしまった彼が心配で、アキラは身を乗り出した。

右足を地面につかなくて良いようにだろう。ライルが咄嗟に、アキラの脇腹の辺りを持ち上げるみたいにして支えてくれた。

「俺、確かに弱いけど、このくらいじゃ流石に死なないよ」

「……」

「ごめん、怖かったね」

「別に、怖くないです」

「うん、ごめん。ごめんね。このくらい治るし。もう全然大丈夫だから」

「……大丈夫じゃないと困ります」

巻いているショールをそっと解《ほど》いて、手のひらで彼の細い顎に伝っている汗を拭った。

拗《す》ねるみたいな声を出すライルが珍しくて優しい声が出るし、なんだか可愛くて甘やかすみたいに汗を拭ってしまう。

「うん、うん。だよね。あの人たちにはちゃんと口止めして、王様には黙っておこう」

だからライルが責められることはないし、責任を取る必要もないよ。

そんな言葉に、ライルが珍しく虚《きょ》を衝《つ》かれたような顔をして動きを止めた。それから油断した声で「王様？」と、呆気《あっけ》に取られたみたいに聞き返した。

…………ん？

「え、？」

「え？」

丸くなった二人の目が間近でピタリと合う。

それから、何かに気がついたみたいに一瞬睫毛を震わせたライルが、アキラを突き放すみたいにしてスクッと立ち上がった。

戸惑ったような表情は消え、いつものクールな顔に戻っている。

「あ、え、」と言葉にならない声を溢《こぼ》すアキラに、

「……なにか？」と硬質な冷たい声まで出してみせた。しきりに瞬きをしている。耳のふちが赤い。

「……あ、ああ、そうでした、アキラ様」

「あ、はい」

「神子の剣はお持ちですか」

「あ、はい」

「俺が戻ってくるまで、見えるように持っていてください。誰になんと言われても、ここを決して動かないように。……いや、近づいてくる者がいれば、大声を

出してください」

　訳の分からない指示を出して、ライルがスタスタ双子たちのアジトの中へ戻っていこうとする。

「ヨシ」なんて言いながらコキッと首を鳴らす物騒な仕草に、ポケッとしていたアキラが我に返って声を張り上げた。

「あ、えと、俺、何もされてないです！」

「彼らの顔には見覚えがあります、有名な誘拐グループだ。犯罪者ですよ」

「怪我の手当てもしてくれたから、い、命だけは！」

　そりゃ悪い人達なんだろうけど流石に、今ここで彼らが死んでは寝覚めが悪すぎる。

　そもそもアキラは人が死ぬところなんて見たことがない。平和ボケした日本人なのだ。今はとりあえず、しっかりと灸《きゅう》を据えるくらいで許してやってほしい。

「…………あ〜〜も〜〜〜」

　アキラの頼みにチラ……と嫌そうに振り返ったライルが、彼らしからぬ乱暴な様子で後ろ頭をガシガシ掻いて呻きながら、閉じかけの扉の向こうに消えた。


　ぱたん、と不安げな音を立てて扉が閉じた。

　そして次の瞬間、中からなんだかバイオレンス映画でしか聞かない物騒な物音と「ムシャクシャするから泣かせたやつと胸触ってたやつは取り敢《あ》えず一回だけ殺させてくれ」「ワギャー!!」なんていう喧《やかま》しい声が一斉に聞こえてきて、アキラがそっと手を合わせる。

　悪人とはいえ、胸を触らせたお兄さんには大変申し訳ないことをした。本当にごめん。今度、お見舞いの品を差し入れますから。成仏してください。

　きっと命までは取られないはず。ライルはなんだかんだ俺に甘いので。

「、」

　そう、何かと甘い。随分と甘やかされている自信が、アキラにはある。

　スッと真顔に戻ったアキラが後ろ頭を壁に預けてポカンと空を見上げた。

　食事から何から心を尽くしてくれるし、心細くて眠れない夜は一緒に夜更かししてくれる。退屈している時は、今まで訪ねた街の面白おかしい話をぼんやり聞かせてくれたりする。

それから、ピンチの時は必死で探してくれて。あんなに息が切れるくらい、走って迎えにきてくれて。心配もしてくれて。

「……、」

だけどそれが彼の仕事だ。

もちろん分かっている。中学生男子とかじゃないので。その辺自惚《うぬぼ》れたりとかはしない。

……だけど、さっき、王様には黙っていようって言った時。彼はキョトンとしていなかっただろうか。責任？　そんなこと考えていなかった、という顔で。

「………………、」

あれ、これって自分に都合よく考えすぎてる？

「……、まずい」

心臓がドッドッドッとものすごい音を立てていた。怪我をした足がドクドク脈打って頭がクラクラし始める。

普段そっけない彼が、息を切らしてあんなに焦ってくれたのが、仕事のためじゃないとしたら。あんなに怒ったのも、不安そうな顔をしたのも、仕事のためじゃないとしたら。

そもそも普段から、仕事にしたってやりすぎなくらいあれこれしてくれていて。いや、でも、それはひ弱な神子相手の仕事だからと思っていたけど。

勘違いしたら自分が苦しいだけだ。そう思ったアキラは同じところを何回も堂々巡りして考えた。

顔がじわじわと熱くなっていった。

「……、まずいぞ」

彼は仕事でしてくれているだけだから。別に俺のことなんてなんとも思っていない。想《おも》いを寄せるなんて迷惑だから。

そう言い聞かせて茶化して誤魔化していた何もかもが、ダメになっていく感覚がする。

ダメだ。こうなると、自分はダメなのだ。

のめり込むとことんのめり込む質《たち》である。本気で自覚したら終わりだ。

「あ、……やば、これ、ほんとに好きだな」

バカの顔で空を見上げていたアキラの口から、ぽろりと溢れるみたいに言葉が漏れた。

……なるほど、本気で人を好きになった時ってこんな感じがするものなのか。

汚い路地裏で胸を押さえたまま、アキラはポケッと夕焼け空を見上げている。

ムナジロガラスが飛んでいる。白いタンクトップを着たムキムキ男みたいなカラスだ。いまいち雰囲気がない。

右足は包帯でぐるぐるだし、その包帯は既になんか汚れている。

自分の服装はヒラヒラふあふあの女物で、恋を自覚した時のＢＧＭはよりにもよって男達の野太い悲鳴である。

「……どうしよ」

恋愛に疎《うと》いアキラでもこの恋が、恋愛小説みたいなロマンチックなものになりそうにないってことはなんとなく分かった。何より前途多難が過ぎる。

19　ハムの初恋

足の怪我は、アキラ自身が考えていたほど酷くはなかった。

運動は部活以外じゃほとんどしたことがない。基本、土日はお気に入りのゲーミングチェアの上から動かない。

そんな根っからのインドア派であるアキラは、ボタボタと血が滴《したた》るほどの怪我なんてしたことがなかったので、随分酷いことになっているんだろうと想像していたのだ。

――最悪、骨とか見えていたらどうしよう。俺、普通に泣いちゃうかもしれない。

そんな風に考えていたのだけれど、実際のところは深さ一センチちょっとくらいの傷がパックリ口を開けていただけだった。

怪我といえば、高校の体育祭でズベシャと転んで膝を擦りむいたのが最後である。

それに比べれば確かに、深くてグロテスクな傷ではあった。

だけど無駄に豊かな想像力でとびきり酷い傷跡を想像していたおかげで、実際の傷をウッカリ見てしまっても「あ、なんだ」くらいのリアクションで済ますことができた。

ただ、代わりに治療を担当した医者が白目を剥いて倒れた。

——え、なんで？

大魔法士みたいな白い髭を蓄《たくわ》えた、なんとも雰囲気のあるお医者さんだったのに。

厳しい顔をして、「任せてください、神子様の柔肌《やわはだ》に傷跡一つ残しません」と嗄《しわが》れた声で言いながらかっこよく登場して来たのに。

椅子に腰掛けたアキラの足の包帯をライルがそっと解いて、お医者さんが「どれ」と世紀の大手術に立ち向かう誇り高き外科医みたいな顔をして腰をかがめ傷跡を見た。

その直後、おじいちゃん医師は後ろ頭から思いっきりバターン！と倒れた。

「お、おじいちゃ〜〜〜んッ！」

アキラは驚きのあまり、椅子の上でピョンと跳ねた。

——え、今、後頭部思いっきり打ち付けてなかった？

何で倒れたの？？

お医者さんなのに、血とか怪我とかダメな人だったの？？？

あわあわと立ちあがろうとするアキラの肩をそっとライルが押さえて動きを制す。

「すみません、普段なら四肢《しし》がもげていようと少しも動じないんですが。師匠、小さくてかわいい生き物の怪我に弱いんです。この間も子猫の治療中に卒倒しました」

——あ、俺っておじいちゃんの中で子猫と同じカテゴリーに分類されちゃったんだ。

それまで粛々《しゅくしゅく》とおじいちゃんの後ろに控えていたお弟子さんが、微妙に失礼なことを言いながらポケットから取り出したハンカチにシュッと何かを吹き付けた。

おじいちゃんの立派なお髭をかき分けかき分け、鷲鼻の下にハンカチをそっと当てる。

「ハッ！！！」

三途《さんず》の川からバタフライして戻って来たくらいの勢いで、おじいちゃんが跳ね上がって意識を取り戻した。すごい筋力だ。床から五センチは浮いた。

……後頭部をぶつけたのは大丈夫なんだろうか。

多分この世界の人たちは、少し後ろ頭を打ち付けたぐらいじゃ何ともないのだろう。

おじいちゃんは、また治療に取り掛かる。

周りを数人の女中さんたちが気が気じゃないといった様子でうろうろうろうろしていた。

忙しいはずの王様もやってきて「頼みますよ先生……」なんて深刻な顔をしていた。

ライルがアキラに怪我をさせてしまったことを謝罪する。

王様が「いや、ガラスは流石になあ、予想できないよなあ」と、ライルの肩をポンと叩いた。

……何度も言うようだが、この世界の人々はきっと、道端のガラス片をうっかり踏んだぐらいじゃ何ともないのだろう。

ちなみにだが、誘拐されかけていたことはアキラとライル、それから多分今頃どこかの病院でお世話になっているだろう男たちだけの秘密になっている。

ライルが清々《すがすが》しい顔であの扉から出てきたあと、暗い室内から微《かす》かに響いた「あ、ウソ、俺たち生きてる……」なんて弱々しい声を聞くに、おそらく秘密が漏れることは今後ないはずだ。


——ただ足の裏を切っただけなのになあ。

大騒ぎになってしまった。アキラは申し訳ないやら恥ずかしいやらで治療の間、終始微妙な顔をして椅子に座っていた。

大袈裟だなあ、とか。

うっかりガラス踏んだだけなのになあ、とか思っていた。

だけど、どうやら。間違っていたのは本人の方で、周りの対応の方がよっぽど正しかったらしい。

結論から言うと、アキラは熱を出したのだ。

「なんてこと……」

「ああ、アキーラ様……イスリール神よ、アキーラ様をお救いください」

……何も重病にかかったわけじゃない。

おそらく、傷口が炎症を起こしたのだろうということだった。

汚い路地裏に転がっていたビンの破片で怪我をしたのがまずかったのかもしれない。

男たちの溜まり場に大した治療道具がなくて、止血だけ済ませしばらく放置することになったのも災いしたのだろう。

それから何よりイレギュラーでスリリングが過ぎる出来事でアキラ自身が疲れていたたし。

そんなわけで、アキラは数日寝込むことになった。


「……なんか、ごめん」

アキラは生まれた頃からずっと、ひ弱系男子をやっている。なので、原因不明の熱で寝込むなんていうのは慣れっこだった。

優秀な医者が毎日何度も様子を見に来てくれるし、常に付き添ってくれるとびきり優秀なお世話係、ライルもいる。

何の心配もない。

一人暮らしでインフルエンザにかかったときの方が、よっぽどキツかった。

「別に大したことないんだよ」

「いいから黙って寝てください」

辛辣《しんらつ》なことを言いながらも、ライルは額に乗せられた冷タオルを一日に何度も何度も取り替えてくれた。

うつらうつらとした眠りから覚めると必ず、寝台の横に持ってきた椅子に座って本なんかを読んでいるライルの姿が目に入るし。

アキラが起きたことに気がつくと腰を上げて、低く囁くような小さな声で「何か欲しいものは？」と尋ねてくれるのだ。

「……暗くて読みづらいでしょ。灯りつけなよ」

「必要ありません。夜目は利くので」

薄暗い部屋で灯りをつけるのも遠慮する。

……優秀な人というのは全員こうなのだろうか。ライルが責任を感じる必要なんて少しもないのに。夢《ゆめ》現《うつつ》でそんなことを言ったような気がする。貧弱な主人でごめんね。

「いいから、早く治してください」

「はい……」

魘《うな》されていれば、いつも額を撫でる大きな手を感じた。

こんな調子じゃ、下がる熱も下がらない。

なんたってアキラはつい最近、自分の恋心を認めたばかりである。

しかもこれが初恋だ。


なんとなく、かっこいいな〜とか、すげ〜憧れる〜みたいな人はそりゃもちろんチラホラいた。

学校で人気のサッカー部のあの子なんかもそうだ。少女漫画のヒーローみたいな顔をした、サラサラ黒髪の爽やかボーイだった。

部活の先輩にも憧れていた。

足がめちゃくちゃ速くて、走っている姿がとんでもなくカッコ良い。体力がなくて、基礎トレでゼーゼー言っているアキラを何かと気にかけてくれた。

だけど、それが恋心かって聞かれたら微妙なところである。憧れと恋の境界線って結構曖昧《あいまい》だとアキラは思う。

多感な時期のアキラは、同級生の恋愛トークについていきたくて、それらを恋愛としてカウントしていたこともあったけど、今となっては分かる。

――全然、違ったわ。

もうね、目の前にいるだけで心拍数が上がって心臓ドコドコ言うんです。

頭とか撫でられてみろ。全然落ち着きません。

そのくせ、起きたら目が勝手にライルを探す。長い睫毛を伏せて本を読んでいる彼を見つけると、ホッと息をつく自分がいるのだ。訳がわからない。

恋するとみんなこうなの？

何より初恋相手に、こんな汗でぐちょぐちょの真っ赤な顔で、ウンウン言っている姿を見られることが耐えられなかった。死んじゃいたい。

……いや、もう既に何回も、お風呂やら着替えやらを手伝ってもらっているんだけど。

「好き」とか言っておいて、その時の自分はまだ全然恋してなかったのだ。人に髪の毛洗われるのってきもちぃーなあーとか呑気に思っていたんだから。

当時はまだ、爽やかボーイとか部活の先輩と同じ、憧れのかっこいい人。憧れの人に優しくされたら照れちゃうな。絆《ほだ》されちゃうな。好きになっちゃうな。望み薄すぎて笑えるけど！

そんなことを言って自分を茶化せる段階だった。

ちなみに今はもう茶化せたりなんかしない。

こっちは汗みどろなのに、ライルは相変わらず眩しいくらいにカッコいい。

こんな完璧超人美男子（やや素行が悪い）をどうやって口説けと!?　こちとら童貞だぞ、舐めるなよ!!

寝台の上から動けないので、熱でうなされながら、一人でどこかの誰かにキレることしかできない。泣きそう。

最近はライルに告白して、「はは、笑える。俺がこんなちんちくりん相手にすると思ったんですか？　石油王になって出直してきてください」と、こっぴどく振られる夢まで見た。

アキラは泣いた。

アキラがえぐえぐ泣きながら毛布からムクリと身を起こしたりしたものだから、ライルにさらに心配をかける羽目になった。最悪。

だけど優秀な彼は「ああ、熱のせいで悪い夢を見たんですね」と、すぐさまアキラの事情を把握して、目尻の涙を人差し指で掬ってくれる。

現実のライルは優しいのだ。

異世界に来てから、ずっと自分を支えてくれた大好きな人に、辛く当たられたりなんかしたらそりゃ辛い。

胸が引き裂かれそうなくらいに辛い。

だけど、優しくされたらされたで辛いのだ。

自分でも支離滅裂なことを言っている自覚はある。

だけど、もうどうしたら良いのか分からない。

——恋って皆こうなの？

恋バナを語っていた友人たちを尊敬せずにはいられない。

自分だって、誰かにこの恋心を聞いてほしい。

アキラは熱と恋と、両方と同時に戦わなくちゃならなかった。

寝ているだけなのに。忙しいったらない。

20　責任重大

そんなわけで、アキラの熱は長引いた。完全に下がるのに一週間はかかった。一週間寝込むってそれなりに大変だ。

「う————」

熱よりこの持て余した恋心の方がよっぽど大変だったが。

普通の男の子たちが中学二年生とかで済ませているような苦労を今になってアキラは体感していた。関係性が同級生とか先輩とかじゃないあたりが初心者に優しくない。

なんだ、世話係兼護衛って。

服を脱がされて、背中を温かい濡れタオルなんかで拭かれた日には……。どうか軽蔑《けいべつ》しないで欲しい。なんてったってまだ二十歳の男の子なので。

ライルがただ純粋に心配してやってくれていることを、そんな邪《よこしま》な目で見る自分が許せない。いっそ殺してほしい。

熱が下がってきても、ちょくちょく顔を覆って唸ったりするアキラに、何も知らないライルは「辛いんですか？　体力が落ちたんですかね……」なんて、汗で濡れた前髪を優しく後ろに撫でつけてくれながら、ベッドに手をついて覗き込んでくれる。

心配を隠しきれずに垂れた眉と気遣わしげな双眼。

普段はあんなにツンツンしてるのに。刺激が強すぎる。勘弁して欲しい。

「し、死ぬ……」

そんなわけで、アキラは同じ過《あやま》ちを繰り返すはめになった。死ぬ、なんて、異世界に来て一日目以来、努めて口にしないようにしていたオタクの口癖を、つい口走ったのだ。

扉の前からガランッと桶か何かが落ちる音がした。誰かが聞いていたのかもしれない。そんな考えも余裕のないアキラには浮かばなかった。

一応言うならアキラは高熱にうなされて、ふらふらくらくら、正常な判断能力を失っていた。脳を通さずポロポロ口から言葉がこぼれる状態だったのだ。

そんな状態で、たまらなく好きになってしまった人と二人きり。薄暗い部屋。カーテン越しの柔らかい光。自分の息遣いの他にはパラ、パラ、とページを捲る穏やかな音だけ。

最高に苦しくて、最高に幸せだった。普通にうっかり死にそうだった。

アキラはドキドキ、クラクラ、ハラハラしながら日々を過ごした。ライルの献身的な看護と優秀なお医者さんのおかげで、もちろん死んだりなんかせずにしっかり回復したが。

大事をとって、熱が下がった後も一週間、アキラは自分の部屋から出なかった。引きこもり生活は計二週間も続いた。


「あー！　久々の、そ、と………」

そんなわけで、久しぶりに寝台を出て、少し痩せた体に寝巻き以外の服を纏《まと》い、伸びをしながら辺りを見渡したアキラの目に映った光景が、何かおかしかった。

ちなみに、足の怪我はまだ完治していないので、ライルに横抱きされたままである。もう痛くないのに。

「……えっ、なに？　もしかして、気づいてないだけで俺死んでるの？」

広〜い廊下一面に並んだ花、花、花。

花瓶に挿《さ》された花とかじゃない。白いラッピングペーパーに包まれたそれらは、どこからどう見ても献花とか、そういう類《たぐい》のものである。

「……滅多なことを言わないでください」

迷子になった上に怪我をして、あげく熱を出したせいで、前より少し過保護になった気のするライルが後ろで言った。

「国中から集まった、神子様の回復を願う見舞いの花です」

「……」

〝国中から集まった〟。

俺、ちょっと熱を出して寝込んでただけなんですけど。

そんな言葉は飲み込んだ。

「……あの人たちは？」

部屋の前の広い廊下。その向こうで、床に膝をつき、何度も頭を下げては上げて、下げては上げてを繰り返す怪しげな集団をアキラが指差す。

ライルがアキラを片腕に抱え直し、その指先をそっと他所《よそ》に向けた。「こら、見ちゃいけません」というような仕草だった。

「あれは……アキラ様がご病気の間に立ち上げられた、謎の団体の祈禱師《きとうし》の方たちです」

「謎の団体」

「『命懸けでご病気と闘うアキラ様を助ける』と」

「…………」

腕に抱えられたままのアキラが身をひいた。

「俺、そんな、重病だった覚えないんだけど」

熱でうなされてはいたけど。熱が下がった隙に、ときめきに身悶《みもだ》えする余裕だってあった。

「いえ。どこからか、そんな噂が広まったらしくて」

「お、追い払わなくていいの？」

「アキラ様がお望みならすぐにでも」

「いや、俺は良いんですけども。ほら、他の人たちが」

慣れた様子のライルがのんびりと廊下を歩き出す。

両脇には大量の花。何だか桃色とか薄水色とか可愛いパステルカラーの小さな花が多い気がする。

ライルはこの一週間、ずっとこの異様な花道の中を歩いていたんだろうか。

「むしろ応援されていますね。国中が今やアキラ様の回復を祈る感じになってるので」

「俺の回復を祈る感じ」

「はい。彼らはあれで一応、イスリール教の徳の高い神官たちなので」

「おっと」

本職の方にお祈りされていたんですね。

なんだか自分が呑気に寝ていたうちに、国中が大変なことになっていたらしい。

「ああ、アキーラ様!!」

「お痩せになられて……っ」

「イスリール神よ、我らの祈りを聞き入れてくださったこと、心から感謝いたします」

ライルに抱えられたままのアキラが、跪いた彼らの頭上を通るだけで一騒ぎである。最後の人はちょっと芝居がかりすぎだと思ったけど、振り返って顔を覗いてみれば、鼻水ダラダラ溢して泣いていたから「あ」と思って心の中で謝った。

ずっとこうして自分の回復を祈ってくれていたのかと思うと、なんだか申し訳なくて、ライルの肩から身を乗り出して彼らに手を振った。

「おかげで元気になりました。助かったよ。ありがとう」

さすが、敬虔なイスリール教の信徒である。

そんな声かけで泣き崩れる者までいたので、責任の取れないアキラはすぐさまライルの体に身を隠した。

「アキラ様には、どうも教祖の才能がありますね」

「お礼言っただけなのに」

気分転換のために王宮内をのんびりと歩くライルは、アキラの負担にならないよう人通りの少ない道ばかりを選んで歩いてくれた。どこもかしこも花だらけである。

「…………」

――小動物扱いに慣れすぎてて忘れていたけど、よくよく考えれば、今、好きな人と随分と密着しているのだな。

そんなことを考えて一瞬顔を赤くしたけれど、時々すれ違う女中やムキムキたちが「アキーラ様！」と顔を輝かせ安心したみたいに笑ってくれるものだから、心配してもらってたのに恋に浮かれててごめん、とすぐ冷静になった。

王様の執務室に会いに行ってみれば、目元を赤くした王様が山盛りの書類の中から飛び出るみたいにして嬉しそうに顔を見せて「アキーラ様！！！」とアキラを歓迎してくれたし、ふと見た城の外の通りにまで山盛りの花束が並んでいて、病み上がりのアキラはクラクラした。ライルに抱えられていなかったら、プレッシャーで倒れてたかもしれない。

——いや。元の世界にいた時みたいに、ホイホイ熱を出していたら、俺より先にこの国の人たちが心労で倒れるな。

「ラ、ライル……」

「はい」

「走り込みに付き合って……」

体力をつけねば。そう思って言った言葉に、大好きなお世話係が目を尖らせて「バカなことを言わないでください。あなた、病み上がりなんですよ。まずは体重を取り戻すところからです」なんて怒った。

そうだ、一番心配をかけたのはこの人だった。

そんな風に思うと、また恋にどっぷり浸かった脳みそが、これも仕事抜きでライル自身が心配してくれてたんなら嬉しいよなあ、なんて性懲《しょうこ》りも無く考え出すものだから、アキラは頭を抱えた。

年相応の落ち着きと経験。俺に必要なのはそれだ。まずは心頭滅却、座禅とかから始めるべきかもしれない。

「……近所に滝とかある？」

「殺しますよ」

そんなわけで、アキラはしばらくの間外出を禁止された。

21　ポンコツ同盟

「なーにが心頭滅却じゃー！」

「その意気です、アキーラ様!!」

　ここはあいも変わらずアキラの部屋。

　興奮した様子で肩を怒らせ叫んでいるのがアキラ。それにノリの良い合いの手を入れてくれているのは……もちろんライルではない。

　彼は、最近できたアキラの友人。名をアレクという。

　そう、アレクだ。数週間前、木の棒を咥えご主人の元に走ってくるゴールデンレトリバーみたいに、キラキラ笑顔で宝剣を届けてくれた例のムキムキ。

　この王宮には……というより、このイスリール国には、ありとあらゆるムキムキが各種取り揃えられているが、このアレクという男はなかなかにカッコいいムキムキだった。ストイックそうな顔立ちが、笑うと途端に毛並みの良い犬かなにかみたいになる。お姉様方にキャーキャー言われていること間違いなし。

　もちろんアキラだってお姉様方に可愛がられることにかけては負けちゃいない。お爺ちゃんとお婆ちゃん受けもピカイチだし、なんなら子供にだって好かれる。

　……いや、今はそんなことどうだって良いのだ。

　重要なのは、自分の想い人が自分のことをどう思っているか。好いてくれているのか。今後関係が進展する可能性はあるのか。

　ただそれだけである。


　――二週間前。

「嫌われた……キモがられた……終わり……終わった……」

　王宮の広い広い廊下をヨタヨタと力なく歩くアキラの姿があった。

　分かりやすいったらないが、これには事情があるのだ。

大切な神子様の弱々しい姿に、通り過ぎる人々が心配そうにアキラの華奢な背中を目で追っている。

「神子様、どこかお加減が悪いんですか？」

そう聞かれれば、つい最近うっかり熱を出して国中を不安と混乱の渦に突き飛ばしてしまった身としてはこう答えるしかない。

「全然！　超元気！　平熱三十五度！　ばっちり！」

……え？　平熱三十五度？　低くない？

そんな顔をした通行人たちは、ニコッ！とした邪気のないスマイルで無理やり納得させられた。

筋肉量の多いこの国の人々の平熱は三十七度とか三十八度らしい。そりゃあ病気にならないわけである。弱っちい菌なんか侵入したところで、ムキムキの白血球にフンッ!!とワンパンで爆発四散させられてしまうのだろう。

アキラの白血球は多分四、五歳の鼻垂らした男児とかである。弱い。

元気をアピールするため、ムキッとマッスルポーズをとったアキラを、王宮で働いているらしい賢そうなおじいちゃんの集団がニコニコ眺めながら通り過ぎていった。

「可愛らしいのお」なんて声が聞こえる。

薄布を重ねた柔らかな袖が捲れ、アキラの白くて細っこい二の腕が露《あら》わになった。

「……………」

マッスルポーズのまま、自分の腕に視線を落としたアキラの顔がスンッと真顔に戻る。

それから廊下に、もう自分以外の人間がいないことを確認すると、またアキラはヨロヨロよたよたと歩き始めた。

さっきまでの笑顔はどこへやら。顔が曇ってしまっている。

アキラからだいぶ離れてついてきている護衛たちは、アキラのその様子に、一体どうされたんだろうと気遣わし気に顔を見合わせている。

公共の場で、こんなにヨロヨロ歩いていたらすぐにでも「ほら、しゃんと歩いてください」なんて呆れた声が後ろから飛んできそうなものだけど、それもない。

「どうしたんですか？　お腹が空きましたか？　食べ過ぎてお腹が痛いんですか？　それともおトイレですか？」

「あのさ、今さ、ライルさ、俺に喧嘩売ってるよね？」

「……待ってください。嘘でしょ……それがファイティングポーズのつもりなんですか……」

そんな軽口の応酬《おうしゅう》もない。

なぜって。

いつだって何処だってアキラの斜め後ろにいるはずのライルの姿が、今日はないからだ。

「…………」

ピタ、と立ち止まったアキラが後ろを振り返り。そして、ライルの場所がぽっかり空いていることを確認してグッと顔を歪《ゆが》めた。

数メートル後ろのムキムキ護衛たちが「ああ！」という顔をした。

神子様は、ライル様を恋しがっておられるのだ！

心優しいムキムキたちが身を寄せ合い何かを話し合っているのにも、傷心中のアキラは気づかない。


——最近、ライルが俺を避けてる。

アキラの頭の中はその言葉でいっぱいだった。

そんな風に思うようになったのは、アキラが熱から回復してしばらく経ったあと。

アキラの体調も足の怪我も完治して、寝込んでいた間に減ってしまった体重もほとんど取り戻した。

その後からだ。

ライルがアキラのそばを離れることが増えた。

「少し、私用がありまして。休みをいただきたいんです」

そうは言っても、ライルがアキラの前から姿を消すのは一日にほんの数時間。

今までが働きすぎだったのだ。

アキラがそうなように、ライルにだって自分の時間が必要なはず。

——いや。だけど。今までも充分、一人の時間はあったはずだよな。

なんせアキラが一人の時間がないとダメな人間なので。ライルは一日のうち数時間を、アキラの部屋のすぐ隣にある自室で過ごしていた。

——いやいや。でも、一人で出かけたり友達と会ったりするための完全な休日がないわけだから。

日本人のアキラには考えられないことだが、この国の人々にとってはそう珍しいことじゃないらしい。元奴隷で戦士のライルにはなおさら、当たり前のことのようだった。

「休み取らなくていいの？」と言っても、「毎日が休日みたいなものなので」とサラリと答えられてしまう。

そりゃ、奴隷時代や戦士時代と比べたらアキラの世話なんか、のんびり片手間でできてしまうくらいの仕事だろう。

「……え、じゃあなんで、ライルは休みを取ったわけ？」

ライルが休みを取るようになって数日後。

あいも変わらず、ハンモックに包まり呑気に揺れていたアキラは、ようやくそんな違和感に気がついた。気がついてしまった。

「……え、もしかして俺、嫌われた？？」

ポロ、とアキラの手からキャラメルアーモンドが床に落ちた。


——そんなわけで、アキラはライルのいない隙にふらふらゆらゆら王宮内を歩き回っている。

なぜわざわざ歩き回っているのかって、ライルのいない部屋で一人じっとしていたら、どんどん気が滅入《めい》ってくるからだ。

ライルが帰ってくる午後までに、この辛気臭《しんきくさ》い顔をなんとかしなくてはならない。

当たり前だが、アキラはライルの前では落ち込んでいるのを隠していた。

ライルが「アキラ様、ただいま戻りました」と部屋に帰ってきたらアキラは、何も気にしてないし寂しくなんかないよ、というういつも通りの呑気な顔をして、ハンモックの上から振り向いて言うのだ。

「あ、おかえりライル」

あ、もうそんな時間？　そんな感じで。

なぜって、それは、気まずいから。決まりが悪いから。

何より鬱陶しいリアクションなんかをして、ライルにこれ以上嫌われたくないから。

「……え、嫌われ、嫌われたのか？」

ゆらゆら、ゾンビみたいに右に左に揺れながらアキラが歩く。

心当たり、心当たりは……。

「死ぬほどある……」

食事やら寝床やら部屋の温度やら。あれこれライルに手をかけさせた。

何よりこの間の迷子事件。神子であるアキラが行方不明になっていたら、アキラには想像もつかないくらい大変なことになっていただろう。そして〝大変なこと〟の責任を負わされるかもしれなかったのは……ライルだ。

この時点でいくら謝っても足りないのに、挙げ句の果てにアキラは熱を出した。風邪をこじらせ寝込んで、大勢に心配をかけた。

「ああ……」

迷惑をかけすぎて、ライルに愛想をつかされたのかも。

それか、もしかしたら、貧弱すぎて呆れられたとか？

「神子とはいえ、流石に弱すぎ。俺の主人に相応しくない」とか思ったのかもしれない。

イスリール神を崇《あが》めている国の優秀な戦士だ。その可能性は大いにある。

「うう……」

だが一番最悪なパターン……それは……。

「俺がライルのことが好きだってバレたか」

「えっ!!」

ドムチ！と、アキラの顔が柔らかい何かにぶつかった。

恐る恐る頭を上げると、真っ赤になったムキムキ

――アレクが立っていた。なぜか顎の下で両手を握って、乙女のようなポーズをとっている。

アキラが顔を埋《うず》めたのは、彼の見事なシックスパックだったのだ。

――良質な筋肉は柔らかいって本当だったんだ。

低反発マットレスのような弾力を、唖然《あぜん》とした顔でアレクの顔を見上げたまま、サワ……と触る。素晴らしい感触。お見事。

「……え、き、聞いてた？」

「あわ……」

アレクの目が、キュルキュルと潤《うる》んでいる。

「聞いてたの……？」

「はわわ……」

よりによってライルの弟弟子であるアレクに話を聞かれてしまった。

焦ったアキラはアレクの胸元を掴んでユサユサ彼の体を揺さぶった。

だがアレクの体幹が強靱《きょうじん》すぎて、ただアキラがゼーゼーいうだけに終わった。

肩で一生懸命息をしながら、アキラがアレクの胸板をドカドカと太鼓のように叩く。

「だ！か！ら！　聞いてたのって聞いてるんだけど!!」

「……ア、アキーラ様の、愛の告白、自分、き、聞いてました!!」

「…………、お、わ、」

終わった。何もかも終わりだ。

アレクは、ライルを心の底から尊敬する忠実な弟分である。うっかり口とか滑らしそうだし、そうじゃなかったとしてもきっと一番に話が漏れる。

それか「神子様とはいえ先輩は渡せません！」と大反対されるか。……ありそう。大いにありそう。

燃え尽きて真っ白になってしまったアキラの目の前で、アレクが胸の前で手を組みしゃがみ込んだ。

神に祈る信徒のポーズである。

「自分、応援します！」

「……えっ？」

「じ、自分！　アキーラ様と先輩の恋路《こいじ》、めちゃくち

ゃに応援します!!」

あまりに大きな声だったので、アキラは飛びつくみたいにしてアレクの口を塞いだ。

えっ、えっ。応援？　今、応援してくれるって言ったの？

「……ほ、ほんとに？」

「モゴモゴ」

「あっ、ちょ、声、小さく」

パッとアキラがアレクの口から手を離す。弾力のあるとてもよい唇だった。

「……はい、あの、お似合いだと思います。俺、応援します」

「……」

ゴールデンレトリバーのような柔らかい笑顔、優しくて力強い励ましの言葉。

恋心を持て余し孤独に闘っていたアキラが、なによりも求めていた人材が目の前にいた。

アキラの目が感動で輝く。アレクが「何もかも分かってます」というような笑顔でコクリと頷いた。


「友よ」

「光栄です」

……と、そんなわけでここに、恋愛ポンコツ同盟が設立されたのである。

同盟の目的は、なんとかしてあの完璧超人を落とすこと。

ちなみにあとから分かったことだが、二人揃って恋愛経験値はゼロだった。全くもって当てにならない。

……さらに言うのなら、遠くの方で、このポンコツ二人を引き合わせた元凶は、遠くの方で「やった！　アキーラ様の顔に笑顔が戻った！」と手を合わせているムキムキ護衛たちである。

ライルを呼べないので、代わりにライルの弟弟子でアキラとも親交のあるアレクを呼んだのだ。様子のおかしいアキラを心配しただけで、そこにはなんの悪意もない。

「どうする、色仕掛け？　催眠術とか習う？　もう嫌われてるし、怖いものとか逆にないんだ！　俺！」

「……え、嫌われてる？」

その場に居合わせた人物全員、善意と好意しかなかった。

だが、その善意によって起きた巡り合わせから、弱気になっていたアキラが闘志を燃やすことになった。

絶対に、かの男を振り向かせてみせる、と。

……そしてそのせいで、ライルの身に数々の奇怪な出来事やら受難やらが降りかかることになったんだから。まあ、世の中ってよくわからない風にできているらしい。

22　小ささとはそれすなわち戦闘力

「やっぱり、催眠術がいいって」

「……まずは正攻法で行きましょう、アキーラ様」

王宮の廊下の隅っこで小さくなってゴニョゴニョ話し合う丸い塊が二つ。大きいのと小さいの。

大きな彫像の陰でしゃがみ込む人影に、道ゆく人々が一瞬不審そうにチラッと視線をやる。だが、小さい方の顔を見ると「ああ、神子様か」と微笑ましそうな顔をして、見て見ぬふりをしてくれる。

顔を寄せ合いコソコソする二人の顔はもちろん真剣だ。

目を尖らせ、キュッと唇を引き絞る。まるで戦況を分析する指揮官みたいな顔だった。

催眠術に憧れがあるのか、はたまた正攻法で突撃して玉砕するのが怖いのか。最初から危ない方法に手を出そうとするアキラを宥め、ピッと人差し指を立てたアレクが凛々しい顔で提案した。

「お色気作戦です」

「……それこの世界では正攻法なの？」

そも、自分みたいなチビが多少着飾ったところであのライルが靡《なび》きますかね。

そう言ったアキラにアレクがフン！と眉を吊り上げた。

「何を！　華奢な体といい、白粉《おしろい》を塗ったような肌と

いい、色素の薄い髪といい、小さな鼻と唇といい、神子様は物語の中の姫君の如くお美しいです！」

「え」

驚きに、アキラの目が巨大になった。

華奢な体は痩せてるだけだし、白粉を塗ったような肌って……部屋から出ないから日焼けしてないだけだ。

色素の薄い髪、小さな鼻と口？

そこまで考えてハッと思い至る。

そういえば、日本では背が高い人がモテていたな、と。

さらに言うのなら目鼻立ちがくっきりとしていて、足が長くて、鼻がスッキリと高くて。そんな人がモテていた。

勿論好き好きあるが。美しいとされることが多いのはそんな人だった気がする。

何故ってそれは、日本人にはなかなかない特徴だからだ。

鼻の高い人の多いところでは、鼻が小さな人が好まれると聞いたこともある気がする。

つまり、希少価値とは美しさに繋《つな》がる可能性があるということだ。

「……」

パッと口元を手で押さえたアキラが目の前のアレクを見、それから体を後ろに倒して彫像から向こうの行き交う人々を見た。

筋肉がつきやすい体質なのだろう、みんなアスリートみたいにムキムキだ。

それに褐色の肌の人ばかり。

髪の色は真っ黒な人が多い。日本人でも珍しいくらいの黒。カラスみたいな、青ざめた黒だ。

鼻はものすごく高い。三角定規みたいに尖っていて、彫りが深い。男女共に、強気なカッコ良い感じの人が多い。

「……あの、すみません」

一番近くを歩いていた若い男性を、アキラが控えめに呼び止めた。

もちろんその男性は、隅っこでアレクとヒソヒソしている神子様に気づいていて知らん顔をしてくれていただけなので、呼び止められても驚くこともなくニコッとカッコいい笑みを浮かべて「はい、神子様」と返事をしてくれた。

ただでさえ小さいアキラがしゃがみ込んでいるからか、膝をついて跪いてくれる。

なんてスマートなんだ。カッコいい。

アキラは目の前のカッコいいお兄さんに、ほう、と感心しながら、「あの、その」と口籠る。

「あの、突然こんなことを聞いて悪いんだけど」

「私でよければ何なりと聞いてください神子様」

「……あの、もし、俺みたいな見た目の人に好きですって告白されたら、どう思う?」

そんなアキラの言葉に、カッコいいお兄さんは一瞬あっけに取られたみたいな顔をした。だけどすぐにまた、微笑みを浮かべて、優しい、だけど少し熱の籠った声でこう言った。

「天にも昇る気持ちになるでしょうね」

「……それは、その、俺が神子だから気を遣って言ってる?」

「いえ、まさか」

「正直に教えて欲しいんだけど、」

そんな言葉に気を悪くした様子もない。お兄さんは、ニコニコ笑って何度だって答えてくれた。

「神子様のその謙虚なお心や優しさを抜きにして考えてくれ、ということですよね」

「う、うん?」

どうだろう。謙虚な心と優しさとか俺持ち合わせていただろうか。一般的な日本人の倫理観と呑気さと臆病さなら持ち合わせているが。

「神子様の御姿を私なぞが批評するというのは、失礼極まりないことだと承知で言いますが。……神子様はお美しいです」

「……ほんと?」

「はい。貴方《あなた》様のような方から声をかけられたら、帰りはスキップして帰ります」

「……なんてこった」

なんてこと。

そのカッコいい顔をほんのりと赤らめて、まるで告白でもするみたいに答えてくれたお兄さんに、お世辞を言っている様子はちっともなかった。

ピシャーン！とアキラに驚きの雷が落ちる。

驚きのあまり身をのけぞらせたアキラの背中を、そっと親友アレクが支えた。

う、うそ。俺、この世界ならモテることができるんですか。

男にモテる男って、ムキムキ系か男も憧れるようなクールな美男子か。そういう印象が、アキラにはあったのだ。

そういえば、ここは異世界だった。モテの基準も違うのだろう。

え、あれ、じゃあ、今まで小動物扱いされているのだと思っていたキャーキャーという歓声の中の一部くらいには、もしかしたらそういうモテ的な歓声が混じっていたりしたのだろうか。

「……あ、ありがとう。とても参考になりました」

茫然自失《ぼうぜんじしつ》のアキラがゴソッとポケットに手を突っ込み、何かをお兄さんの手に握らせる。

お兄さんの手を両手で挟むみたいに持ったアキラの白い手を、恥じらいに頬を赤らめたままのお兄さんがそっと見下ろした。

ちょこ……と置かれたのはアキラ一押しの砂糖菓子だ。可愛らしい薄紙に包まれていて見た目も良い。

……これはお礼か、口止め料か。

「ありがとうございます」

そんな細《ささ》やかなプレゼントを、宝物みたいにギュッと握ったお兄さんが、ペコッと一礼して離れていく。本当に、スキップでもしそうな雰囲気だった。

「アレク……」

神妙な顔で振り向いたアキラが低い声で言った。

「俺、無敵なのかもしれない」

あんなかっこいいお兄さんを可愛く赤面させてしまえるなんて……そんなの俺、傾国の美男子じゃん……クレオパトラじゃん。

……アキラの仮説がいくら正しくとも「俺、傾国の美男子じゃん」とか自分で言っているあたり美男子も台無しである。

だが凹《へこ》みやすい代わりに調子にも乗りやすいアキラは、パッ！と顔を通りの方に向けた。それから無意味にニコッと笑ってみせた。いつものへにゃへにゃの笑顔ではなく、アイドルみたいな爽《さわ》やかな笑顔だった。

男も女もポッと顔の血色が良くなった。とても良いものを見た、という顔をしている。人間が美しくてかわいいものを見た時の反応だった。

ついでに投げキッスなんかしてみせる。

「はわ」と何人かが顔を真っ赤にした。

「勝ったな……」

勝利を確信し呟くアキラの後ろで、優秀な軍師みたいな顔をしたアレクがうん、と神妙に頷いた。

顔の良さとはすなわち戦闘力の高さである。色仕掛けなんかにはぴったり。

むしろ何故今までライルは、アキラの容姿がこの国の人々に好かれる形をしていることを教えてくれなかったのだろう。

23　好きなものには一直線

その日から、アキラの服装が目に見えて変わった。

そう、あれだけ意気込んでおいて服装を変えただけ。なんだ、と言われるかもしれないが、突然クレオパトラのように素っ裸で絨毯《じゅうたん》にくるまって「私をプレゼントするから私のものになって」と、アハンとセクシーに仕掛けるのは流石にまずいだろう。

これは遊びじゃないのだ。

一応そこらへんの分別は二人にもあった。

物事には順序というものがある。

最終的にライルが少しでも靡《なび》いてくれるのなら、絨毯にくるまるのもやぶさかではないが。

なら何から始めるか。少女漫画の主人公はまず、好きな男の子ができたら眼鏡を外すところから始めるだろう。アキラはそれに倣《なら》ったのである。というより、恋愛経験ゼロのオタクなので、引き出しが漫画とドラマくらいしかなかった。

チャラチャラカチカチとなるアクセサリーを鬱陶しがるアキラのために、ライルは必要最低限の装飾に抑えた、ゆったりと寛げる服ばかりをアキラに用意していたのだが、それをやめた。

やめるのは至極《しごく》簡単だった。

ただ、ライルに「女中さんたちに服を着せてもらうことになった」と言い、あとはその女中さんたちにチャラッと髪を靡《なび》かせ頼めば良いのだ。

「俺のこと、めちゃくちゃ素敵にしてくれない？」と。

彼女たちは、もう手加減せずにこの素敵な神子様を飾り立てることができるのだと飛び上がって喜んで協力してくれた。

この国のお洒落《しゃれ》なんてアキラには分からないが、なんともアラビアンなムードの漂う男が、しゃなりと鏡の中に立っているのを見てアキラは目を剝いた。

瞼の上にキラキラと黄金が散っている。アキラが大きくて眠たげな目を瞬かせるたびに、その濡れたような金色は魅力的に輝いてみせた。

手の甲を金色のフィンガーブレスレットが華やかに飾る。アキラが気まぐれに動くたび彼の細い手首や足首を飾る装飾品が魅惑的な音を立てるのだ。

……だからなんだという話だが、アキラの姿に振返る人たちの視線は変わった。可愛らしくてお優しい神子様を見る慈《いつく》しみの視線に、美しくて神聖な相手を見る憧憬《しょうけい》の視線が混じるようになった。これは大きな進歩である。

「とはいえやりすぎなのでは」

「素敵ですよ」

いや、あのクールなライルだって大きな耳飾りをつけているくらいだし、この国ではアクセサリーをシャラシャラ言わせるのが粋《いき》なのかもしれない。

確かに、アキラも病床で、こちらを気遣わしげに覗き込むたびシャラ……と切なげな音を立てるライルの耳飾りの妖艶《ようえん》さにクラクラして、内心で何度も「けしからん!!」と、訳の分からないことを叫んでいた覚えがあった。

そう。あの美しくて強くてカッコよくて、素敵な人を射止めるためには、手段なんて選んでいられない。小動物扱いされているのをまずなんとかしなくては。

……いや、生まれた時からかいぐりかいぐりされてきたので、完全になんとかすることはできないかもしれないが、少々の方向転換は必要である。

じゃないといつまでも子供扱いされたままだ。


しかし、今のところ、アキラの見た目が少々魅力的になったからといって、ライルの様子に変わったところはない。

あまりにいつもと態度が変わらないので、痺れを切らしたアキラが訊《き》いた。

「俺、どう？」

「え？　よくお似合いですよ。どうしたんですか、突然」

「いや、郷に入れば郷に従えって言うし。この国にも慣れてきたし。ちょっとは神子らしくしようかなって」

「神子らしく、」

何事かを考え込んでいるような様子のライルにズイズイ身を乗り出す。

「で、どうですか」

「……ですから、よくお似合いです」

分かりやすく顔を逸らしたライルにアキラがさらに身を乗り出した。

「何が、どう似合う？」

そもそもこの聡《さと》い男に自分なんかの隠し事がバレていないと一瞬でも思ったのがバカだったのだ。恋心はバレている。確実にバレている。間違いない。

アキラが自分のことを好きだと分かっていて、この男は最近留守がちにしているのだ。それが何を思ってかは知らないが、憎たらしいことこの上ない。

いいぞ、そっちがその気ならこっちだって考えがあります。

無視できないくらいアピールしてやろ。好きと言ってもこの調子ならきっと振られるのだろうが、好きと言わないまま、好き好きアピールしてやろ。

アキラは悪友アレクと相談して、そんな作戦を立てたのだ。卑怯である。

「……アキラ様、近いです」

「抱っこしてもらったりしてるんだから今更だよ。それで、どう？」

「何故俺に訊くんですか」

「俺の価値観でいくとすごい派手だから心配なんだ。ライルの目から見ても変じゃない？」

やけになると極端な行動に走る。恋愛初心者によくある傾向だが、アキラの場合はそれだけじゃない。これはマーケティングリサーチだ。

ライルみたいな男が一体どういうタイプが好きなのかわからない。そもそも男も恋愛対象に入りますか？　この国は同性同士の恋愛が普通にあるらしいが、ライルはそこのところどうなんですか？

アキラはオタクなので、好きな人のことなら全部余さず知りたい。

身長、体重、誕生日はもちろん、好きな食べ物嫌いな食べ物、好きな色、好きな本、好きな仕草やタイプ。漫画のキャラクターならキャラブックで開示されるのに。

ライルは秘密主義すぎて、全然情報が開示されていない。この男、ガードが固すぎる。

「変じゃ、ないですよ」

ライルのしっかりとした硬い胸板に手をついて、背伸びするみたいに顔を近づけるアキラを、いつも通りの冷静な顔でライルは見下ろした。

だけど、彼の顎先にキスするみたいに背伸びしていたアキラには、彼の喉が息を呑むみたいに小さく動くのが、確かに見えた。アキラの背がライルより随分と低かったおかげで見えたのだ。

あれ、と自分の腕を軽く摑む手を見る。腕を摑む力は随分と優しいのに、その手の甲には血管がくっきりと浮き出ていた。

あれ、あれ。

これは、完全に脈なしなわけではないのでは。

いや、ものすごく嫌がって力が入っている可能性もある。

もしそうだとしたら俺は文字通りショック死するけど。

「かっこいい？」

なんとしても、ライルの口からその言葉が聞きたかったからアキラは押しに押した。

これからあれやこれや猛アピールするために、少しでもその言葉が聞いておきたかったのだ。

「かっこ……いいといえば、かっこいいです」

「何それ。かわいい？」

「ええ」

「アレクはきれいです！って褒めてくれた」

ピク、とライルの眉が僅かに痙攣《けいれん》した。

おお、と叫びたくなるのをグッと抑えて、アキラはいつもの悪ふざけの一環ですよ、という顔をして彼の顔にさらに顔を近づけた。

いやいや、期待しすぎて辛くなるのは自分だ。一人で盛り上がるのはやめておこう。ひとまずは作戦通りにするのだ。

「きれい？」

「……きれい、です」

「こういう格好嫌いじゃない？」

「嫌いじゃありません……あの、なんですか、これ」

「じゃあ、好き？」

「……あの、」

「こういう格好、好き？」

大きな目が下から見上げてくる。

瞼に施された金色のアイシャドウのせいだろうか、目が眩《くら》んだみたいにライルが瞬きした。

「……好きです」

「…………」

好き。

そのたった一言がライルの口から出ると、それまでの猛攻が嘘みたいにアキラがスッと身をひいた。

ライルが虚をつかれたみたいに、すまし顔のまま何度も瞬きをした。あまりの勢いだったので、このまま告白でもされると思ったのかもしれない。

眩しいライトを当てられた時みたいに、何度も何度も瞬きしている。ただ、顔はいつも通りのまま。

スタスタと部屋を出ていくアキラが、チラ……とその顔を振り返り、うむ、と謎に一度頷いて静かに廊下へ出ていった。今日のところはひとまず勘弁してやる、という顔だった。なんなんだ一体。

「じゃ、自由時間楽しんでください」

「あ、はい……」

バタン。

誰もいなくなった部屋に重苦しいほどの沈黙が落ちる。

微妙な間の後、一人取り残されたライルが一歩、後ろによろめいた。

それから右手がアキラの腕を摑んでいた形のまま固まっていたことに気がついて、その手でクシャッと前髪をかきあげる。

そこにさっきまでの余裕はない。会心の一撃を食らった後みたいな顔だった。

「マジで勘弁してくれ……」

しゃがみ込んで小さく呟く。

彼らしくもない。既に白旗を振っているみたいな声を聞く者は、もちろん誰もいなかった。

24　ハムの求愛

バタン。

自室の扉を閉めた瞬間、アキラの額からドッと汗が出た。目がウロウロと泳いでいる。今更になって自分のした行動の大胆さにビビっているのだ。

誰もいない廊下を早歩きで歩く。顔が真っ赤だ。

「ふ――……」

なんとか正気を保ち切り、人通りの少ない裏庭沿いの回廊にたどり着いたアキラは、ゴソッとおもむろに服の下に手を突っ込んだ。紐を手繰《たぐ》り寄せ、笛を取り出す。真っ赤な顔のまま、目をギュッと閉じ、力の限りそれを吹いた。

――ピ――――ッ！！！

アレクは、部屋の中で起きたことを根掘り葉掘り聞いた。アキラが話す度、のけぞったり、口をバチン！と手のひらで覆ったり、バシバシ自分の腿《もも》を叩いたりしながらも、アレクは話を黙って最後まで聞いてくれた。

あんまり彼が親身なものだから、今更恥ずかしくなったらしいアキラが服の裾をクルクル指に巻き付けながら下を向く。

「や、でも、だいぶ無理やりだったし。言わせたって感じだったし」

「あの人は言いたくないことは意地でも言わないんですから！　本心ですよ！　素直になれないだけですって！」

友達の恋バナを聞く女子高生みたいなテンションになっている。

「これ以上やったら嫌われるかも……」

「そんな！　ほら、しっかり！　先輩の心を射止めるんでしょ！」

裏表なんて全くなさそうなゴールデンレトリバーに

「しゅ、集合～～～ッ！」

「ハイッ!!」

招集の笛の音と共に、ヒョコ！と元気よく回廊の陰から出てきたのは、ここのところおなじみとなったアレクの顔である。

見慣れた顔に見慣れない湿布が貼られているのを見て、アキラが目を丸くした。

「……え、顔どしたの」

「訓練でしくじりました！　それでアキーラ様、首尾はどうでしたか！」

怪我なんてそんなことはどうだっていいんですよ！　そう言うみたいに、アレクが身を乗り出して尋ねる。

直球の質問に、アキラが唇をモニモニさせ俯いた。

「……す、好きって。褒めてもらった」

「はぁ～～、よかったですねえ～～」

感動したみたいなため息をついてアレクが顔をくちゃくちゃにする。バレンタインに小学生の息子が、好きな子にチョコレートを渡すことができたと聞いて喜ぶ、お母さんみたいな感動の仕方だった。

励ましてもらえると、アキラはハッとする。それからあっという間に勇気が出るのだ。

体のサイズは二回りほど違うが、単純で善良なもの同士、二人は馬が合うみたいだった。

「うん、射止める……」

「その意気です！」

「仕留める！」

「仕留めましょう！」

「じっくりじっくり狙いを定めて、ここぞという時にガブッと噛み付く！」

「そうだー！　やれー！」

暴走した二人を止める者はいなかった。

アキラはこう見えて、強く逞しいお婆ちゃんに育てられた男なので、変なところで思い切りの良いところがある。誘拐されかけた時に首に刃を突き付けたのも、「変態にあれこれされるならこうしてやるわー！」とその変な男らしさみたいなのが出た結果だったし、今こうして目を尖らせているのもお婆ちゃんの教えを守っているからである。

『あんたはその素直さが取り柄なんだから。何事も手加減なんかしちゃダメよ。押して押して押しまくりなさい。そんでその後サッと引くの。そしたら相手がアレ？って倒れてくるでしょう。そこを刺すの』

しゃんとした背筋の美しい、アキラの自慢のお婆ちゃんだった。

『そうやって私はおじいちゃんを仕留めました』

……ちなみにお婆ちゃんの特技は薙刀《なぎなた》である。

一方、アレクの方は、国でも有名な名家のお坊《ぼっ》ちゃんだ。

国に仕える優秀な騎士を何人も輩出している家系である。そして、アレク自身も優秀な騎士である。

要するに、脳筋の家系であった。

なんせ親戚一同顔が良いので、脳筋の押せ押せな恋愛スタイルでも上手くいってしまっている。代々息子も娘も恋に大胆な性格だ。

「手加減とかしちゃダメですよ」

「手加減とかしちゃダメ……」

つまり何が言いたいって、ここにいる二人とも箱入り息子なのだ。箱入り息子は手加減とか知らないし、愛されて育ったので愛情表現も真っ直ぐである。一点の曇りもない。

奴隷生まれ。戦場育ち。騙し騙され、利用し利用されの世界で生きてきたライルからしたら、目にフラッシュライトを焚かれ、心臓にドスンと五寸釘を打ち込まれるくらいの衝撃だ。

眩しくて立っていられない。

邪気がなさすぎて気持ちを疑うこともできない。

そもそも、個人主義のライルがアレクに先輩先輩と尊敬の視線を送られるのを放っておいているのも、そういうタイプに弱いからに他ならなかった。

二心《ふたごころ》のある他の人間と同じように突き放したりすることができないのだ。

なんだか清い生き物を虐待《ぎゃくたい》しているような気分になる。何より無邪気に懐かれることが全然嫌いじゃないのが悪かった。多分、元が世話焼きな性質なんだろう。

「確信を持って言います、アキーラ様ならいけます」

「サポート役が頼もしすぎる……」

アレクは真っ直ぐな男だが、名家の子供だ。幼少期からちゃんとした教育を受けているし、もちろん馬鹿じゃない。これでも優秀な男である。

なので自分の尊敬する先輩の、そういう性質をちゃんと分かっていた。

だから、アキラの背中を押しているのだ。

「アキーラ様みたいな顔と性格絶対好みだし！　好意を抱いているのは間違いないから、あとは身動きを封じてとどめを刺すだけです！」と。案外恐ろしい男である。

もしもここにもう少し恋愛経験のある人間がいたのなら、こう言っただろうに。「ライル君かわいそ……、もう少し手加減してあげて……」と。

だがいなかったので、手加減とか遠慮とかは少しもなかった。

――さて、そんなわけで、翌々日あたりからアキラの全力のプレゼント攻撃が始まった。

求愛行動として貢物をする、というのは色々な動物に見られる習性である。生き物の性《さが》なのかもしれない。アキラもただやりたいからやった。

「どーぞ」

「…………」

ライルに似合いそうな……いいや、彼につけてほしいピアスをうっかり見繕ってしまったけど。高価なものは一応立場的には従者である彼の迷惑になってしまうと思ったし、国のお金を使うのも申し訳ない。贈るのは基本手作りの物に限ることに決めた。

手作りの匂い袋。麝香《じゃこう》の甘い香りがするやつだ。

……ところで知っているだろうか、麝香には媚薬《びやく》の効果があると言われている。

スン、と匂い袋を嗅《か》いだライルはゆっくりと瞬きした後「質の良い麝香ですね。良い香りです」と、にっこり笑った。

「いただいていいんですか？」と尋ねられたので無言のまま頷く。「光栄です。ありがとうございます」と、ライルは完璧な笑顔のままそれを懐にしまい込んだ。

好きな人に匂い袋を贈る。なかなかに分かりやすいアピールだから、少しはびっくりした顔が見られるかと思っていたのに。アキラはあからさまに「チッ」と舌を打った。

「今舌打ちしました？」

「してない」

「しましたよね」

「……今のはほら、投げキス」

「……は、……いや、何で突然投げキスしたんですか」

「何となく」

「……」

「……」

無言の攻防だ。

アキラがふい、と顔を背けて退散していく。

甘い香りの香る懐をそっと押さえたまま、その姿をライルは見送った。曲がり角にアキラの姿が消える辺りで声を張り上げる。

「……人にむやみやたらに投げキスしないように！」

「うるさ――い！」

大変。反抗期だ。


――さらに、これまた別の日。

「ライル、手出して」

「……なんですか」

次は何だ。そんな顔をしながらも素直に出した手のひらに、アキラがそっと握った手を乗せた。コロ、と手のひらに何かがこぼれ落ちてくる。

「これは、……」

指輪だ。日常生活でも邪魔になりそうにない、シンプルな指輪だった。

「なんか鍛冶屋《かじや》のお爺ちゃんと仲良くなったから作った」

「……いつ鍛冶屋のお爺ちゃんと仲良くなるんですか」

自分が少し離れた隙に、着々と交友関係を広めつつあるらしいアキラに目を細める。

「本当は自分のを作るつもりだったんだけど、なんか思ったより大きくなったからあげる」

「……それは、どうも」

まあ、美しい指輪だ。

この国の人々の御多分に漏れず、ライルもアクセサリーは好きだった。断る理由もない。

「……」

顔は相変わらずのクールな表情だが、少し嬉しそうな雰囲気を漂わせるライルをアキラがジ、と見ていた。

――どの指が一番しっくりくるだろうか。

利き手に嵌めては剣を握る時に邪魔になるので、左手の指に順に嵌めていく。

人差し指、中指と嵌めて、……薬指。左手の薬指にピタリとハマった指輪にアキラがニコッ！と笑い「じゃ！」と手を上げパタパタ走っていった。

毎回、去り際だけはやたらといいのだ。

なんだか拍子抜けしてしまう。

ライルは不器用な声で「あ、ありがとうございます！」と後ろ姿に声をかけた。

　誰も奴隷にプレゼントをしたがる物好きなんていないので、人に贈り物をもらうなんていうのは、なんだかんだアキラが初めてなのだ。だから、どういう反応をしたら良いのかわからない。

　アキラのようにかわいらしくピョンと跳ねて喜ぶことも、アレクのように快活な眩しい笑みを浮かべてみせることも、そりゃやろうと思えばできるが、自分がしても何だか違う気がする。

　可愛げのない自分に少々うんざりしながら、なんとか張り上げた声に立ち止まり振り返ったアキラの顔は、気を悪くした様子もない。むしろニコニコ笑っていた。

「ライル、」

「え？　……はい」

「これは全然関係ない豆知識なんですけど」

「はい」

「俺の元いた世界では左手の薬指の指輪は結婚指輪です」

「……は、」


　ライルが固まった。

　アキラが白々しく肩をすくめる。

「まあ、ここじゃ関係ないし。たまたま薬指にピッタリだっただけだし。……ごめん。気分が悪かった？」

「……え、いや、」

「なら良かった！　じゃ！」

　今度こそ、走り去っていくアキラ。

　耳の縁が真っ赤なのが見て取れた。

　――ゴン。ライルの頭が、壁に打ち付けられる。

　――結婚指輪？

「……は？？」

25　一番好き

　手を替え品を替え、あれこれと策を講じて自分の周りをうろついては去っていくアキラを、ライルが見守る日々がそれからも続き。

二人の激しく愉快《ゆかい》な攻防が繰り広げられるようになってから、早数週間が経過した。

「…………」

「アキラ様？」

フォークの動きを止めたまま、じっと虚空《こくう》を見つめるアキラをライルが首を傾げて覗き込む。

アキラからの反応はない。何かを考え込んでいるのだろう。心ここに在《あ》らずといった様子だった。

「アキラ様、」

「、？」

パチ、と一度睫毛が瞬いて、瞼の上のゴールドがチカチカ反射する。

ようやく焦点《しょうてん》のあったアキラが「え？」と首を傾げた。

「何か言った？」

「……いえ、」

絡んだ視線を断ち切るようにライルが目を伏せ、空の器にミントティーを注ぐ。今日、自分の主人が何やら思い悩んでいるらしいことに随分前から気がついているが、何も聞くことができない。

「そう？」


――アキラが王様に呼び出されたのは数時間前のことだった。

相変わらず、ライルのいない午前。ハンモックでゆらゆら揺れながら、一人部屋の天井をぼんやり眺める。別にいつも通りの朝だった。

良くもないし悪くもない。

朝に珈琲《コーヒー》を飲み過ぎて、少し胃がもたれている。それくらい。

「……」

白い手が、薄い腹を柔らかな服の上から摩る。

縦長のスクエアに整えられた爪も、マットなゴールドに塗られて美しく朝の光を反射していた。

乾季の暑さも落ち着いて、朝方は随分と涼しくなってきたように思う。昼の暑さでバテることも減った。

この美しい服……聞くにイスリールの伝統衣装らしいが、これも着慣れた。今じゃ耳元でなる金属の涼しげな音が心地よく感じるくらいになった。

――随分とこの国に馴染んだよなあ。

そういえばまだ一年も経っていないんだっけ、と思う。

引きこもりをしていた割に、なんだかんだと初めての連続で色々と濃い日々を過ごしていたから、実際よりも長い時間が経ったように感じるのかもしれない。

そんなことに思いを巡らせていたとき、コンコンとアキラの部屋の扉をノックする者があった。

誰だろうか。ライルが戻ってくるには、まだ時間が早いはずだ。

「どうぞ」

「アキーラ様、」

「……アレク？」

ガチャリ、扉を開け、控えめに顔を覗かせたアレクの姿に妙な違和感を感じる。ああ、手袋をしていないからだろうか。

彼はいつも、白い手袋をゴールドの腕輪で留めるようにしてつけているのだ。それが今日はない。代わりに、指先から手のひら、手首にかけて包帯が巻かれていた。

なんでも最近、闘技大会が迫っているおかげで訓練が厳しいらしい。王に仕える騎士の威信に懸けて、他の出場者……戦士たちを叩きのめすのだと、皆燃えているのだとか。

「……あれ、アレク、今日俺の担当の日じゃなくない？」

モソモソと、寝ていたハンモックの上で体勢を立て直し、床に足をついたアキラが不思議そうに言った。そうだ。だから変な感じがしたんだ。今日は他のムキムキ護衛さんたちが数人で護衛にあたってくれているはず。

「はい、そうなんですがその……陛下が神子様に会いたいと仰《おお》せでして」

「……王様が？」

「はい。その、実はもういらしているんです」

「え、」

アキラがヒヨコとアレクの陰から顔を出して、廊下の方を覗く。

そこにはドキドキわくわくと頬を紅潮《こうちょう》させて、こちらを窺っている王様の姿があった。

「あ、王様だ」

「アキーラ様！」

視線が合うと、王様がそう言って近づいてくる。

アキラは右に身を開いて、王様を部屋に招き入れた。

「どうぞどうぞ」

「失礼いたします」

美しいイスリール式のお辞儀をした王様が、部屋に入ってくる。一応相手は王様なので、アキラはハンモックじゃなくて、ソファーの方に座ることにしてそちらに向かった。

向かいに王様、その後ろにアレク。そして自分。

はて、一体何の用だろうか。

相変わらず人の良い王様は、突然本題を出してこちらを驚かせたりせずに、楽しい世間話から入ってアキラを笑わせてくれた。仕事が忙しすぎると愚痴《ぐち》を言う。秘書のような仕事をしてくれている優秀だが堅物《かたぶつ》な男の悪口を、面白おかしく話す。

それはライルが来る前、暇を持て余していたアキラを気遣って、仕事の合間を縫ったり、優秀な部下の目を盗んで部屋を抜け出したりして訪ねてきてくれていた頃と全く変わらない、軽快で楽しい会話だった。

「ところでアキーラ様、」

「……？」

女中の用意したお茶を一口飲み、口を潤《うるお》した王様が少々声音を変えてそう言った。アキラが首を傾げる。

「実はアキーラ様を描きたいという画家の手紙が、このところ王宮に殺到《さっとう》しておりまして」

「なんて？」

——アキーラ様を描きたいという画家？？？

王様の言った言葉を頭の中で繰り返す。

「アキーラ様を描きたいという画家の手紙が、王宮に殺到しておるのです」

一向《いっこう》に理解ができない。

一体どこのもの好きが、貧弱オタク神子の絵を描きたがるって？

「あ、それは、神子の肖像画を描く伝統があるとか、そういうアレでですか？」

それなら立候補があるのにも納得ができる。

「いいえ、特別そういった伝統は……」

え、じゃあ、なんで？

そんな顔で首を傾げたアキラに、王様がニコニコとした顔で答えた。

「ここのところの神子様のお美しさが話題でして」

「…………」

「もちろん以前から可憐な方《かた》だと評判でしたが、いやはや以前にも増して、一層、照り輝いて眩しいほどに……と、」

「…………」

照り輝いているのはこのメイクだとかアクセサリーじゃありませんか。そんな空気の読めない言葉を、嬉しそうに頬を紅潮させた王様の前で言う勇気はアキラにはなく。

「……神子様は恋をしておられるのではないかとも囁かれております」

ポソ、と小さな声でつぶやいた王様が「やだ言っちゃった」とでも言うような仕草でパッと口を押さえた。

「……、」

そしてその視線がわかりやすいほどに、チラチラとアレクを見ている。

アレクが眉を落として、王様の後ろで口をこう動かした。『すみません』と。

――ああ、なるほど、勘違いをされているのだ。このところ、アレクと二人でヒソヒソ話しているから。

ようやく王様が何を言いにきたのかを把握したアキラが何度か瞬きをした。

さて、困ったぞ。

「ところで話は変わりますが神子様。アレクは良い青年です。家柄も実力も申し分ありません。将来は騎士団を率いる団長になる。我が国自慢の強者《つわもの》です。何よりハンサムだ。人柄も良い」

「……」

そりゃあ、アレクの良さはもちろん知っています。

アキラが頷く。

アレクはハンサムだしとびきり性格の良い青年だ。

そう言うと、王様の後ろで凜々しく立っていたアレクが嬉しそうに胸を張った。かわいいやつである。

しかし、アキラの返事に何を勘違いしたのか、王様が嬉しそうな顔で立ち上がりこう言った。

「ああ、それなら、早くに婚約を！」

「婚約！？！？」

いやいや、それはちょっと話が違います。

次はアキラがガタリと立ち上がる。

なんとか誤解を解こうと口を開いた瞬間。

「……陛下、」

アレクが上擦《うわず》る声で会話に混じった。

王様とアキラの視線がそちらへ集まる。

「自分と神子様は、その、……そういった関係では」

ああ、助かった。流石、アレク。お前は世界で二番目にいい男だ。間違いありません。一生ついていく。

俺の人生の親友になって。

期待に目を輝かせる王様に、言いづらいことをキッパリ言ってくれたアレクに心中で大感謝する。

王様が「……そうなんですか？」と、こちらを向いたので、アキラは一生懸命に頷いた。

「そも神子様には、他にお慕《した》いしている相手がおります」

王様が「エッ！」と声を上げた。

期待と不安の入り混じる声である。

「だ、だ、誰！　いえ、どなたを！」

「……秘密です」

「そんなあ！　え、どんな人、どんな人かくらいは聞いても良いでしょう！」

テーブルに手をついて身を乗り出してくる王様に、アキラが困った顔で曖昧な返事をする。ライルに圧力とかかけられたくないし。反対されても困る。

「強くてカッコよくて優しい人ですけど……」

「うっ!!」

ダンディな王様が、分かりやすいぐらいに取り乱してテーブルの脇にしゃがみ込んだ。

「……も、もう告白したんですか？」

息も絶え絶えに王様が聞く。

「……告白はまだ」

「『告白は』まだ！？！？」

詳しく聞かせて!!

そんな感じで顔を寄せた王様にアキラが苦笑いする。

相手が気になりつつも、神子が国の人間に恋をしていることへの期待が隠しきれていなかった。神子が幸せになれば国が豊かになるのだから。

アキラは曖昧な返事をポツポツと返しながら、なんとか王様の質問攻撃を凌《しの》いだ。

なんというか、ただの恋愛の話なのにとんでもない重圧を感じる。

何より、王宮の人間にアレクとの関係を勘違いされているらしいことに、一抹《いちまつ》の不安を感じていた。


——そうか、自分はアレクといい仲だと思われていたのか。ライルは、それを知っていたのだろうか。

「お口に合いませんでしたか？」

「え？　あ、ううん、まさか」

後ろからポツリと聞こえてきた声に我に返ったアキラは、慌てて首を横に振った。ライルの料理が口に合わないなんてことはない。少しもない。彼が心を尽くして作ってくれているおかげだ。

だが、いつもいつもライルの料理を食べるたびに、まるで初めて食べたみたいに新鮮に喜んで「おいしいおいしい」と言うアキラが今日は何も言わないから。ライルは不安になったみたいだった。

今日は褒めないのか。そんな顔でこちらを覗き込んでくる。

アキラはそれだけでドキッと自分の心臓が跳ねるのを感じながらも、「そんなことない」としっかりと答えた。

「ライルの料理はいっつも美味しい。最高に美味しい。この世で一番美味しい」

大袈裟な褒め言葉に、ライルが呆れたみたいに、だけど嬉しさを隠せない様子で唇を綻《ほころ》ばせながら「よかった、」とだけ言って顔を離す。

……ずるい男だと思う。

ライルが自分の褒め言葉をいつも待っていることに気がついたのはいつだっただろうか。

ここ最近、散々アピールしている時は何を言っても全然つれないくせに。

ただ素直に褒めただけでこんな顔をするんだから。いつまでたっても諦《あきら》められない。

「……うん、ライルの料理、一番好き。世界一好き」

「……、」

アキラの素直な言葉に、コバルトブルーの目が丸くなる。

アキラはただ、へにゃりといつもの顔で笑って、いつもよりもあどけない表情を浮かべるライルの顔を見上げて言った。

もちろんこれは告白ではない……そういうことになっている。

26　背信《はいしん》のレトリバー

「首尾はどうでしたか！」

数日後、部屋から出てきたアキラに、サッと近づいてきたアレクがすぐさま尋ねた。彼にはまた傷が増えていた。

「進展なし……」

「……そうですか」

「………」

アキラがスタスタ歩き出すと、アレクが慌ててその後を追いかける。

「ここまで分かりやすくしてあの反応なら、流石にもうあれかも。俺のこと全然そういう対象として見れないってやつなのかも。やっぱあれか。筋肉か。身長か」

ふざけて見せているが声が少し沈んでいる気がして、

アレクはハッと顔を上げた。だけど先を行くアキラの顔は見えない。

燭台に灯《とも》りが灯される前の夕暮れ時の廊下は薄暗く、アキラの細い影を長く伸ばしていた。

茜色《あかねいろ》と紺色《こんいろ》がグラデーションを作る空では、もう淡い月が浮かんでいた。

やっぱり、ここ最近のアキラには少し元気がない。

変わらずライルへのアプローチを続けているが、あれだけあけすけに好意を伝えて、何の手応《てごた》えもないとなれば流石に落ち込んで当たり前なのかもしれない。

アキラが明るく振る舞っているからつい忘れてしまいそうになるが、想い人に自分の気持ちを伝えるというのは酷く勇気がいる行動だ。

拒絶されれば悲しいし、何の反応も返ってこないのなら、それは拒絶されているのと同じことだ。

あまりライルの負担になりたくないから茶化してみせているだけで、ふざけてやっているわけじゃない。

「アキーラ様、」

「……どうしても恋愛対象に見れない人っているだろうしさ。そういうやつなのかも。俺が神子だからハッキリ断りづらいだけで」

気遣わしげなアレクの声を遮《さえぎ》ってアキラが振り向いた。

夕暮れの濃い影が落ちる白い相貌《そうぼう》に釘付けになる。

表情がストンと消えたアキラの顔は、その形の良さだけがいやに際立って、なんだかアレクを寂しくさせた。

『あの人は、あれで強がりなところがあって、一番弱いところは人に見せたがらないから、ちゃんと見ておいてくれ』

ライルの留守中、時々護衛を代わることになったアレクに、目を伏せて剣を磨《みが》きながら、彼が言った言葉が突然思い出された。

二人揃って不器用な人たちなのだ。お互いがお互いのことを余程《よほど》大切に思っているのだろう。

「流石にもう諦め時、」

「アキーラ様！」

今度はアレクが言葉を遮る番だった。

そうだ。誰が悪いって煮え切らない態度をとっているライルが悪い。あれだけあからさまなアプローチをされてあのライルが気が付いていないわけがないし、断るならハッキリ断ればいいのだ。返事をずるずる引き伸ばすのはいたずらに相手を傷つけるだけである。

もちろんライルだってそんなこと分かっているはずだ。そんな簡単なことが分からない男じゃない。

それなのに、ライルが曖昧な態度をとる理由。それをアレクは知っていた。ライルに黙っているように言われたからその通りにして、アキラを応援していたのだけれど。目の前の小さな友人の、元気な心が悲しむところを見ていると、もうとてもじゃないけど黙ってなんかいられなかった。

先輩には、甘んじて殴られることにする。

アレクはムンッと鼻の穴を膨らませ、ドンッと自らの分厚い胸板を叩いた。

「大丈夫です！　アキーラ様、自分にお任せあれ！」

「……アレクどした？」

変なものでも食べたの？

突然、意気揚々《いきようよう》と叫び始めた友人をパチ、と目を瞬かせたアキラが心配そうな顔で見る。

なに、トイレ？　あ、護衛中ってトイレ行けないの？　あれだったら俺もついて行こうか？

「だから食べすぎはやめておけってあれだけ……」

「アキーラ様！」

「え……？　あ、はい！」

ぼんやりとしているのだろう。的外れなことを言って、アレクの腕をひいて歩き出そうとしていたアキラが、言葉の勢いに釣られて、ピッ！と背筋をのばした。

「先輩が、わざわざアキーラ様から離れて何をしているか、知りたくありませんか！」

「…………え？」

ニヤリ、ゴールデンレトリバーが悪い顔で笑う。

アキラがポカンとして、「え、任せる？　何を？」と後退りした。

「お任せください!!」

「…………だから何を？？？」

フン、と胸を張るアレクに、質問に答える様子はない。彼は今、人生で初めて、人との約束……それも尊敬する兄弟子との約束を、破ることに決めたのだ。

「俺にお任せを!!」

「え、ウソ、これ話が通じてないの……？　……ラ、ライルー!!　アレクが変になっちゃったー!!　き、来てー!!」

27　推し活

「なんてこった……」

さて、所変わってここは王宮にある尖塔《せんとう》の一番上。

朝から出かけていくライルを何も知らない笑顔でニコニコ送り出し。それからすぐに部屋を飛び出して、階段をヒーコラ登りやってきた。

階段を登るアキラがあまりにゼーゼー言うので「あの、もしよかったら……先輩には黙っていてくださいね……」とおんぶの提案をしてくれた心優しきムキムキ、アレクが護衛だ。

もちろんアキラは凜々しい顔で首を横に振った。アレクに約束を破らせておいて、自分だけが楽をするわけにはいかない。

そも、この国の階段は高すぎるのだ。一段がアキラの膝くらいにあるので、裾をたくし上げなくちゃ登れないし。何より毎回足をバカみたいに上げなくちゃならない。

ウサギのように跳《と》びながら、アキラはピョンピョン順調に階段を登り切り。

そして今は、尖塔のてっぺん、屋上のようなところでうつ伏せになっている。両肘を立てて、丸いところを目に押し付ける。

——アキラは今、殺し屋とかが狙撃銃を構えてスコープを覗き込む時にするあの姿勢を取っていた。

だが、深刻な顔をしたアキラの目に押しつけられているのはカッコいい狙撃銃とかではない。彼が持っているのは、海賊の船長かストーカーくらいにしか需要がなさそうな、長ーい望遠鏡である。

この国の人々は金色が好きなのかもしれない。それともこれが宝物庫から失敬してきたものだからなのか。

望遠鏡はギラギラとした金色に輝いていた。大変目に優しくないし、ものすごく目立つ。望遠鏡失格である。

「アキーラ様、あまり目に押し付けると跡になりますよ」

「やば、なんかすごく悪いことしてる気分……うあ……なんだあれ……」

アレクが後ろで控えめに助言をくれるが、アキラの耳には届いていなかった。

望遠鏡をいくら押しつけたところで見え方なんて何も変わらないのに、興奮で力の調節ができないらしい。

アイドルのコンサートに参戦したオタクみたいに語《ご》彙《い》をなくしている。

「……顔が良い……」

数時間前――つまり昨夜のあのシリアスなムードは何処へやら。アキラはすっかり元気を取り戻していた。

元気どころか有頂天《うちょうてん》だし、ここ最近で一番体調が良い。

頬は桃色に色づき、瞳はキラキラ輝いている。

いつの時代も、推し活は健康に良いのだ。

「はわ……」

アキラの視線の先……丸くなった視界には、ある一人の男が映り込んでいた。

言うまでもなく、ライルである。

朝にアキラの部屋を出て行ったライルだ。

いつも一体何をしているのかわからなくて、昼食の時間になるとふらりと戻ってきてはいつも通り涼しい顔でアキラの世話を焼き出す、あのライル。

王宮の西にある訓練場に、望遠鏡のレンズは向いていた。

飛び散る汗。はちきれんばかりの筋肉。遠くの方から雄々《おお》しい声が聞こえてくる。

逞しい男たちが槍《やり》や剣や盾を手に、鍛錬《たんれん》に励んでいるのだ。

あのムキムキの中で剣を振っていると、ライルはなんだかいつもよりスラリと細身に見える。

手足が長い。素晴らしいプロポーション。カメラマンとかの気分になってしまう。

「うわ、うわ、」

アキラの声が上擦る。

先程からライルが、槍を持った男二人と戦っているせいだ。

少し顔をずらした彼の頬のすぐ横を掠《かす》めるみたいに切っ先が通っていく。

そんな風に小さな動きで避ける必要があるのだろうか。武道の心得《こころえ》が一ミリもないアキラとしては、頼むからもっと大袈裟に避けてほしい、という気持ちになってしまう。

ライルの顔の薄皮一枚でも切れようものならこちらの心臓が止まりそうだ。

「よ、よし、そこ！　……ああ！　くそ、頑張れ……負けるな……」

ライルが強いらしいというのは知っているが、そういえば実際に彼が戦うところを見るのは初めてだった。

攻撃する意思がないのだろうか、剣を持った腕を腰の後ろに当てて、爪先立ちで身を躱《かわ》し、先程からくるくるひらひらと槍を避けるばかりである。

さっさと片をつけてくれないだろうか。

それとも、流石に二対一は大変なのだろうか。

アキラを誘拐しかけた街のゴロツキのことは一人で伸《の》してしまったけど。彼らは訓練を受けた騎士じゃないし、何よりライルの名前を聞いた時点で戦意喪失《そうしつ》してしまっていた。

対する槍二人組は、一瞬でも隙を見せればいけ好かないお前なんか串刺しにしてそのままケバブみたいにぐるぐる焼いて食っちまうぜ、という顔をしている。真剣だ。

そういえば、「闘技大会で戦士に一位を掻《か》っ攫《さら》われたせいで騎士たちが燃えている」とアレクに聞いたっけ。

一位を掻っ攫った戦士とは、もちろんライルのことだ。それも一回や二回どころの話じゃない。ここ数年ずっと、ライルは一位の座に居座っているらしい。

武勇に秀《ひい》でた名家の出身でも国に仕えるエリート騎士でもない。いわばフリーランス的な存在である戦士が一位になるというだけでもとんでもないのに、一位の座を数年守り切られているというのはエリート揃いの騎士たちにとってかなり悔しいことなのだとか。

「……闘技大会で一位を取ると願いを一つ聞いてもらえるんです。先輩は奴隷の地位の返上を希望しました」

「なるほど」

「そのあと数年は隠居用にと金銀財宝をたんまりもらっているようですね」

「なんと」

欲なんてちっともありませんよ、というような涼しい顔をしてなんて太々しい男なのだろう。ライルのそんなちゃっかりしてて食えないところなんか、アキラは大好きだ。

28　異世界ショック

そんなわけで、ライルはアキラにとっては痺れるほど良い男だが、あの槍二人組からしたら憎《に》っくき宿敵らしい。

なんせ彼らが必死に手に入れようとしている栄光の座を、涼しい顔して持っていった上に、神子様の護衛の地位までちゃっかり手に入れてしまっているのだからら。

「『クソ、奴隷のくせに。ふざけるな』」

槍の男が口を動かすのと同時に、隣で望遠鏡を構えたアレクが言った。唇の動きを読んでいるらしい。謎の技術だ。

「奴隷のくせに……」

「すみませんアキーラ様、後であの二人は懲《こ》らしめておきます」

「思いっきりお願いします」

自分も廊下ですれ違ったら足ぐらい踏んでおこうと

思う。アキラは槍男の顔をしっかりと目に焼き付けた。

名家のお坊ちゃんがより良い人生を目指して優勝を目指すのと、何も持っていない奴隷の男が身分を返上したくて優勝をもぎ取るのと。

それは後者の方がよっぽど血も汗も涙も流した結果なんじゃないかとアキラは思うけれど。この国の人には、自然と奴隷の身分の人間を下にみる価値観が染み付いていることが多いらしい。

この国での生活にだいぶ慣れてきたアキラでも、そういう話を聞くと、なるほどここはやっぱり異世界なのだなと実感する。アキラにとって当たり前の価値観がここでは当たり前ではないのだ。

「よし、そこだ、いけライル！」

なるほど。あの後王様に好きな人の名前を教えた時、困った顔をされたわけだな、とアキラは思う。

身も蓋もないことを言えば、この国のさらなる繁栄のためにアキラには幸せになってもらわないと困るのだろう。不幸になられちゃどんな災難が降りかかるか分からない。

だからこそ、権力でも何でも使ってアキラの恋を応援しようとやる気満々で首を突っ込んだのに、出てきた名前がなんというか色々と問題のあるライルだったのだから、あんな顔をさせてしまったのだ。

「あ、」

アキラが声を漏らす。

ライルが前から迫ってくる槍に向かってくるりと身を躱し、二人の槍を絡めて踏み抜いたのだ。

空中で回転するようにして振り抜かれたライルの長い脚に、後ろの男の横っ面《つら》が思いっきり蹴り飛ばされた。何かしらの骨が折れたんじゃないかと思う。蹴られた勢いでムキムキのお兄さんの体が浮くのが見えた。

「いっ、」

蹴られてもいないのにアキラが唸る。思わずギュッと目を閉じた。武器を持った実戦は、格闘技なんかとはまた全然違う迫力がある。とてもじゃないけど見ていられなかった。

「アキーラ様、決着がつきましたよ」

そんなアレクの言葉にハ、と息を吐いたアキラが瞼を開ける。

再び覗き込んだ望遠鏡の中にはツンと顎を上げて、跪いた相手の喉元に剣を突きつけるライルの姿があった。

ざまあみろ、ボンボン。そう言うみたいに。ニヤリ。右の口角が上がり、形の良い唇から獰猛《どうもう》な犬歯が僅かに覗くような、挑発的な笑みだった。

「……かっ、」

かっこよすぎる。

くらりと眩暈《めまい》がした。

屋上なので日差しがジリジリ暑くて、頭が茹《うだ》っていたせいだろうか。

とにかくおかしなくらいにドキドキしている。

レンズの向こうのライルも暑いのだろう。いつもは少しも隙のない胸元が今日ばかりははだけていた。はだけているというか、もう全部見えている。しっとりとした胸筋から、無駄な脂肪が一ミリも感じられない張り付くような腹筋の上二つくらいまで。

「……何これ、何のご褒美《ほうび》？　俺なんか良いことしたっけ？」

戦争とか、鎮めた？　村一つを飢饉《ききん》から救った？

ムギュッと力いっぱい鼻をつまんだアキラが呟いた。

「『戦い方のお行儀が良すぎる……っていうかお前、今日はアキラ様の護衛をする日じゃなかったか？』」

隣のアレクが言う。ちょっと声を低くして意地悪な感じに話しているのはライルの真似らしい。

ちょっと似てる、とアキラは含み笑いをしながら覗き見を続ける。

ライルの後ろでズルズルと仲間たちに脇の下に腕を差し込まれ引きずられていく槍男その二。鼻からボタボタと血が垂れている。

眩む視界を見るに、アキラもそろそろ彼の仲間入りをしそうだ。鼻をつまむ手の力を強める。

「『……は？　交代？　おい、報告を受けてないぞ』……、あ、しまった、」

小さく呟くアレクが、弾かれるみたいに目から望遠鏡を離し縮こまった。ご主人に悪さを見つかったワンちゃんの顔だった。

アキラはまだ自分には見せない顔で怒っているライルを観察したままでいる。

「………で、なんでライルは訓練なんかしてんの？」

非常に良いものを見させていただきましたが。アキラは呟いた。

そもそも、ライルとの約束を破ってまでこの光景を見せた理由が不明だ。

そりゃ、元気は出たが。大変元気が出た。

アキラはきっとまた、めげずにライルの周りをチョロチョロ走り回りあれやこれやできるだろう。

ライルは深刻な顔でこめかみを押さえ「小さいのがチョロチョロチョロチョロチョロ……」とため息をつくことになるに違いない。

ようやく満足したらしい。キュポン！という音を立てて望遠鏡から目を離したアキラの目の周りには、パンダみたいなまあるい跡がついていた。

アレクは、ああ、これは確実に先輩にバレるな……と思う。だが彼は元よりそのつもりだったし、何より善良な男なので、元気に嬉しそうに、アキーラ様、きっと喜ぶぞ、という顔でアキラの質問に答えた。

「そりゃあ、アキーラ様！　次、闘技大会でばっちり負けてアキーラ様の想いを受け止めるためですよ！　それかあわよくば、訓練でとんでもない大怪我をして、闘技大会出場を棄権《きけん》するためです！」

「………は？？？？？」

訳がわからない。

ドスの利いた声で聞き返したアキラに、かわいそうなアレクが再びキュッと縮こまった。あ、あれ、自分、何かまずいことをしでかしましたか？　という顔をしている。

向かいのアキラがにっこり笑った。

それは、いつものへにゃへにゃの力の抜けるような笑顔でも、最近し始めたキラキラしいアイドルスマイルでもない。

とんでもない失態をしたアレクを叱るときのライルの顔によく似ていた。行方不明になった挙句怪我をしていたアキラにライルが浮かべた綺麗な笑顔である。

アキラは無意識にその顔をしているらしい。きっとその顔で、今までしょっちゅう叱られてきたのだろう。

「……アレク君、今なんて言った？」

「はえ……」

小さなハムスターの朗らかでやさし〜い声に、ムキムキの心優しいレトリバーが涙目になる。

答えが返ってこない。

「説明」

「ひゃい……」

笑顔を収めたアキラから、いつだかのライルみたいに端的な指示が飛んだ。アレクが姿勢を正し返事をする。

やれやれ。これだから異世界は油断ならないのだ。即死トラップだらけ。初見殺しだらけ。何それ聞いてない、そう言いたくなるようなことがあちこちに転がっている。

アレクなんか、さっきの意味わからない発言を「どうです」なんてドヤ顔でしていた。意味がわからない。なんでライルがとんでもない大怪我をする必要があるんだ。

「……フ〜〜」

やれやれ。

アキラはかいてもいない汗を拭うような仕草をしながら深々と息をつき、それから腕を組み。

何やら大きな隠し事があるらしいアレクを、しっかりと尋問《じんもん》することに決めた。

29　ライルの事情

「やってることが残酷です」

「誰に」

「アキーラ様にです」

——バカ言うな、と思う。残酷なのはどっちだ。

ライルは苛立《いらだ》ちのあまり、剣を払う腕の力の調節を若干《じゃっかん》間違えた。

アレクが「うっ」と唸り、二歩三歩後ずさる。

「悪い」

断じてわざとではない。

ここ最近、怪我の増えたアレクに手を貸そうと腕を伸ばす。

「酷いと思います。応《こた》えはしないのにプレゼントは身につけるんですから」

「、」

プレゼントを身につけていることを、こいつに話しただろうか。

ライルは自分の手元に目をやった。

指輪は事前に外しておいたはずだし、アレクに見せたことはなかったはずだが。

その一瞬。動いた自分の腕からふわりと深く甘い匂いが薫《かお》って「ああ」と合点《がてん》がいった。

そうか、衣装箪笥《だんす》に匂い袋を入れたから。その匂いが服に移っているのか。

「いつも最低限の仕事でできる限りの対価をもぎ取るのが先輩なのに、あれやこれや優しく尽くして……先輩だってアキーラ様のことを少なからず想っていると思ったから、だから俺、協力したんですよ。なのにどうして、つれない態度ばかり取るんです、」

心底アキーラ様が可哀想で仕方がないと言うみたいに呟くアレクにライルが笑った。

これは別に照れたからとか図星をつかれたからとかの笑顔ではない。

コイツはバカなのだなあ、という笑顔である。

「バカ」

――しまった、つい口が滑った。

ここは昔の職場ではないのに。

中々手を取らないアレクの腕を無理やり引き上げながら、ライルは思った。

どうもだいぶストレスが溜まっているらしい。だが、そのストレスの原因が、目の前のこの善良なバカにもあるのだから少々の八つ当たりは許されるだろう。

「バカか、お前。少し考えれば分かるだろ」

クルリとステッキを回すみたいに剣を回してみせる器用なライルの手を、アレクが思わずといった様子で見る。

「俺は今現在、闘技大会の優勝者だ。まだ負けてない」

「……はい、」

そこまで言ってもこの後輩はまだ分からないらしい。

ライルは思わず首を傾げた。

「お前、聖典を読んだことがないのか？」

「そりゃあもちろんありますけど、……え？　……あ、」

ようやく何かを思い出したらしいアレクに、ライルが呆れた視線を向ける。

深すぎるため息。

「……イスリール神に願いを聞いていただく代わりに、この身は次の優勝者が現れるまで神に捧《ささ》げることになっている。結婚も真剣な交際も、俺には許されてない」

その言葉を聞き、子供時代に学んだ聖典の一文を思い出したアレクが「そうだった……」と呟いた。

そういう伝統や決まりがあったことさえ、すっかり忘れていた、という顔だった。

「バカ」

「バ、バカです……え……ど、どうしよう……」


――闘技大会、一位の者はイスリール神の祝福を授かり、神聖な身となる。

これはアキラがこの世界にやってきた時やライルと出会う前、何となく目を通した、聖典のあるページにも書かれていた文言である。

それなりに有名な話だが、残念ながらしっかりと覚えている人間は少ない。

仕方のないことだ。なんて言ったって優勝者に与えられる褒賞《ほうしょう》が派手すぎる。

聖典に背くものでなければなんでも願いを一つ叶《かな》える。

ただその代わりに、優勝者はその後一年、次の闘技大会が開かれて、新たな優勝者が生まれるまで、戦いの神であるイスリール神に仕える神聖な身としてただひたすら武芸に励まなければならないのだ。

彼らにはその間、結婚も、武芸の邪魔になる真剣な交際も許されていない。

割り切った相手とそういったことを済ませることはままあるが、信心深い人間なんかは誰とも触れ合わずに一年を終えたりすることもある。

この数年、一位に輝き続けているライルでさえ、そんな決まり事すっかり忘れていた。

何故忘れていられたかって。別に意識なんてしていなくてもそんな決まり、簡単に守ることができたからだ。

困ることも特別なかった。

可能な限り優勝し続けて。

戦士として戦場で活躍して。

適当な相手で適当に発散して。

そうして過ごしていたら、いつのまにかイスリール教の敬虔な信徒だという噂まで流れていたりもした。

どの辺りの人間がそんな噂を流し始めたのか。

奴隷として生まれて神に感謝している人間なんているわけがないだろう。めでたい頭をした人間がいるものだなと、正直なところ思っていたが。わざわざ訂正することでもないので黙っていた。

そしてその結果、アキラの護衛を任じられることになったのだ。

簡単な仕事だと思っていたが、知らないうちに被《かぶ》っていた猫が二、三匹剝がれてどこかへ散歩に行ってしまったのは誤算である。

奴隷生まれと対等に軽口を叩いたり、自分の気に入った菓子を分けたり、本の感想を言い合ったりするなんて、変わった主人だ。

……と、そんな感じでアキラの世話を焼きながら穏やかに暮らしていたら、段々と例の決まりを煩わしく感じ始めている自分に気がついて。

何か不穏な予感を感じて自分の心に色々と蓋をしているうちにアキラが行方不明になった。

いつもなら、まず一番に「違約金が」だの「責任とか取りたくねー」だの思うはずの自分が、すっかりそんなことを忘れて必死になって街を駆け回って。臭え男どもに囲まれた主人の姿を見て、信じられないくらいに動揺したのを考えるに、もうその頃には何もかもが手遅れだった。

「さっさとあの人に応えろって？」

「……、」

ライルがクルクル剣を回す。

「俺は何と言えばいいんだ。『この後のことは何も責任が取れませんし、交際も結婚もできませんが、あなたのことが好きなので抱かせてください』とでも言って許しを乞えばいいのか？」

「………、」

それまで、青くなって口を開けたり閉じたりしていたアレクが「自分はどうすれば、」とカサカサの声で呟いた。

これまでの自分が随分と余計なことをしていたことに今更ながらに気がついたらしい。

ちなみに言うなら、全くもってその通りだった。

ライルの手の内でクルクル回り続けている剣が、先ほどとは違う意味を持ち始めた。

「あの……、なんでもします……」

「なんでも」

「いの、いのちばかりは……」

「へえ」と呟いたライルが、視線を宙に彷徨《さまよ》わせた。

そう言うことは分かっていた、という顔だった。

そう。分かっていたからこの数週間、アキラを鼓舞するアレクを泳がせていたのだ。

賢い男はピタリと剣を止めて、それから綺麗な笑顔でアレクの肩にポンと手を乗せた。

別に何も怖いことなんてされていないのに「ヒッ」とアレクが広い肩を思いっきり窄《すぼ》めた。

「じゃあ、闘技大会で俺のことしっかり負かしてくれるよな、」

「はえ……」

目の前のライルは、それはもう美しい顔で笑っている。

自分は煩わしい立場から解放されるし、優勝者の座を同じ騎士であるアレクが奪還すれば、ここのお坊ちゃんたちも喜ぶに違いない。一挙両得じゃないか。素晴らしいアイディアだろ。そんな顔である。

「八百長は大罪だ。一生牢《ろう》にぶち込まれることになる。

絶対にバレないよう、文句の声の一つも上がらないよう、徹底的に、やってくれるよな」

「て、徹底的にとは……具体的に言いますと……」

この数年、絶対的な強者として優勝をし続けているライルを、優良株とはいえ新人のアレクが負かす。そんな三文芝居を繰り広げて、誰にも文句を言わせないように、となると……。

ライルが笑みを深めて答える。

「俺がギリ死なないくらい」

「……、」

ひどい無茶振りだが、反対はできなかった。

アレクにはライルの気持ちと聖典を破った時に科される罰、この国の聖典への融通《ゆうずう》の利かなさを考慮した上で、他の良いアイディアなんて少しも思い浮かばなかったからだ。

そして、何より彼はちょっと感動してしまっていた。

——これを知ったら、アキーラ様はさぞ感動するだろうな。

イスリール国では、愛のために命を懸けることを尊いことだとする価値観があるのだ。

アレクは目眩《めまい》を起こしながらも、先輩の愛の深さに痺れてしまっていた。恋の話が好きな、バカなロマンチストなのである。

「聞いてるか？」

「……聞いてます、」

ちなみに言うと、ライルの方にはそんな自己犠牲の精神はカケラもない。

彼はリアリストなので、死んだら元も子もないだろうと思っている。その先のアキラの護衛は誰がするんだ。

アキラがそうしてくれ、と言うのならやぶさかでもないが、命とか捧げたところで自分の主人は震えて泣くだけだと分かっているのでそんなことはしない。

「……」

目の前で言葉に詰まったままのアレクに、眉間に皺を寄せたライルがつづけた。

「こっちには時間がないんだよ、お陰様で」

「お陰様……」

「アキラ様を煽り立てやがったのはどこの誰だ？」

「はわ……」

心当たりしかないアレクが凍《こお》りついた。

だいぶ煽り立てた。煽り立てたし、結果キラキラに飾りたてた。

「お陰様で四六時中アキラ様の周りを邪魔な男どもがブンブンブンブン……」

「すみませ……」

「イスリール神なんかに身を捧げるよりこちとらさっさとあの人を捕まえに行きたいんだよ、どこかのぽっと出に掻っ攫われる前に」

「ヒ、」

「それで、やるのやらないの」

「や、やらせていただきます……」

詰めに詰められたアレクが、覚悟を決めた顔で呟いた。

アキーラ様と先輩の愛のためなら、自分、一肌だって二肌だって脱がせていただきます。先輩のことをギリ死なないくらいに斬ってみせます。先輩が死んだら必ず自分も死んで責任を取ります。

それを聞いたライルは至極迷惑そうな顔で首を横に振った。

「いや、せっかくだけど、それは大丈夫」


アレクの口から、ライルと交わした取引の簡単な説明を聞いたアキラは愕然《がくぜん》とし、赤くなったり青くなったり喜んだり怯《おび》えたりを繰り返して具合が悪くなりながらも、小さくこう言った。

「……え、何、悪魔の取引の話？」

「全部アキーラ様への愛の話です……だからアキーラ様、諦めるだなんてことは……、……アキーラ様？」

アキラは呆然としていた。なんというべきか分からなくて、空なんかを見上げたり、パチパチ瞬きをしたりしていた。

なんというか、色々と情報が多すぎたのだ。ギリ死なないくらいって何。あのライルがそんなことを言い出すってことはそれ以外に手がないってこと？　万が一本当に死んじゃったらどうするの。いや、てか、あれ、ライルって俺のことが好きなの。え、うそ。

頭にいろんな言葉がチカチカ浮かんでは消えていく。頭が痛い。

結果。

「とりあえず、……ライルに会いたいので……帰ります、……」

脳がパンクしたハムスターは、いじめられたみたいに弱々しい声でそう言って、ヨタヨタその場を後にした。

……アレクに教えてもらえてまだよかったのだろう。何も知らないでライルが大怪我とかしていたら。

何にせよ、ひとまず、ライルと話さなくてはならない。

「アキーラ様、自分、おぶります、」

「……や、せっかくだけど、それは大丈夫です……」

恋のライバルがイスリール神とか聞いていないんだが。

30　面倒くさい国と面倒くさい恋人（予定）たち

昼。

いつも通り何食わぬ顔をして部屋に戻ってきたライルを出迎えたのは、ハンモックにパタ……と倒れるみたいに寝たアキラの姿だった。

アキラはライルに気がつくと、金色の爪をした白い人差し指でヨロヨロと床を指差して言った。

「ライル君、おすわり……」

「……アキラ様、どこかお加減が悪いんですか？」

分かりやすく暗いオーラを醸《かも》し出す主人に、ライルが眉間に皺を寄せ、長い脚でツカツカと歩み寄る。

コバルトブルーの瞳がアキラの全身をくまなく観察した。

――肌が赤い。外に出たのか。今日は日差しが強いから、それで体調を崩したのかもしれない。……アレクに護衛を代わったとあの男言っていたな。バカアレクめ。この日差しの中アキラ様に外を歩かせたのか。

その一瞬のうちにライルはさまざまなことを考え、それからひたりとアキラに視線を合わせた。

フワフワとした髪の隙間から覗く色の薄い目が、ジッとこちらを観察していることに気がついたのだ。

「……体調は大丈夫なので、ライル君、ひとまずお座り、」

「……はあ、」

まあ、座りますけど。そんな感じで、ライルは怪訝な顔をしながらも素直に膝をついた。

ついさっきまで屈強な騎士たちをねじ伏せて「ははっ」と悪い顔して笑っていた男が、何の抵抗もなく素直に座る様子をアキラがジッと目で追う。

ひんやり冷たいだろう石の床の上に、無駄な脂肪なんて一つもない長い脚をつける。

その様子をうつ伏せのまま横目で見ていたアキラが「あの、」とちょっとくぐもった声で呟いた。

「……床は脛《すね》が痛いからラグの上に座ってもらって」

「……かしこまりました」

ライルが毛足の長いラグの上に座り直す。

それを見たアキラがこれで場は整った、とばかりにコクリと頷く。腕でハンモックを押すみたいにして上半身を起こし、それから唇を一度舐めた。小さな唇は随分と乾いていた。

ライルが片眉を上げる。

「あの、」

「はい、」

「もう何から言っていいのか分からないからライルに丸投げするんだけど」

「……？　はい、どうぞ」

自分がひとまず一番に確認すべきことはこれだろう。いや、一番に確認しておきたいこと、と言うべきだろうか。

アキラは今、言葉を丁寧にオブラートに包む余裕なんか持ち合わせていないので、直球に「〝はい〟か

〝いいえ〟で答えてください」とだけ呟いて質問した。

「あの……、ライルも俺のこと好きってほんとですか」

「…………」

一瞬だけ、ライルの動きが止まった。

規則的な瞬きを繰り返していた瞼だとか、呼吸に合わせて穏やかに上下していた胸だとかがピタと止まって。

それからまた一瞬のちに、全てを理解した彼は厳《おごそ》かな顔で頷き、こう言った。

「あのバカの喉をうっかりで潰しておくべきでしたね」

「はいかいいえで答えてって言ったのに……」

「答えられない理由を、もうご存《ぞん》知《じ》のはずですが」

いつもの顔のまま、アキラの足元に座っているライルが、ハンモックに腰掛けたままのアキラを見上げて言った。

「……、」

その返事はつまり「はい」と同意であることをアキラはもう知っている。

パチ、とアキラは瞬きして「ふむ」と頷いた。

嘘みたいだ。本当だろうか。目の前のライルの顔に、自分へのいわゆる恋愛感情というものがあるようには見えない。

アレクもライル自身も、アキラの想い人はアキラのことを好きだと言っているのに。なんだろ、両想いだって知る瞬間ってもっとトキメキとかが色々押し寄せて大変なのかと思っていたけど。

「ふむ」

じんわりと胸の内が解凍されるみたいに緩むのを感じながら、想像と違ったけどまあ良い、とアキラは頷いた。胸の内がポカポカし始めるのをギュッと抑える。なんだか、この呑気でちょっとズレてる感じが自分達らしい気もするし。そも、まだ何も始まってもいないのだし。まだ付き合っても……告白してすらないのだし。

とりあえず今、自分が浮かれムードでピョンピョンし始めると困るので。

「闘技大会の話もほんと？」

「……、」

話を続けよう。

アキラが宙を見ながら何事かを考えている間、ジッと黙って待っていたライルは、ピクッとこめかみを痙攣《けいれん》させて、それから分かりやすく顔を歪めた。アキラに見せるのは大変珍しい、少々柄の悪い顔であった。

これは「あいつそこまで話したのか」の顔だ。

アキラは珍しいその顔を見ながらまた口を開ける。

ライルが来るまでの間、考えに考えて、ライルに提案しようと決めた代案があったのだ。

「そんなことしなくてもさ、俺から王様に頼めばいいいんじゃないの」

「……、ハ――」

笑えるくらいにデカいため息と同時に「そう言うと思っていたから黙ってたんだよ」の顔をライルがした。

アキラは「なに、」とさらに険《けわ》しい顔をする。

険しい顔と険しい顔が向かい合った。

その最中、「失礼いたしますアキーラ様」と扉を開けた女中がいたが、二人の顔を見てそのまま黙ってパタ……と扉を閉めてしまった。


完全に「神子様とお世話係さんが喧嘩をしているわ……帰りましょ……」の顔だった。

まさかこれが両想いであることを自覚して数分の二人だとは思いもしなかったのだろう。

なんなら、喧嘩のテーマは「何素知《そし》らぬ顔して自分だけの苦労で解決しようとしてるんだよ」だし。

「お前が心配なんだ」と、もっと可愛くつつき合いながら話し合えば良い話である。

そうはできない不器用で意地っ張りなおバカな男二人がムッと顰《しか》めっ面《つら》を付き合わせて、お互いに「なんだよ？」と片眉を上げているのだ。

「……そもそもあなた、神子の権利振《ふ》り翳《かざ》してワガママ言えるんですか？」

「……、言おうと思えば、そりゃ、言えますけど？？」

腕を組み、顎を上げてアキラが返した。

半分嘘で半分本当である。

神子が幸せなら国が豊かになる。

そんな仕様のお陰で、今アキラは自分がどんな願いだって叶えることのできる立場にいることを知っていた。

だからこそ「こうしてくれないと俺、幸せになれない！」のワイルドカードを切ることを彼は躊躇《ためら》っていて。ライルはそのことを知っている。

なんかそれって、国民を人質に自分の要望を無理やり通してるのと変わらなくね？　それがアキラの考えなのだ。

向こうが勝手にチヤホヤしてくれるのは止めないが、こっちがその強すぎるワイルドカード片手にジタバタするのは、一般的な日本人の倫理観を持ったアキラにはだいぶまずいことのうちに入る。

だけど、それでもライルが傷つくのは嫌だ。意味がわからない。なに、ギリ死なないくらいの怪我って。

冷静になった今、アキラはちょっぴり切れて、そしてちょっぴり愚図《ぐず》っていた。

「……どうぞ、復唱。『俺が不幸せになるのが怖かったら、聖典の教義を捻《ね》じ曲げて例外的に優勝者の義務をなくしてください』

「ウッ……」

言葉にされるととんでもない横暴だ。

イスリール神の神子がイスリール神の教義を反故《ほご》にさせるってどうなんだ。

「でも、ライルが……」

それでも、ライルが怪我をするのなんて絶対嫌だ。

そんな堂々巡りを、アキラは繰り返している。

もう「でも、ライルが……」が泣き声みたいになって苦虫嚙み潰したみたいな顔で泣くしかできない。

ディスカッションは既に完全に破綻《はたん》している。最初からパワーバランスが釣り合っていなかったのだ。

ライルも尖らせていた眉を下げて、仕方のない人を見る顔で穏やかな声を出し始めた。

「……アキラ様。ここには俺しかいません」

「うん、」

「本音をどうぞ」

「いいの？」

「どうぞ」

唐突に、ライルがスッと促《うなが》すみたいに手を差し出した。

それを見た瞬間、ウンウン頭を悩ませて厳しい顔をしていたアキラはスンと真顔になって、思考を何もかも放り投げた。なんとか小難しいことを考えて現実に向き合っていた偉い人間をやめて、今だけただのハムスターになってアキラは言った。

「……めんどくさい。もうやだ。何も分からん」

何、教義って。宗教とかそんなのよく分からない。俺のことなんだと思ってんの？　日本の大学生だぞ。普通に好きな人と付き合いたいって言いたいだけなのになんで、教義とか国とかそんな小難しいこと考えなきゃならないの。そもそもワガママ言えばなんでもできる権利とか渡されても困るんだけど。国の行く末とか握らすな、日本の大学生に。国中テーマパークにしてやろうか。

「面倒くさすぎる。権力とかいらないから普通にライルとイチャイチャしたい」

頭がパンクしていたので、恥も外聞もなくアキラは言った。

足元のライルは笑うかと思えば、「分かります」と心底同意するというふうに頷いた。

あ、分かるんだ。とアキラは思った。ライルにも面倒くさいこととかあるんだ。なんでもできそうなのに。

「そうなんです。面倒くさいんですよ、色々」

ライルがアキラを見上げて言った。

凄腕のお世話係とか、従者とか護衛とか元奴隷とか、国一番の戦士とか。その他諸々の皮を脱ぎ捨てた、ただのイスリール国の一《いち》若者としての顔をして、ライルは続けた。

「本当に面倒くさいんです、この国。アキラ様のいた国よりずっと」

「すごい言う」

「私情と私怨《しえん》がたんまり入ってるので」

そう重たい声で呟いたライルが、切り替えるみたいに「いいですか、アキラ様」と話を変える。

彼はちょっと崩れかけていた居住まいを正し、指をピッと立てた。

これは、ライルがアキラにものを教える時のポーズである。

どうやら頑張って人間に戻らなくてはならない時間のようだ。

アキラがパチ、と瞬きをした。

31　やるしかねえってんならやるしかねえ

「これは例えばの話なんですが」

「例えばの話」

「はい、例えばの話です」

話が続く。

「例えばの話、俺と神子様が交際を始める場合、そこにはいくつかの問題があります。何だか分かりますか」

今ライルは交際なんかできないから、なるほど、例えばの話。

その前置きを尊重して頷いたアキラが答えた。

「……ライルが行きずりの関係しか許されていないこと」

「言い方」

すかさずライルが突っ込むが、まあ間違っていないと渋々頷く。

「それだけじゃありません。まず、……俺もあなたも男であるということがちょっとした反感を買います」

「同性の恋愛はよくあるって……」

「はい。神子様が同性結婚をした前例はあります。ただ、面倒な教会の爺さん連中……失礼、お偉方《えらがた》はどうしても神子様のお子を熱望しています。神子様の〝特権〟を使って教義を無視して交際を始めた時に、一番あれこれと文句を言ってきそうな層がここですね」

アキラの頭に自分が熱を出して倒れた時、廊下で必死に祈っていた狂信者……失礼、敬虔な信徒たちの顔が浮かんだ。

たしかに、勝手にアキラの子供とかを期待する田舎のお爺ちゃんたちみたいな顔をしていた気がする。闘技大会の優勝者であるライルとあれこれ無視して付き合い始めたら、アレルギー反応かパニックかヒステリーのどれかを起こすことは間違いないだろう。

「……」

アキラがゲッと顔を歪めた。

「それから、俺が奴隷生まれであることも嫌われるでしょうね。闘技大会で優勝して、イスリール神の名の下に市民権を得るには得ましたが、俺が奴隷の間に生まれたことには変わりないので」

「……クソッタレ身分制度め」

アキラが鼻に皺を寄せて悪態をついた。大変、口が悪いが、ライルは珍しく咎めずに笑っていた。

「……それに加えて、アキラ様の計画で行くとなると、俺は頼りの市民権を与えてくださったイスリール神との約束に背き、願いを叶えるだけ叶えてもらって、その対価を踏み倒すんですから。これはかなり……」

「、」

状況を把握したアキラが下を向いた。

「……かなりまずい？」

「……まあケチがつきまくる交際になりますね。国一番のお騒がせカップル。俺はそれでも一向に構いませんが……あ、これ例えばの話だった。今のなしで」

頭に詰め込まれた情報が重すぎて、自立できなくなったアキラがズルズルとハンモックから滑り、ライルの前にへにゃりと落ちた。

後ろのハンモックに首を凭《もた》れて、白い喉を晒すアキラにライルが笑う。

矢継ぎ早に情報を詰め込んだのは、もちろんアキラを説得するためにわざとしたことだが、あんまりグッタリしているのでなんだか可哀想になってきた。「アキラ様、」と気遣わしげな声を出して顔を覗き込む。

「……それでも付き合った場合、どうなると思う？」

顔を上げないままのアキラが、半べそをかいた声で言った。

ライルがこれ以上とどめを刺すのは憚《はばか》られると眉を下げて、それでもアキラにも関係のあることなのでと前置きをする。

何もかもの答えを用意していたみたいに見えた。きっとライルはそんなこと、とうの昔に一人で考えていたんだろうな。

ここ最近の何も知らないで浮かれていた自分を思い出して、さらにアキラの体が水を吸ったぬいぐるみみたいになった。

「そうですね。いざ付き合ったは良いものの、そんな男より他にもっと良いお相手がいますよ、とジジイ……失礼、お偉方が気を回し始めるでしょうね。お子は諦めるとしても、神子様をもっと幸せにできる上になんの問題もない、ハンサムな男を国中からかき集めて王宮の廊下に陳列し始める可能性も……」

……ああ、なんだか想像ができるぞ。

イケメン回転寿司が始まってしまう様子を想像してアキラが胃の辺りを摩《さす》った。

「だけどそんなことになれば王宮に血の雨が降るかもしれないので」

「……血の雨が？」

「はい。血の雨が」

「ち、ちなみになんで？」

「嫉妬《しっと》で」

「し、嫉妬……？」

……ライルが、嫉妬？？　え、嫉妬ってなんだっけ？？

言葉の意味を飲み込めず目を丸くしているアキラに、なんてことない顔をしたライルが話を続ける。

「なので、せめてお偉方が一番騒ぎそうな〝イスリール神の教義に背く〟という問題くらいは解決しておこうかなと」

「……他のことで文句言われたら？」

「その他のことを神は禁止していません」

神は禁止していない。

この国じゃかなりのパワーワードである。

アキラは説得されつつあった。

「う―――」

頭が痛い。アキラはライルが好きなので、これからも上手くやっていきたい。二人で楽しく過ごしたいのに。自分も彼もかなり複雑で難しい立場にいるらしい。

今度はくにゃり、と折れ曲がるみたいにして自分の方へ倒れ込んできたアキラを仕方なさそうに笑うライルが危なげなく抱き止めた。

骨がなくなってしまったみたいにくにゃくにゃしている。

ライルの胸板に顔を埋めたままピスピス鼻を鳴らすアキラがくぐもった声で訊《たず》ねた。

「……怪我というのはどのくらいの怪我でしょうか」

「体は丈夫ですよ」

答えになっていない。

顎の下のアキラが「ううう」と呻く。

「……お、俺も一緒に怪我していい？」

「おっしゃっている意味が」

「俺とライルの問題なのにライルだけ怪我するのが嫌だ」

今まで頑張って大人の顔をして難しいことを考えていたのに。

「そろそろ優勝者も怠《だる》くなってきたところでした。ちょうど良かったですよ」

「ライルだけ痛い思いするとかいやだ……」

駄々をこねはじめたアキラの頭をよしよしとお世話係が撫でる。

「だけどアキラ様、この間ささくれが捲れただけで顔皺くちゃにしてませんでしたか」

「……」

した気がする。ささくれを剝いたら第一関節の辺りまでベリッといって、それだけでヒッと叫んだ覚えがある。

「大丈夫です。怪我には慣れてますから。ほら」

ペラ、と服を捲った下の見事なシックスパックにアキラがジッ……と視線を落とす。ケロイドになった傷がいくつも走っている。大きいのも、小さいのも。

明らかに鋭い刃物だけじゃないギザギザジクジクした傷もあった。

「ううう、」

また顔を埋めて、うめき始めたアキラにライルが笑う。

戦場で生きてきた彼からしたら、観客の前で怪我してみせるくらい本当に大した計画じゃないんだろう。

ああ、よしよし。おお、よしよし。半ば揶揄《からか》うみたいな声を出して、ぽかぽか温かい手のひらで丸い後ろ頭を優しく撫でている。

ピスピス、スンスン、と葛藤するアキラの鳴らす鼻の音が聞こえていた。

ああ、あれもやだ、これもやだ。でもライルとは一緒にいたいし、だけどこの国の人たちの大切なことを捻じ曲げてまで我を通す強さは自分にはない。ああ、でもだって。

アキラの丸くて小さな頭の中はそんな子供っぽい考えでいっぱいだった。

「アキラ様、大丈夫。全部うまくいきますよ、俺に任せてください」

「…………」

この美しくて賢くて強くて意地悪でかっこいい人はなんだって自分なんかを好きになってくれたんだろうか。

何も考えないで果物をはぶりはぶりと食べている呑気な神子の、どのへんを好きになったんだろうか。

頬が潰れるくらいにライルの胸板にひっついたまま、視線だけを上げてそんなことを考えたりする。


ただライルと恋人になりたいってだけでなんでこんなに悩まなくちゃならないんだと思うけど。このままワガママを言って楽して手に入れた未来に待つのは、おじさん達の圧力とイケメン回転寿司と、国民からライルに向けられるちょっと冷たい視線。そんな不安すぎる未来である。

高嶺《たかね》の花を手に入れたいなら、それなりに嫌なことも経験して成長しろってことなんだろうか。そりゃたしかに、あれもこれもいやだって言ってるばかりの甘ったれじゃ、こんな人の恋人なんかになれないのかもしれない。付き合ったところですぐに飽きて捨てられるかも。

「……、俺は何すれば良いの」

頬をピタ、とつけたまま、顔を上げて言うアキラにライルが「おや」と視線を落とす。自分の顔を上目遣いで見上げてくる顔を、しばらくジッと見た後、彼は上を向いて、「う――ん」と言った。

「そうですね。俺がどうにかできるのは闘技大会の件までなので。俺がやられた瞬間に悲劇的に倒れる役とかやってもらえると」

「……派手に倒れる。もう闘技場の視線を独占して倒れる」

「はい、……頭だけ打たないようにお願いします。俺は受け止められないので」

「そこまでしても付き合うの邪魔されたら、もういくら止めても死ぬ気でジタバタするから」

スーパーのお菓子コーナーでジタバタする三歳児みたいにジタバタする。なんならまた寝込んだりして国を騒がせたりするのもやぶさかではないし、それでもダメならもう遠慮とかなしで国民を人質に取るかもしれない。

そう難しい顔で言いながらまた顔を伏せると、頭上でライルが笑う。さっきからアキラはウンウンうなっているのに、なぜかライルはくすぐったい声で笑ってばかりだ。一体何が嬉しいっていうんだろうか。人がこんなに必死になっているってのに。

「おいこら、人が真剣に言ってるのに何笑って……」

そう言おうとした時、アキラが「ん?」と首を傾げて上を見た。

つむじに、何かが当たった気がしたのだ。こう、柔らかい感じの物がチョンと。だがそこには、変わらずライルの綺麗な顔がある。この距離で見ても毛穴一つ見当たらないんだからすごい。

「今なんか当たった?」

「え? あ、はい。うっかり唇が。すみません距離感を間違えて」

「……、」

くち、くちびる……? 唇ってなんだっけか。

その瞬間、アキラは落ち込んでシュンと普段の半分になっていた目をカッ!!と見開いた。口を僅かに開けて、後ろにのけぞる。

ライルがそっと背中に手を添えてくれなかったら、そのまま後ろに転がって後ろ頭をゴチンとぶつけていたくらいにのけぞって、アキラは「ヒエ」なんて情けない声を出した。

ニコッと目の前の美しい顔が綻ぶ。

「すみません。うっかりです」

「う、うっかりね……うっかりなら仕方ないか……」

うそつけ。お前人生で一度もうっかりなんかしたことないだろ。

そう叫ぶ小さなアキラが心の中にはいたが、もう何も言えない。

無理難題をゴリ押しされてシュンとしていたのに、かわいい子のチューであっという間に持ち直してしまう浮かれたオジサンの気持ちがわかってしまった。

もうアキラはこの綺麗な男の手のひらの上で突かれ揉まれて意地悪されて、コロコロコロコロ転がされる運命なのかもしれない。

ディスカッションにも秒で負けたし。

何すれば良いかって聞いたのに大した仕事与えてもらえなかったし。

「お、俺のことチョロいと思ってる?」

「いえ、お互い様かと」

真っ赤な顔をするアキラを見て、ふはっと笑ったライルは訳の分からないことを言って後ろにのけぞったままだったアキラを軽々引き寄せた。

ライルがチョロい場面なんて一体いつあったんだよ。

アキラが瞬きを繰り返したまま、最後の抵抗で言う。

「……い、言っとくけどライルが死んだら俺も、ショック死するからね」

ロミオとジュリエットのジュリエットみたいに、後追いくらいするからね。

「それは困りました。国が大変なことになってしまう。責任重大ですね」

ライルがまた笑う。

それは国とか心底どうでも良い、後追いするくらい好かれているのをちょっと喜んでいる人の言い方だったので、アキラはもう毒気も憂鬱も何もかも吹き飛んでポス、とその魔性《ましょう》の男のかっこいい胸板に無言で顔を埋めた。

……か、敵《かな》わね～。

こんなのもう白旗を振るしかない。

「参った」

もう、全て言う通りにします。

こういうのは惚《ほ》れた方の負けなのだ。もう好きにしてくれ。アキラはまな板の上の魚みたいになって弱々しく呟いた。

32 狂乱と怨念《おんねん》とパニックとウッカリ

来るな、来るな、と思っている日ほどあっという間にやってくる。夏休みの終わりとか。レポートの提出期限とか。恋人のいないクリスマスとか。

異世界でもアインシュタイン先生の相対性理論って通用するのだな。しなくても良いのにな。

「アキーラ様、ささ、こちらに」

「はいはい」

アキラは装飾品からシャラシャラと音を立てながら階段を登った。

手をそっと支えてくれているのは、ライルではない。知らない親切なムキムキおじさんである。

片目に眼帯をしていてとっても強そうなのに、大会に出場せずに俺なんかの横にいて良いのかと聞くと、戦場で負ったその怪我のせいで視力が良くないのだと、渋い声で丁寧に答えられてしまった。

ああ、戦場で。

戦場というのは、この世界じゃ度々聞く単語だが、アキラにはいまいちピンとこない。日本は幸運なことに平和な国だった。この国の人々もそれを察してか、アキラの前ではニコニコふわふわしていて、優しい側しか見せようとしない。

——無神経なことを聞いてしまった。こういうところだぞ、俺。こういうボンヤリした性格のせいで碌《ろく》なことも言えずにライルにばかり負担をかけることになるんだ。

ただでさえ落ち込み気味のアキラが裾を持ち上げ、階段を登りながら足元を見て反省していると、眼帯のイケオジに「それに神子様の護衛はなによりも光栄な仕事ですよ」とフォローまで入れられてしまった。

「……俺の世話、むつかしい仕事だと評判なんだよ」

「はは、そりゃあ腕がなりますな」

早速、長い衣装に足を取られて転びそうになるアキラをサッと支えてくれるイケオジに、いつか俺もこんな男になりたい……なんて無茶を思いながら「ありがとうございます」と頭を下げる。

いまいち元気が出ないのは今朝から……いいや、一週間前くらいから胃が痛んで痛んで仕方がないせいだ。

闘技場の歴史ある階段は他と変わらず、アキラに不親切な作りをしていた。ライルが常に隣にいてくれたときは何故かこの不便さに気づくことがなかったが、彼は一体どうやって自分をエスコートしてくれていたのだろうか。

「アキーラ様、」

は、と顔を上げると、眼帯イケオジがこちらを見ている。

「あの男……ライルなら大丈夫ですよ。今年も彼が勝つだろうと、皆が噂しています」

「……あ、そう、そうかな、はは」

――ア～～、胃が痛い。


「へ、へへ、なら安心した」と、わざとらしく安心した表情を作るアキラの嘘に今朝会ったばかりのイケオジは気づかないでくれたらしい。

人の良い笑みで「もちろんです。何の心配もいりませんよ」と太鼓判まで押してくれた。

ああ、気が重い。気が重いなあ。

階段の出口が見えてくる。

上の方に、闘技場の明るい光がぽっかりと口を開けていた。

光の先からはザワザワとした人々の喧騒が聞こえてくる。

ドン、ドン、と腹の底を震わせる太鼓の音。

応援する戦士の名前を叫ぶ男の声。

酒を売り歩く売り子の歌声も。

会場の人々のボルテージは既に上がりきっているらしい。

それもそのはず。今日は、この数日間続いていた闘技大会の最終日。

順調に勝ち上がってきたライルとアレクの戦う日。

——つまり、予定通りライルが怪我をする日である。


「さあ、神子様、着きましたよ」

「うん、」

円形闘技場の一番高い場所にある貴賓席《きひん》にアキラの姿が見えると、会場のざわつきが一際大きくなった。

「神子様ー！！！！！」とアキラを呼ぶものから、「今日もお美しいですー!!」「結婚してくださいー!!」なんて声まであった。

昨日までは、その声に、やんごとない身分の人がやるみたいに上品に手を振ったり、首を振って「無理です」とレスポンスをして、戦いを待つばかりの会場に盛り上がりを提供することもできたが。今日ばかりは無理である。勘弁してほしい。

「ライルなんかぶちのめせー!!」

「アキーラ様、ほら、みな盛り上がっていますよ」

「……………」


——〝ライルなんかぶちのめせ〟だって？？

ああ、今すぐこの洒落臭《しゃらくさ》い服の袖を捲《まく》って、貴賓席の下へ「ムキー!!」と小猿のように飛び降り、あんなこと叫んでいる男の喉元に齧り付いてやれたらどんなに良いか。

いや、やろうと思えばできるのだ。やろうと思えばできる。

現に闘技場の端では別々の人間に賭けたのだろう男たちが言い合いの果てに小突き合いをしているのが見えるし。

アキラだって自分がただの一般人なら今すぐアイツの上にオリャッと飛び降りてヒールで踏み潰してやった。

「……………」

アキラのヒールのついた靴が、太鼓の音に合わせてガツッと少々荒めに床に振り下ろされた。笑顔のまま、ガツッ、ガツッと数度振り下ろす。

ライルがもしも隣にいてくれたのなら「あー、アキラ様は偉いなあ、我慢のできる偉い人だなあ、俺我慢のできる偉い人が好きですよ。ほら、どうどう」と、うまいことアキラを手のひらでコロコロ転がして宥めてくれたはずなのに。

だが、今ライルはここにいない。

なぜならライルは、これから怪我をする予定だから。

「おえ、……」

「アキーラ様？」

「……ん、いや、階段登って疲れちゃって。なんか飲み物飲んでもいい？」

怪訝な顔をした護衛にぎこちない笑顔を作る。

「は、もちろんです。気が利きませんで。どうぞお座りになってお待ちを」

「ありがとうございます」

引き攣るアキラの口角に誰も気づかないまま、甘いフルーツジュースが運ばれてくる。アキラはちょこんと貴賓席の真紅《しんく》の布の張られた椅子に腰掛けた。

「……、ふう」

下からまたライルの敗北を願う声が聞こえた。

一攫千金《いっかくせんきん》。酒場でアレクに賭けたんだろうが、それにしたって口が過ぎると思わないか。

アキラが爪を噛んだ。

何が気に食わないって、今日あの気に食わない奴らがガッポリ儲《もう》けることになることだ。本当ならライルが負けることとなんてないのに。自分のせいでライルが負ける。そしてアイツらはニヤケづらで帰路につき、馬鹿みたいにお酒を飲んでガハガハ笑う。

……いや、我慢だ。

「ぶちのめせー！」

我慢。

「ころせー！！！」

……。

「神よ……」

ああ、あの気に食わない男どもが蹴躓《けつまず》いて、ちょうど前を歩いていたヌーのお尻から出たてのフンに突っ込み、顔の穴という穴に生暖かいフンが詰まりますように。

それから、泣きながら身を清めて、がっぽり儲けた金で気晴らしにたんまり飲んで眠った翌朝、寝ゲロと共に目覚めたら、儲けた金を全部義賊とかに盗まれて、恵まれない子供たちのご飯代とかに消えていますように。

アキラは椅子の上でピンと背筋を伸ばし、顎の下で両手を組み合わせ、人生でこんなに祈ったことはないぞというくらいに真摯《しんし》に祈った。

本当はライルの無事を三日三晩かけて祈りたかったけど。ライルをイスリール神から取り戻すために策を巡らせたのだから流石にそれはできない。

なので、アキラは大好きなライルの身に不幸が起こることを必要以上に望む不届き者たちの不幸を、たんまり祈った。

この数日のさまざまな我慢のおかげで、祈りという名の呪いは随分捗《はかど》った。

好きな女の子に鼻毛を指摘されますように。

新品の服を猫に爪研《つめと》ぎされますように。

この世界に本当に神が存在していて、その力を振るうことがあることをしっかりと知っていたし。自分がただの人間じゃなくて不思議な力がある神子であることももちろん知っていたので。あんまり酷いことは祈らずに、絶妙に嫌なことばかりを祈った。最後にあんまり酷いことはしないであげてください、とも付け加えておいた。

なんて有情《うじょう》な人間なんだろうか、俺。帰ったらライルに褒めてもらおう。

アキラの怨念は続く。

最後の方はブツブツ、イスリール神に向けて文句を言ったりした。

なんだ、闘技大会って。趣味が悪い。ライルが参加しないのなら、絶対に観に来なかった。

周囲の人間は、まさか誰もアキラが真剣にそんなことを祈っているのだと思わなかっただろう。

くだらない嫌がらせを頭の中で挙げ連ねてはいたが、アキラは美しく祭事用の服で着飾っていて、そして本当に真摯にライルの無事を祈っていて、彼の不幸を願う人への復讐《ふくしゅう》を祈っていたので。

なんだかとても神聖な雰囲気を醸し出していたのだ。

伏せられた厚い睫毛の縁が、燦々《さんさん》とした太陽に照らされてキラキラ光っていた。白い頬に影が落ちる。小さな唇が何ごとか願いを唱えている。

貴賓室にいた人々が先にそれに気がついて、シンとお喋りをやめてアキラの方を見た。

それからアキラの見える席に座っていた観客たちもアキラの方を見て何事かを囁いていた。

「神子様が、あれほどまでに熱心に勝利を願われる方は誰だろうか」

彼らの関心はもっぱらそれである。

「そりゃあ、」と問われた二人が返した。

「あの戦士……ライル、ではないですか？　ほら、神子様の護衛をしているのだし」

「けれど、もう一人の、アレクという騎士様とも仲が良いと聞きましたが」

それから王様のちょっとしたスピーチがあって。

アキラの紹介があった。

アキラはその頃には思いつく限りの嫌がらせをイスリール神に願いきっていたので、日を防ぐパラソルの下でチューッとジュースを啜っていた。少々すっきりとした顔をしている。自分にできることはやりきった、という顔だ。

怨念を呟きすぎたせいだろうか。口が随分と渇いていた。

心臓がバクバクいっていて、具合は相変わらず悪い。

「ああ、始まりますよ、アキーラ様」

「分かってます」

スピーチが終わって、隣にいそいそとやってきた王様がそう言う。

見覚えのある二人が闘技場の中心で向かい合うのを、アキラは手を握りしめて見ていた。

耳鳴りがするのは、歓声のせいだろうか。

「アキーラ様、手のひらが、」

後ろで何事かを言われた気がするが、試合が始まって上がったものすごい歓声に打ち消されて聞こえない。

しばらく間合いを測るように向かい合ったまま、ジリジリとしていた二人が、弾けるように目にも止まらない剣戟《けんげき》の応酬を始めて。

もうアキラは今にも倒れそうなほどに緊張していた。

ほとんど互角《ごかく》の戦いを演じているのだろう。

どちらかの肌に剣が掠め、血が出るたびに、歓声は段々大きくなった。

ドン、ドン、囃し立てるような太鼓の音も大きくなる。

「あ、」

ライルの横腹から血が出たのが見えた。

堪《たま》らず椅子から立ち上がって、手すりに乗り出した。

日除《ひよ》けの下から出たアキラの体を、季節外れの日差しが容赦なく焼く。

後ろでアキラを引き止める王様と護衛の声がした。


ドン、ドン、ドン、太鼓の音。


緊張で視界が狭くなる。

「アキーラ様、危ないから下がって……」

慌ててアキラの後を追った王様が、アキラに叫ぶように言った。叫ぶように言わないと、この距離でも聞こえないのだ。


隣に並んで、それから王様がハ、と息を呑んだ。

アキラの顔が恐怖に引き攣っていて。丸く見開かれた瞳の瞳孔《どうこう》が怯えた動物のように開ききっていた。


ドン、ドン。


「ラ、ライル……！」

「アキーラ様、」

つい叫んだ。手に汗がジクジク滲んでいた。

遠くてハッキリとは見えない。

だが時々、「ワア！」と大きくなる歓声で誰かが斬られたのが分かるのだ。

ああ、こんなことが楽しいなんて。

つくづくイスリール神とは気が合わない。

いつか会ったならぶん殴ってやろうと思う。ムキムキ好きの変態神様らしいから、男らしくぶん殴ってやれば「よいパンチである！」とか言ってどうせ喜ぶだろう。そうに違いない。馬乗りになってボコボコにしてやる。ライルに神様の殴り方を習うのだ。多分ライルなら知っている。ライルはなんでも知っているので。

「あ」


――ドン！


一際大きな太鼓の音が鼓膜を打った瞬間、アキラの目がグルリと上を向いた。

それから、緊張で張り詰めていた全身の糸が切れるみたいに、華奢な体が崩れ落ちて。

手汗で濡れたアキラの手がつるりと滑った。

頭上で王様が叫ぶ。

「アキーラ様！！！！！！」

なんだろうか。

なにかがボトリと落ちるような音が聞こえた気がする。

それから割れるような歓声と、アレクの名前を叫ぶ声。

あの人たちは帰りにヌーのフンに突っ込む人たちだ。

わはは、ざまあみろ。


そして、近くから聞こえるざわめきが広がり。

歓声から打って変わって、とんでもないパニックが起きるまで。

アキラはただその音を聞いていた。

「神子様が、身投げを!!」

「血が、誰か医者を呼んで！」

――ん？？？？？？？？　あれ。ちょっと待ってほしい。だ、誰が身投げしただって？？？？？

33　大変申し訳ございませんでした

大変な騒ぎだったと後から聞いた。

具体的には大会から三日後。ようやく目が覚めたアキラの元に号泣《ごうきゅう》しながら駆けつけてきた王様に聞いたのだ。

　ほんの三日で人ってこんなに窶《やつ》れるだろうか。それくらいに王様が窶れていて、扉の外からは女中さんたちの啜り泣きなんかが聞こえて。アキラの手を握ったままひとりでペラペラ話す王様の言葉に相槌《あいづち》をうちながら、ああ、なんてこった……と一人自分のしでかした事を知った。

「え、俺なんであそこから落ちて死んでないんです？」

　普通に劇場の三階席から二階席に真っ逆さまに落ちて、それで人って助かるものなの？　頭とか打ってないの？

　ただ、寝起きと貧血のせいでぼんやりしている頭で、シンプルに疑問を口にしたアキラにハッとあちこちから息を呑むような音が聞こえて。「ん？」とアキラは目を瞬かせ、その時ようやく意識をはっきり覚醒《かくせい》させた。

　枕の上の頭をゆっくりと横に倒し。寝台の隣に跪くみたいにしてアキラの手を握りしめている王様の顔を窺う。


「……、」

　アキラは悟った。

　――どうもこれは、自分の意図しない事態が起こっているぞ、と。

　それからゆっくりと顔の位置を戻し、白い天蓋《てんがい》を見つめる。

　さて、これ以上余計な事を口走る前に、まずは自分の記憶を掘り起こすところから始めるべきだろう。

　あの日、何があったっけ。

　落ちたこと。それ自体の記憶は正直あまりない。

　ただ、ライルとアレク。自分と親しい二人が、本物の剣で戦っている状況が怖くて怖くて。それに盛り上がっている周りが理解できずになお恐ろしくて。偽物じゃない本物の血が、剣で斬られたところから噴き出すように溢れて。

　とにかく普通の神経をした日本人なら間違いなく目を瞑って耳を塞いで、しゃがみこんでしまいたくなるような戦いを、目を逸らすこともできずに貴賓席の椅子から立ち上がって手すりに乗り上げるみたいにして見た。

　で、緊張で手に汗をかいていて。

……ああ、なるほど。それでツルッと滑ったんだろう。なんて間抜けなのか。

　だが、自分ならしそうな失敗だった。

　お前は頼むから刃物を握るな、高いところに行くな、と友人たちにも口を酸っぱくして言われてきた。しっかりしている方かドジな方かといえば、ドジな方……トラブルが向こうから寄って歩いてくる方だという自覚はある。

　ヒールの靴。ひどい汗。パニック。

　そも、あの貴賓席には柵《さく》という柵がなかったし、手すりも随分と低いものだった。歴史ある古い作りの闘技場なのだから観客の安全が考慮されていないのは仕方がないのかもしれない。

　あの状況であればうっかり事故くらい起こしそうだ。あまり信じたくはないが。

「下にいた者たちがアキーラ様を受け止めたんです」

　その言葉に、アキラの思考が停止した。

「……え、け、怪我人が？」

「いえ、数人で受け止めたようで、」

　なんてこった。一般人もガタイの良いムキムキだらけの世界に大感謝だ。

　一般のナイス筋肉たちが「わー！」とクッションになってくれたおかげで、アキラはぺちゃんこにならずに済んだらしい。

　頭は受け止められた拍子に、軽くゴツンとやったようだ。それもまた、間抜けである。なんだ、間抜けなところしかないな。

「ただ、アキーラ様の額《ひたい》の出血がなかなか止まらずに……」

「……大変ご迷惑をおかけしました」

　事件現場みたいになったんだろうな。

　額が割れたらすごい血が出るって聞くから。

　歴史ある闘技場の床にシミとかできていないだろうか。

　渋い顔をしながら、アキラが陳謝《ちんしゃ》する。

　まさか自分がここまで間抜けとは思わなかった。イレギュラーな状況だったとはいえ。

　貧血のせいで体が動かないのでパタリと人形みたいに寝台の上に横たわったまま、「ほんとすみませんでした……」と呟くアキラ。滑稽である。

「……迷惑など。責は全て私にあります。まさかアキーラ様のご心労がそこまでとは……」

「……あー？」

　あんな血と汗と怒号飛び交うところに行ったのは初めてで。何より、友人や、親しい人間が斬られるのを見るのも初めてで。……とか言ってこの血の気の多いムキムキの国の人たちに理解してもらえるだろうか。

「まさか、ライルが……ライルが斬られると同時に身を投げるほどとは……」

「、」

　——ライルが斬られると同時に？

　その言葉を聞いた瞬間、アキラの体がバネのように跳ね起きた。

　動かないとか嘘だった。意識が覚醒した、とかも嘘だ。

今、やっとアキラは本当に目が覚めた。

　いやいや、なによりも先に確認すべきことがあるだろう。

　急に起きたせいで頭がグラグラ揺れる。

　目の奥がひどく痛む。

「アキーラ様、急に起き上がっては、」

「ラ、ライルは!?」

　慌てて立ち上がりアキラの肩を支えた王様にしがみついて叫んだ。

　ライルが斬られるのと同時にと言わなかったか。

　ライルは、ライルは無事なのか。

　アキラの必死な様子に瞠目《どうもく》した王様が、一度瞬きをして、それからゴクリと唾を飲んだ。そして、アキラの目を見たまましっかりと頷く。

「無事です。命に別状はありません。生きていますよ」

「ほんと、どこ、どこにいる？」

「別室で治療にあたっています。アキーラ様、まずはご自分のお体を」

「医者は？　ここのお医者さん、すごい先生なんですよね？　ライルのことも診《み》てくれた？」

「はい、はい、勿論です。神子様が目覚めるまでにライルに万が一のことがあっては示しがつきません。全力で治療にあたらせていただきました。無事です。世話の者もついています。よく眠っていますよ」

さすが、王様はアキラのパニックに引き摺られたりすることはなく、冷静に答えてくれた。

アキラの両肩をしっかりと持って、パニックになっているアキラの耳にも入るように落ち着いた低い声で。単語をゆっくりと区切るみたいに喋って言葉をアキラに伝えた。

おかげで上がっていたアキラの息が整ってくる。

「ああ、よかった。……よかった。王様、本当に、本当にありがとうございます」

「いいえ、いいえ、アキーラ様」

「ああ、ライルにもしものことがあったら、俺もう、……いいや、違う。えっと、ご迷惑をおかけしました。本当にごめんなさい。あの、」

「いいんです、アキーラ様。何もお気になさらないでください。謝るのは我々の方です。貴方様がお優しくて繊細で感受性の鋭い方だと知っていたのに……いいえ、知っていなかったのだ。貴方様への理解が足りていなかった」

「……んえ、あ、はい」

「闘技場になどそもそもアキーラ様をお連れするべきではなかった」

「……あ、ああ」

お優しくて繊細で感受性の鋭い。え、まあ、ヘタレでひ弱で神経質な情けない系男子ですけども。

そりゃ確かに、来年以降はあのスプラッタイベントに参加するのはご遠慮させていただきたいですが。

王様に謝られる意味がわからない。国のため神子の安全を護《まも》るというのも、彼の仕事なのだろうが。

「……どうか、今はお体とお心をごゆっくりとお休めください」

「はい……」

ど、どうも……。

そっと枕とクッションの山に寝かせるみたいに体を

預けさせられて、王様が去っていくのを気まずい顔で見送る。途中、とっても見覚えのある女中頭にゴニョゴニョと何かを耳打って、それから女中頭が決意を張《みなぎ》らせた騎士みたいな顔で「お任せください」と頷いて、扉がパタリと閉じるまで。

アキラは何も言えないまま、ただ呆然としていた。

「あ…………」

——そういや、身投げの件、否定し忘れたな。

そう気づいた時にはもう遅い。

そも、目覚めたのが事件から三日後なのだから。

起きた時から何もかも手遅れである。

王宮……いいや、王都中に。神子様はライルに殉《じゅん》じようとした、と。二人は禁断の主従愛を育《はぐく》んでいたのだ、と。

なんとも悲劇的でロマンチックな噂が、既に駆け巡った後だった。

なんだかアキラがこの世界に来たばかりの頃を思い出す展開だ。

ほら、俺、ライルがいないとこれなんだから。皆も俺とライルを、セットにしておいてくれた方が絶対安全だって。

そんなアキラが身を起こしてトコトコ歩いてライルの部屋に行けるようになった頃には、ちょっとしたパニックになっていた王宮もすっかり静まって。

それはまるで心のひどく傷ついた、ガラス細工の如く繊細な神子様をこれ以上傷つけてしまわないように、皆が息を潜《ひそ》めているような静けさだった。

34 寝たきりの恋人

水のサラサラと流れる音がする。

キーコキーコ。これはロッキングチェアの揺れる音。

寝台のシーツの中では丸い膨らみが一つ横たわっていた。

その隣で、時々本を捲る音がする。以前ライルが読んでいた、冒険録だ。

　異世界の冒険記。楽しいはずの本を読んでいるのに、アキラの表情は暗く沈んでいるように見えた。

「アキーラ様、」

　コンコン、と控えめで遠慮がちなノックの音が響いて、いつのまにか没頭《ぼっとう》していた本からアキラはパッと顔を上げた。

「……ああ、アレクか」

「またこちらにいらしたんですね」

　アレクが果物や水の入ったカラフェの載ったトレイを置きながら、アキラに話しかけた。

「部屋に来るなって言わなかったっけ？」

　本に栞《しおり》を挟みながらアキラが問いかけた。

「大会優勝者兼騎士団副団長様は忙しいでしょ。給仕とかしてる暇ないいんじゃないの。自分の仕事に集中しなよ」

「……いえ、しかしそういうわけには」

　彼らしくもない。沈んだ低い声を出すアレクの視線が、薄暗い部屋のアキラを捉《とら》え、それからその頭に巻かれた痛々しい包帯を捉える。

　それはあの日、闘技大会の日。我を忘れて身を乗り出して、挙句の果てにつるりと手すりから落ちた時にできた傷だった。

　そう。アレクとアキラ、それから今寝台の上で眠っているライル以外、傷心の神子様が身投げをしてできたと思っている傷だ。

「もう皆、腫《は》れ物扱いでさ。今の俺にはアレクだけだよ」

「語弊があります。勘弁してください」

　アレクがすかさず否定する。

　アキラは笑いながらロッキングチェアをキイと後ろに倒した。

　ここは、ライルの部屋。

　彼はまだ、目を覚ましていない。

　自室から出られるようになってからずっと、アキラは一日のほとんどをこの部屋で過ごしている。

　お気に入りのロッキングチェアもわざわざ持ち込んだ。

訪ねてくるのは真実を知っているアレクだけ。傷心のアキラに皆気を遣っているのだ。頭の大袈裟な包帯も、なかなか取ってもらえない。

「アレクは協力してくれただけなんだからさ、そんな縮こまることないでしょ」

そう言うと、アレクが目を伏せる。

「いえ。俺がなかなか先輩を倒せなかったせいで、先輩は無茶をしたんです。アキーラ様にもお怪我をさせました。全部俺のせいです」

「真面目な奴め」

アキラは苦笑いをした。

かわいそうに、真面目で優しい彼は責任を感じているらしい。アレクはただ、厄介《やっかい》な二人に協力してくれただけなのに。こういう人こそ良いことがあるべきだ。アレクの幸せならいくらでも願える気がする。

アキラはそんな事を思いながら、しっしとアレクを追い払う仕草をした。

「じゃあ、ほら。ライルの顔を見終わったんなら帰った帰った」

「アキーラ様、」

「出世して忙しいんでしょ。ほら、俺は一人の時間がいるの。ライルに聞かなかった？」

元気に振る舞おうとしているのが分かるんだろう。アレクは眉を落としつつ、それでもアキラの言うことに逆らうことなくトボトボ部屋を出ていく。

「アキーラ様、」

「なあに」

扉の前で振り返ったアレクが声をかける。

「皆の勘違いがアキーラ様の負担になっているようなら、自分から訂正しておきましょうか」

「、」

突然の言葉にアキラは目を丸くして、それからフフッと笑った。

なんだ。今でも忙しいのにこれ以上仕事を背負い込もうっていうのか。

「騎士連中はみんな被虐《ひぎゃく》趣味の気《け》があるので、俺にしごかれて喜んでるんですよ」なんて、陰口を言っていたライルを思い出しておかしくなる。

「ううん。黙ってて」

「そうですか？」

「うん、今更変に言うとまた色々誤解されるし。このままで」

「分かりました、」とアレクが頷いて、今度こそ部屋を出ていく。

バタン、と扉が閉まって。

廊下から差し込んでいた明るい光がなくなったおかげで、また薄暗闇に包まれた静かな部屋の中、アキラは一人フゥとため息をついた。

このまま、身投げをしたということにしておいた方が良いだろう。

あれが事故だということになれば、あの時自分の護衛に当たっていた眼帯イケオジが責められるだろうし。それに。

「この噂を使わせてもらった方が何かと良いんだよね」

そうだよね？

隣の、寝台の方にチラリと視線をやる。

死んでいるみたいに静かな膨らみは、それでも確かに小さく呼吸を繰り返していた。

「……」

右腕の辺りでアキラの視線が不自然に止まる。

顔をグッと顰めて、それからまた引ったくるみたいにして冒険録を開いた。

――神子様は目を覚まさない護衛殿の元に毎日通っては、一人静かに彼の目覚めを待っていらっしゃる。

女中たちが広めた噂が王宮のあちこちで囁き合われるようになって、しばらく経つ。

初めのうちは、まさか奴隷生まれと神子様が、騙されているんだわ、釣り合わない、と聞こえていた陰口も徐々《じょじょ》に数が減って。

朝になると必ず、女中たちに食事や水をもらって一人でライルの部屋に消えていくアキラの健気《けなげ》な姿に、ライルの回復を願うものが自然と増えた。

「……おいこら、答えろよ」

本で顔を隠したままのアキラの声が、暗い部屋に響く。

「俺、ライルみたいに賢くないから、ちゃんと答えてもらわないとわからないんだけど。あの噂、訂正しないで良いよね？」

「……それで良いです。完璧な対応でした。アキラ様」

パチ。

おもむろにライルが目を開けて、淀みなくアキラの問いに答えた。

〝寝たきりの恋人の看病をする健気な神子様〟は、それに驚くでもなく「だよね」と頷いた後。突然本を投げ出し、顔を覆った。

「はあぁぁ〜〜〜」

アレクに噂の訂正を提案された時、アキラは困ったような顔の裏で、グルグル脳みそをフル回転させていた。いや、訂正されては困る。訂正しない方が都合が良いはず。ライル、ライル聞いてるなら助けて！　ああ、アレクをこれ以上巻き込まないためには、何と言ったらいいんだろう！


……彼がこんな苦手な演技を頑張るはめになったのは、全部あのアキラのウッカリと、それから唸るアキラを面白そうに眺めているこの男のせいだ。

「う〜〜〜もう無理だこんなの〜〜〜」

「あ〜あ〜、ほら、目を擦らないで。赤くなりますよ、」

葛藤のあまり手のひらでガシガシ目を擦るアキラ。擦ったせいで真っ赤になった目元が、狙ってもいないのにまたアキラたちのちょっとした嘘を助けるのだ。

ああ、神子様はきっとお一人で泣かれたのだ、と。

35　ギリギリ詐欺罪

さて、健気な神子様の、一体どこからどこまでが嘘なのか。

もちろんアキラが落ちたのは嘘じゃない。残念なことに。

アキラは本当にライルが心配でパニックになって落っこちたし、本当に額が割れて血をダクダク流して、国はこれからどうなっちゃうの！と王様を大泣きさせた。

ライルが大怪我をしたのも本当だ。

あの時アキラが落下しながら聞いたのは、ライルの握っていた剣が落ちる音だった。遠くにいたアキラに聞こえるはずがないのに、確かに聞こえたあの重たい音だ。

追い詰められたアレクの振るった剣先が、ライルの右鎖骨《さこつ》を深々と斬ったのだ。

あのライルが、まさかそんなことになるなんて。

人々の間じゃ、神子様が落ちるのを見て動揺したのではないか、いや神子様がライルが斬られるのを見て動揺したのだ、と鳥が先か卵が先か、そんな論争が繰り広げられているらしい。

……斬られた場所が場所だ。

ライルの右腕は、もう二度と動かないかもしれない。


アキラが部屋を出ることを許されて、それから大慌てでほとんど泣きながらライルの寝ている部屋へ転がり込んで。

それからライルにヒッシとしがみついて離れなくなったアキラのために、お気に入りの椅子を含めた身の回りのものがライルの部屋に運び込まれた。

「ライル……」

ライルのひんやりとした右手をぎゅっと握った。

そうして一人でメソメソしていれば、おもむろにこんな声が聞こえたのだ。

「……あの、……すみません、起きてます」

「……は？？？」

寝台からガバッと上げられたアキラの頬は、涙でべちょべちょに濡れていた。え、起きてる？

……そう。だからアキラは何も悪くない。

これは、ライルが始めたことなのだ。

アキラがうっかり落っこちたせいで広がった騒動を「これ幸い、いい感じに利用して民衆の同情を少しでもたくさん買ってやろ。よし、まずは仮病《けびょう》だ」と悪魔みたいな考えを起こしたライルが寝たふりを続けたせいで始まった。

「心配したのに！」

いや、そもそもそんな演技をすると決めたなら、なんで俺まで巻き込むんだよ。演技とかできんわ。

そう言うアキラの口を、ライルが左手でムギュリと塞いだ。少々声が大きかったらしい。

右手はだらりと垂れたまま。本当に動かないのだ。引っ込まないアキラの涙が、ライルの手の甲までをポタポタ濡らした。

「だってあなた、俺のそばから離れないんですもん」

子供みたいに泣きながら、ライルにしがみついて。

「寝ているふりしてたらもう肩が凝《こ》って肩が凝って。あやうく死にそうで」

「俺が止《とど》めを刺してやろうかこの野郎」

そんなわけで、ライルとアキラの秘密の逢引《あいびき》……アキラ曰く「割と最低な詐欺行為」が始まった。

主人に恋をした昏睡《こんすい》中の哀れな奴隷生まれの男と、身分差も気にせず愛した男の回復を祈る神子様。

国民の中で囁かれている、そんな涙を禁じ得ない悲恋話の真実をもし知られたなら、ライルの負った怪我は無駄になるだろう。詐欺師野郎と石を投げられるはずだ。

だけど、うまくいっている今は確かに、ライルを憐《あわ》れむ声が増えているのは事実なので。アキラもヒーヒー言いながら、なんとかこの詐欺に加担することになった。

「あっち！　ちょ、アキラ様、せめて冷やしてくださいよ」

「ほら、ライルの好きなラム肉ですよ、お食べ」

ムチ、とフォークに突き刺されたラム肉を唇に押しつけられて熱い熱いと文句を言いながらライルがそれを頬張る。

「怪我したらタンパク質いるでしょ」「寝たきりの怪我人にはメニューが重すぎます。シェフを呼んでください」「バカ、昏睡中の人間に誰が固形食を用意するんだよ、俺用のメニューだこれは」なんてブツブツ言い合いながら、アキラがライルの唇についた肉汁を拭いてやっている。

いつもと真逆だが、これはアキラの意趣返《いしゅがえ》しだった。目が覚めていないと聞いて酷く泣かされたし、そもそも、腕が動かなくなるような怪我をするなんて聞いてない。しないとも言ってないけど、するとも聞いてない。

「いや、思いの外《ほか》アレクが不甲斐《ふがい》なかったので」

もう、予想外の大怪我するしかないな、と。

腕の一本も動かなくなる方が同情も買えるし。

民衆って好きでしょ、そういう御涙頂戴《おなみだちょうだい》の恋愛話。ただの奴隷生まれの腕が動かなくなったくらいじゃ誰も気にしやしないでしょうけど、神子様のことになると皆甘いので。


……捻《ひね》くれている。賢い人間って皆こうなんだろうか。

「あなたが悲しめば悲しむほど皆が俺たちの味方になります。アキラ様が落ちたのも追い風になりましたね。本当に癪《しゃく》ですが」

「……ライルも俺に黙ってそんな大怪我したじゃん」

ガブ、と白い犬歯を剝き出しにして、差し出された肉に噛み付くライルがキロとアキラを睨みつけた。目を離すたびに怪我をするアキラに怒っているらしい。もぐもぐと咀嚼を繰り返す形の良い唇を、知らん顔のアキラが少々強めの力でムギュリと拭きながら「お互い様でしょ」と呟いた。

だが、ライルはどんなに文句を言おうがここ最近、アキラにされるがままになっている。

寝台の上で枕に背を預けて、大人しく口元に運ばれてくる食べ物にお行儀の良い飼い犬みたいにガブリと噛み付く。

世話を断り一人で何かをしようとするたびに、だらりと垂れたままの右腕を見て、アキラが泣きそうに顔をギュッと歪めるせいだ。

「奴隷生まれにこんな世話を焼く人間なんていませんよ」

「まあ、ライルの話を聞いてる限り、この国？　この世界にはいないのかもしれないね」

「……、」

そうやって、主人と世話役の役割を交換して。

いつもよりも近い距離で、二人はコソコソとくだらない時間を過ごしていた。

騙している人たちに悪いとは思いながらもアキラがずっと協力し続けていたのは、この時間が割と楽しかったせいだ。

いつもは生意気な口こそ叩くものの従者然として、アキラの身の回りのことに手を尽くしてくれていたライルの世話を、今は自分がしている。

ライルがしてくれたことをお返しにしてあげることができて、いつもならば時たま掃除なんかに現れるはずの女中たちの目や耳もない。皆、心を痛めているはずのアキラを遠巻きにして、アキラがライルの部屋にいる間、絶対にこの部屋のあたりには近づかないのだ。

だから、まるで本当にただの友人か……それかもしかしたら、恋人同士みたいな時間を過ごすことができた。

……本音を言うと、アキラはこの時間がちょっぴり惜しかったのだ。

36　今更

――そんなある日のことだった。

アキラは朝、いつも通り、女中に受け取った水桶や手拭いなんかを持って部屋に入って、ライルの体を清めるのを手伝っていた。

外からの視線を遮るために、ほとんど下げっぱなしでいる日除けの隙間から朝の穏やかな光が差し込んでいる。薄暗い部屋に、数本の天使の梯子《はしご》が落ちていた。

半裸になって寝台の上で身を起こしているライルの体を、濡れた手拭いでアキラがなぞる様に拭いてやっている。

「……人に体を拭かれるのは変な感じがします」

「それ言うのもう何回目？」

ふふ、と可笑《おか》しそうに笑いながら、寝台の上に膝を立てて座ったアキラが固く絞った手拭いでライルの逞しい背中を摩る。

何度やっても、ライルはこの瞬間居心地の悪さを隠せない微妙な顔をして、何もないのに無意味に上を見たり右を見たり左を見たりするのだ。

最初の頃はアキラも妙に照れて目を泳がせていたが、もう大分慣れた。

「ほら、お痒《かゆ》いところはありませんかー」

「毎回言ってますけど、なんなんですかそれ」

「決まり文句」

「はあ、」

呆れた顔で「なんだそれ」と笑いながら、ライルがされるまま左腕を横に上げる。肘の下から二の腕の裏、脇の辺りを手拭いが通った時。くすぐったかったのだろうか、ピクと僅かに体が震えた。

「ああ、そうだ、アキラ様」

「はいはい、なんでしょうか」

「明日辺り、目を覚まそうかと思います」

「、」

突然の言葉にピタ、とアキラの手が止まった。

ライルは振り返らずに、日除けの隙間から見える外を眺めている。

「……明日？」

「はい」

……そう、そうか。明日。

相変わらず、何かと急な男だ。

だけどライルにとっては、これは急な話じゃないんだろう。

「もう充分に同情的な噂が広まったかと」

「うわさ、」

「はい。女中たちの話じゃ、俺は神子様をたらし込んだ奴隷生まれの男ではなく、恋で身を滅ぼした哀れで愚かな男になっているようで」

　ライルはアキラのいない時間、この部屋にやってくる女中たちの話を聞いていたらしい。本人は寝ているとすっかり信じ込んで話し込む彼女たちが、この静かな部屋に、毎日王宮で得られる最新のゴシップを持ってきてくれていたみたいだ。

「この腕なので、護衛は外されるかもしれません」

「、」

　アキラはハッと息を呑んだが、それでも黙ってライルの話を聞いていた。もちろん動揺はしているが、この賢い人が何を考えて何をアキラに話してくれるのか、まず聞くべきだと思った。

「交際が、強く反対されることは正直、もうないと思います」

　それでももし、俺がここから追い出されたり、よからぬ策謀《さくぼう》で俺たちのことを邪魔する奴らが現れた時は。

「……抵抗しても良いでしょうか」

「抵抗」

　下がっていたアキラの眉が、ピッと上がる。

「……そ、それは例えばどのような」

「いえ、そういう時のために脚をしっかり二本残しておいたので」

　おっと。

　言いたいことを理解したアキラが片眉を上げ、手拭いを置き、ちょんと座る。

　すると、その気配を感じたのかライルが振り返って、別に大したことは言ってないんですよという風に首を傾げた。

「……ライルくん、君、自分が怪我人なことを忘れていませんか」

「……え、この腕のことですか?」

　腕の一本動かないくらい、ライルには気にするほどのことじゃないらしい。

　首を傾げてこれのことが不安なのかと確かめてくる。だって、まだ腕が一本と足が二本、計三本も残っているのだから、充分だろう。それが彼の言い分なのだ。

　何も今更戦地に戻る訳じゃなし。

　片腕でなにもかも充分こと足りる。

「でも俺、体力雑魚《ざこ》だし」

「こっちの腕はアキラ様を運ぶ用に残しました」

アキラ様左利きだから、左腕で抱えた方が利き手が自由で良いかと思って。

そんな言葉を聞いてアキラが頭を抱える。この男、斬られる瞬間そんなことまで考えていたのか。

「俺のこと運ぶと腕塞がるけど」

「俺、足だけでも普通に勝てると思います」

それで、どうなんですか。

と、ライルが顔を近づけてくる。

柔らかく発光しているようなコバルトブルーの瞳が、パチッと瞬いた。

「俺のこと、選んでくださいますか」

「……わ、」

片腕でも充分なことを示すように軽々とアキラを引き寄せたライルが、間近でかわいく首を傾げて聞いた。なんてこった。かわいいぞ、この男。

ムキムキなのに。

眉を下げた少し弱気な表情に、アキラが目を細める。太陽でも間近で見ているみたいな顔だった。

「国の人間が心配だということでしたら国内にとどまりましょう。あなたのように体が弱くなければ、神子はなにも王宮暮らしを強要されることはないんです」

「、」

「……まあ、それでもアキラ様の体が弱いことには変わりありませんし、」

「、」

「外での暮らしは辛いかもしれませんが、」

「、」

「……もしもの話ですよ。もしも、俺がここにいられなくなったら。その時は俺を選んでくださいますか。

勿論、全力であなたを守ると誓《ちか》います」

らしくもなく言葉に詰まり首を傾げ、共に来てくれるかと尋ねる美男子。何より、今までずっと異世界で右往左往《うおうさおう》する自分に心を尽くしてくれた恩人で、好きな人。そんな人のこんな願いを跳《は》ね除《の》けられる人間が、いるだろうか。

傾国の美女もかくやと言わんばかりの懇願に、アキラはパチパチ瞬きをし、体を後ろに倒し、なんとかその誘惑に打ち勝って尋ねた。

「え、あの、」

「はい、」

なんでしょうか、と美女……間違えた、ライルが微笑む。

「ライルって俺のこと、好きなの？」

「…………」

「…………」

束《つか》の間《ま》の沈黙。

それから、珍しく少々取り乱したように瞬きを数回繰り返していたライルが「ああ、そうか」と合点がいったというように頷いた。

37　もう充分です

「好きですよ。そう言える立場ではなかったので、言っていませんでしたね、そういえば」

あっさりと。それはもうあっさりとした告白だった。

アキラは、突き飛ばされたような顔をしてライルを見た。尋ねたのは自分の方なのに。

「好きです。見ていたら、分かるでしょう」

い、いや、どうだろう。分からないかも知れない。

そんな気持ちでアキラはプルプル顔を横に振る。ライルが目を細めて笑った。

「あなたのことを手に入れるために、こんなになりふり構わずバカやってるのに。伝わっていないんですか」

ライルが肩をすくめるように小首を傾げて続ける。

「必死ですよ、俺」

「な、なんで……？」

いや、いつから？

何故だろう。ライルが自分と付き合うためにこれだけしてくれているのに。アキラは自分が、まるでライルに仕方なくワガママを聞いてもらっているような気持ちでいたことに気がついた。

――いや、ライルが、俺のことを好きになるタイミングなんてあったか？

いざ言葉にされると、まず頭に浮かんでくるのはそんな疑問だ。

いや、だって、俺こんな役立たずだし。

ライルに頼ってばかりだし。

落っこちたのが謎に役に立ったけど、それはトチっただけだし。

昔から、体が弱くて人よりできないことが多かったせいかもしれない。アキラは呑気な性格をしているわりに、自分のことは少し卑下《ひげ》して考える癖があった。

今もその癖のせいで、ずっと欲しかったはずの言葉にうまく応えることができなかった。

「……好きにならない理由がありますか？」

でも、いつものポカンとした顔のまま、どうしたら良いのか分からず立ち尽くすアキラの気持ちにライルはすぐ気がついてくれる。

笑って、本当にどうしようもない人だなと呆れるような愛《いと》しむような目をして、首を傾げながらそう言うのだ。

「……す、好きになる理由、あった？」

アキラの言葉に、ライルは小さくため息をついた。

この人は説明しないと分からないんだな、という顔だった。

「えーと……」と言葉を探すように、ライルが天井を見る。

「……そうですね、あの……友人のように扱われたり、軽口や冗談を言われたり。嫌いなものを口に放り込まれたり、逆に俺が嫌いなものをヒョイと攫《さら》って食べられたり……」

パチ、とアキラが目を瞬かせる。

毎日一緒に過ごす年の近いライルを、友人みたいに感じ始めた時に自分がとった行動だった。

え、それが何？

アキラからしたらそんな風に思ってしまう些細《ささい》なことだ。

「もう散々説明したので分かっていると思いますけど、この国じゃ奴隷はまず人間扱いされません。未《いま》だに、奴隷生まれだというだけで俺を嫌う者も大勢います」

「う、うん」

「俺みたいなのと同じテーブルで食事をしたがるのは変わってます。少し気を利かせてみれば、まあバカみたいに喜ぶし。感謝するし。感動するし。奴隷……いや、従者が主人のためにあれこれ気を利かせるのは当然なので、いちいち褒めるのは変です」

「……」

へ、変だったのか。アキラがそんな顔をした。

いや、普通に仕事でしてくれたことでも感謝しないか。レジではお礼を言うし、配達員さんにもお疲れ様ですと言うだろう。言わないのか。

「随分と愉快な仕事でした。……ああ、そうだ、その本、何年前から俺の鞄《かばん》に入っていたか知っています？　仕事は沢山してきましたが、仕事の後に本当に穏やかな気持ちで本なんかを読めたのは初めてです。ようやく読み切ることができました。本の内容について人と語り合うというのは楽しいものですね」

椅子の上に置かれたままの本をライルが見た。

「給料分だけ仕事をこなしていればいいか、と思っていたのが、毎日毎日四六時中あなたを目で追いかけて。部屋をどう整えたらこの人が居心地よく過ごしてくれるだろうか。何を作ったら笑ってくれるだろうか。揶揄《から》ってみせれば俺を見てくれるだろうか。そんなことばかり考えています」

アキラの頬を大きな左手が撫でた。頬にかかった髪を耳にかけたあと、目を細めて、ふふと笑う。

アキラの耳が、どうしようもないくらい真っ赤になっていたからだ。

「ここまで、俺の言いたいことは分かりましたか」

「……い、いや、わ、分かった。分かった。今更バカなこと言った俺が悪かった。ごめん」

耐えられなくなったアキラが後ろにのけぞると、ライルが「おっと」と慌てて支える。

もう耳どころか顔中真っ赤になって、アキラは両腕で覆うみたいにして顔を隠した。

「すみませんでした、俺がバカでした、理解力のない主人でごめんなさい」

「アキラ様、俺の話はまだ終わっていませんよ。……

はは、面白いなこの人」

「ギャ」

アキラのあんまり分かりやすい照れ方に、ライルが笑いながら顔を耳に寄せる。

今更になって妙なことを尋ね始めたアキラに、もしかしたらちょっと怒っていたのかもしれない。

アキラが耳に当たるかすかな息に戸惑いつつも、「なに？　なに？」と笑いながら身を捩《よじ》った。

「え、ちょ、ふふ、くすぐった……」

「これが一番大事な話なんですけど、」

「待って、あは、は」

「あなたの顔、俺の好みなんです」

「……え、？　ちょ、ま、ふは、」

両腕で抵抗しているのに、片腕のライルにちっとも敵わない。

くすぐったい笑いを零《こぼ》しながら、アキラが真っ赤になる。

ライルも口元に笑みを作って、アキラの耳元に一層唇を寄せた。もうほとんど耳にキスをしながら、唇を小さく動かしてしゃべる。

アキラは赤くなったり、くすぐったがったりで忙しくて、さっきまでの落ち込みなんて吹き飛んでしまった様子だった。つまり、まんまとライルに転がされてしまったわけだ。

「ものすごく好みなんです」

「ふ、ふふ、あは、それ大事なことなの？、はは」

「初めて見た時にこっそり『あーツイてるな』と思いました」

「嘘だあ、はは、待って、ごめんごめん、ふはは！」

「そりゃ仕事とはいえ雇い主が綺麗だと嬉しいです。俺も人間なので」

「……ふふふ、ひ、」

「挙げ句の果てにはその好みの主人があからさまに自分のことを好いているんですから大変ですよ。可愛いことばかりしてくる。必死で我慢しているのに」

今度こそアキラが、ライルの体を両手で突っぱねて笑った。

「分かったよ、分かった!!」

ライルの気持ちはよ――く分かった！

　頬のすっかり上気した顔を上げてアキラが何度も頷く。

「うん、うん、もう分かった。いいよ。もう外に連れていくなりなんなり、全部ライルの好きにしてくれていいよ」

　全部ライルの好きにしていい。

　それは求めていた以上の言葉だったのかもしれない。ライルがパチと目を見張って「俺の好きに？」と、思いがけないプレゼントをもらった子供のような声を出した。

　アキラがまだモゾモゾするらしい耳を、手で擦りながら「ん、」と頷く。

「そう。や、だってもう知ってると思うけど、俺もライルのこと大好きだから。ライルと一緒にいたいよ。できれば国の人にあんまり迷惑かけないようにもしたいけど。俺は国の中で幸せに暮らしてればとりあえずは良いんでしょ？」

　なら、王宮に一人でいるより、王宮以外のどこかで行方不明になっててもライルと二人でいた方がきっとこの国の人も幸せになると思うし。……そう考えることにする。できる限りのことはやったんだし。

　そんなアキラの言葉に、ライルは「……アキラ様、」と恐る恐る声を出した。

「好きにしていいと言いましたが」

「ん、はい、言いました」

「それは今ここでするお願いでも有効ですか」

　驚いた様子でアキラが目を見開き、それからニヤと笑う。

　勿論、なんだって叶えてしんぜよう。サンタクロースのように胸を張る。

　なんてったって今俺は、幸せなので。

「何？　なんか変なお願い？」

　ライルが少し考えるように目を逸らして、それからまたアキラを見る。

「例えば、俺がここであなたにキスをしたいと言ったら……それは変なお願いになりますか」

　アキラは「はは」と笑って。笑いながらも顔をさらに赤くして。

「ならない。いいよ」と言った。

そもそも、アキラもそういうつもりで「好きにして」と言ったのだ。それがライルに、伝わるとは思わなかったが。

キスどころか、もっとしてもいい。

どうだろう。もしかしたらちょっと急すぎるだろうか。大胆すぎる？

だけど、ライルも自分のことを好いてくれている。自分もライルのことが好きだ。

明日から自分達を取り巻く環境がどう変わるか分からないのだから。

いつも想像していないことが起こるし。時には起こしてしまうし。

もう長い間一緒にいるのだ。早すぎるということは、ないだろう。お互い大人だし。

心の中で言い訳をしながら、アキラが口を開く。もう顔どころか、耳も首も真っ赤になっていた。

「キス以外のことも、してくれていいよ」

そう言うアキラの言葉に、ライルはゆっくりと瞬きをして「……そうですか」と、身を乗り出した。

それから、アキラの唇に触れる寸前まで薄い唇を近づけて。

「……失礼します、」

と、なんとも紳士的な断りを一つ。

目の前で睫毛を伏せる顔に見惚《みと》れているうちに、唇が柔らかく触れ合った。

彼の唇は熱くて、それから少し乾いていた。

頰を包む手と、耳元を撫でる親指にアキラがギュッと目を閉じる。チュッと可愛い音を立てて、唇が離れていく。

「……俺が、あなたを諫《いさ》めなくてはならない場面だと分かってはいるんですけど」

そう言うライルの口を、今度はアキラが塞いだ。

えいっ、と体を伸ばしてキスをしたので、少し歯がぶつかって。「ふ」と唇を合わせたままのライルが、アキラの腰を支えながら笑う。

「もう俺、充分我慢したでしょ」

全然めげなかったし。まあ、巡り巡っていい働きをした。多少がっついたって、ご褒美貰うべき。

そんなことを言う主人の髪を、ライルは笑いながら撫でて「いや、俺の方が我慢しましたね」と張り合うように言った後、アキラを抱き寄せ唇を重ねた。

38 昼

犬猫のように腕の中に抱えられたり、寝かしつけられたり。ライルと体の距離が近いことは今まで割とよくあったので、きっとこういうことになってもそこまで照れずにいられるだろう。

アキラはそう思っていたのだけど。

自分の考えが随分と甘かったことを思い知らされた。

なんというか、日常の中の触れ合いとこういう場面での触れ合いでは、感じ方が全然違うのだ。


「ひぅ、」

だって、自分は背中を手のひらで撫でられたくらいじゃこんな声出さないし。

「ふ……」

耳をはむりと甘噛みされたぐらいじゃため息をついたりしない。……いや、耳を甘噛みされたことはなかったか。

「ま、待って、……」

服を脱いだ体で、ライルの……胡座をかいた太ももに乗り上げていると、彼のズボンの下の熱い肌をやけに生々しく感じて、ずっと意識してしまう。

それなのに腰をわざと上げて、彼のそれと触れ合わないようにするアキラの腿の内側をライルが笑いながらくすぐるのだ。とても正気じゃいられない。

「やめますか？」

アキラの肩口に吸い付きながら時々ライルが用意してくれる逃げ道を、首を振って遠ざけた。

「や、やめない、……ッ」

耳たぶを舌で掬うみたいに口に含まれて、アキラの肩がピク、と大袈裟に震える。ふ、と笑う吐息《といき》を感じるだけで、体がゾクゾク震える。ライルの一挙手一投足に自分がすっかり感じ入ってしまっていることだけは分かった。

「そうですか、」

柔らかい声でそう呟いたライルが、アキラの顔を片手で掴む。

伏せていた顔を無理に上げられて、アキラの喉がク、と反った。片腕しか動かないからだ、分かっている。

だが彼らしくもない少々強引な動作にアキラは「ふ……」と伏目のままうっとり息を吐いた。睫毛が小さく震えた。

期待していた唇が降ってくる。

ついさっき知ったことだが、自分はキスが好きらしい。

アキラは餌《えさ》を求める雛《ひな》みたいに真上を向いて、優しく押し入ってくる舌を受け入れた。上顎を横になぞる柔らかい動きに「んぁ」と声を漏らすと、口づけがより一層深くなる。

カーテンの下ろされた寝台の、中に籠った空気が酷く熱くて、じっとりと湿気を帯びているのがわかった。アキラの首を汗が伝うたび、ライルがそれを唇で追いかけるのだ。

下唇を押し付けるみたいにして、鎖骨と鎖骨の窪《くぼ》みのあたりに落ちた汗にジュッと吸い付く。

そのたびアキラは体の芯《しん》を震わせて「あっ」と大袈裟に泣いた。彼にされるがままだった。

「アキラ様、」

「……」

アキラが息を吸い込む。

「もう濡れてますね」

アキラの性器を、ライルの大きな手が優しく撫でた。逃げるようにピク、と反る腰を自分でなんとか元の位置に立たせる。

片腕しか動かせないライルでは、アキラの腰を支えられないから、自分で彼が触りやすい姿勢に戻したのだ。

それが分かったのだろう、柔らかく笑ったライルが

「は、」と俯きながら熱い息をつくアキラの額に頬擦りした。
「あ、あ、」
ヌルヌルをまぶしたライルの手のひらが、アキラの
それをゆっくり扱《しご》く。ピクピクと痙攣するみたいに腰
を震わせて、ペタと尻を彼の腿の上に今度こそ乗せた。
「ん、……ぁ、」
脈打つように固くなったライルのそれを布ごしに感
じて、アキラの腰が自然と前後に甘えるように動く。
頭上でライルが「は、」と熱い息をついたのが分かっ
た。腰がうずいて、体の中で熱いものがグルグル渦巻
いて動いている。
「……は、ぁライル、ライル…んん、っ」
ライルの首にしがみつくみたいにして、アキラは腰
を緩く動かした。
ライルがよしよしと撫でるみたいにアキラのそれを
刺激する。
アキラは自分でも笑えるくらいに息を乱しながら、
彼の首筋にカプと噛み付いた。「……ぐ、」とライルが
興奮したような声を出して、頬を寄せてくる。それな
りの力で噛んだが、彼の皮膚は破れなかった。小さな
歯形がつくくらいだ。
ひどい声が出そうになるのを我慢してアキラが「う、
う」と鼻から声を漏らした。
「あ、あ……ライル、ライル……まって、おれ、……
ん、いっ、いく、」
「……は、」
「も、ほんと、だめ……でるぅっ……！」
ギュッとアキラのつま先が丸くなる。
アキラの華奢な体が一瞬強張《こわば》って、それからうっと
りとしたような声を漏らして、ライルの首に額を押し
付けた。
「あ、ッッ……、は、……ん……」
「は、……」
クタ、と力の抜けた体をライルが一度強く抱きしめ
て、それから優しく寝台の上に横たえた。
それから鬱陶しそうに、邪魔だと言うみたいに乱暴
な仕草で腰紐を解いて。まだ力の入らないアキラと肌

と肌を擦り合わせるみたいに彼は覆いかぶさった。大きな体にすっぽりと包まれて、少し息が苦しいくらいに圧迫されて、「っは、」と息を詰まらせたアキラが、息をゆっくりと吐きながらうっとり目を細める。

火傷《やけど》しそうだと思った。

自分を閉じ込める褐色の大きな体をアキラが見上げる。

服を着ている時よりも一層逞しく見える。鎖骨の深い窪み。腹筋の膨らみ。形の良いへそ。ぐっと引きしまった腰。

肉体的な強さが、そのまま美しさに直結したような。鍛え上げられた武器のような体だった。包帯がグルグルと巻かれた動かない右腕さえ、少しの欠点にもなっていない。

「、」

アキラを潰してしまわないよう、左腕をしっかりと寝台につき、それだけで体を支える。アキラはライルの腕に目を閉じて頬擦りした。

こうしてのしかかられていると、この強くて美しい生き物に食べられているみたいに感じられる。
グ、と獣が喉を鳴らすような音が聞こえて、そっと瞼を開ける。
こちらに近づいてくる顔に、顎を上げて近づいた。

首に腕を回し、引き寄せる。

こんなにかっこいい体をしているのに、なんて綺麗な人だろう。

そんな綺麗な男が熱っぽい表情で自分を見下ろしていることに堪らない気持ちになる。

ライルってそんな顔できたんだ。

長い睫毛の下、艶《つや》めいた大人の男の色気を混ぜ込んだ双眸《そうぼう》が見えて、その乱暴な輝きにアキラは自分の背筋がゾクゾクと喜びで震えるのを感じた。

この冷たいほどに優秀で美しい人が、隠せないほど欲情していること。それが彼に愛されている証のような気がして、酷く嬉しかったのだ。

ああ、俺、ライルのことが好きだ。本当にバカみたいに好き。

彼の後頭部をかきあげて、髪の中に指を差し込む。

そしてアキラは、目の前の男の髪を甘やかすみたいに撫でながら、目を閉じて彼の唇を受け入れた。

「ん、ぁ、」

重なった素肌からとく、とく、と互いの鼓動が伝わってくる。

その鼓動に充足感を感じて、何度も何度も唇を重ねる。

ライルがアキラを甘やかすように、鼻先を何度も擦り合わせる。

お互いの陰茎を擦り合わせるようにしながらキスをするうちに、アキラはまた一度達した。

溢れてきたそれを、身を起こしたライルが手のひらで受け止めて、とろりとアキラの後孔に垂らす。

ピク、と白い脚が揺れる。

「ふ、」と息をついたライルがアキラの脚の間に潜《もぐ》り込むようにして、柔らかい腿の内側、手をそっと進めたそこのすぐ近くを甘く噛んだ。

「……ァ、」

アキラの体が反り返る。顎を上げ、喉を曝《さら》しながら、瞼を細かく震わせて息を漏らす。

ライルの頭を腿で抱えるようにして、抱き締める。

そして、つぷ、と侵入してきた指をアキラの後孔はしっかりと受け入れた。

この後のことも含めて……それからライルとの体格差も含めて、アキラが思ったことはただひとつ。

一人で後ろを触って遊んでいたかつての自分、ほんとよくやった。なんて、そんなことだった。

だってこれが初めてだったら、いくら気持ちよくなったところで、ライルのそれを受け入れることなんてできなかっただろう。

いや、どうだろうか。ライルが随分と手加減をしてくれていたのかもしれない。

そう、つまり、何もかもうまくいった。

「ね、ぇ……、もう、いいから、はや、く、挿《い》れ……っ」

恥も外聞もなく、彼にしがみついて。汗にじっとりと濡れた髪を彼とすり合わせて。そうねだる頃には、アキラの陰茎は出すもの全部出し切って、くたりと力を無くしていたけど。

「ぁ、…ライ、ル、……ライル、」

最後はほとんど泣きながら、譫言《うわごと》のようにライルの名前を呼んでぐずっていたけど。

「……っ、アキラ様、」

「ぁ、……ん、ぅあ……」

「アキラ様、」

「……ライル、いいから、ね、……ぁ、挿れ、て、」

許しを乞うみたいに、アキラの耳の裏の狭い空間で小さく囁く、ライルの言葉に彼をギュッと抱きしめた後。

熱い逸物が擦り付けられて、中にゆっくりと深く埋め込まれる感覚がして。

じわじわと体の内側を拓《ひら》かれていく感覚に、アキラは譫言みたいに喘《あえ》ぎ声を漏らしながら、串刺しにされた哀れな動物みたいに喉を曝け出して、小さく痙攣した。

それでもただ、気持ち良さだけを感じることができたのは、ライルがそこを丁寧にほぐしてくれていたおかげだろう。なんなら、ちょっと気持ちが良すぎて困るくらいだった。

彼の性器で腹の内側がピッタリ満たされていく感覚だけで、体の深いところが悦《よろこ》ぶみたいに小さな痙攣を繰り返しているのだ。

「はぁ……、ん」

アキラはポロ、と自分の目から生理的な涙が流れるのを感じながら、ライルの首筋に回した腕を引き寄せた。

ライルの体がさらに前のめりになることで中のものが動く。それだけでまた「あ、う」なんて高い声が出る。もう何をされても気持ちが良いのだ。いっそのこと早く動いて揺さぶって、なにもわからなくなるくらいにして欲しい。

だから、アキラはライルの耳にあぐりと噛みついて「うごいて」と甘えた声で乞うた。

ライルの体がピクリと震えて、首のあたりで熱く震える息が吐き出されるのが分かって、そしてチュッと一つ肌を吸うようなキスが落ちて。それからゆっくり

した律動が始まって。

「あ、あぁ、は、ン」

アキラは喉をそらして喘いだ。腹の中を暴かれているのがわかる。熱いものがさっきまで散々嬲《なぶ》られていたしこりを抉《えぐ》り、溺れるような快感が込み上げてくる。

アキラは快感の波に溺れないようにライルの体にギュッとしがみついていた。息をすることだけでいっぱいいっぱいだった。

「ライル、ライル、」

しがみついていた腕を離してそう震える声で呼べば、ライルが頬に頬を優しく擦り寄せてキスを落としてくれる。それだけでまた甘えるみたいに体が反応するんだからどうしようもないと思う。

「ライル、ん、……は、ぁ、ライルきもちいい？　きもち、よくなって、ぁ、」

「ッ」

自分みたいに彼が気持ち良いといい。それだけの気持ちで、彼の顎の先に甘えるみたいにカプリと噛みつきながら言えば、ずぷ、と腹の奥の奥。最奥《さいおう》の多分本当ならピッタリと閉じているところに先端が小さく埋まるのが分かって。

「あ」

そこ、だめだ。

そう思った瞬間、目の裏でチカチカと光が点滅した。

アキラの華奢な軀《からだ》が寝台から離れてクッと反る。

「ア、ァァア！」

「、」

腹の奥が酷く熱くなるのが分かった。

ライルが何度も体を震わせて、アキラの額に唇を擦り寄せながら熱い息を吐くのが分かって、ああ、良かった、ライルもちゃんと気持ちよかったんだと目を瞑る。

ゆっくりと引かれる腰に合わせて、アキラの体が寝台の上に落ちた。

それからまるで水の底に沈むみたいに意識がトプンと沈んで。

「……はぁ、あークソ、」

最後の最後、「やらかした」とでも言わんばかりのライルの悪態の後、許しを乞うような優しいキスが額に落とされたのを感じて、アキラはくたりと眠りに落ちた。

39　異世界生活の始まり

目が覚めたとき、部屋は夕日に赤く染まっていた。

ああ、随分と長く寝ていたらしい。

寝ぼけ眼《まなこ》でトロトロ瞬きをしていると、頭上からスースーと健《すこ》やかな寝息が聞こえて、アキラは小さく笑った。

動かない体の代わりに、頭だけで振り返る。

そこにはアキラの体をギュッと抱き込むように眠る大きな体があった。

獣の親子か兄弟のように、ライルはアキラを抱え込んで丸くなって眠っていたらしい。

そうだ。ここのところ、昼の激しい日差しが落ちた途端、グンと冷えるようになってきた。

ライル自身は体温が高いので、きっとアキラを冷やさないようにこうして抱き込んで寝てくれたんだろう。

「暖かくして寝てください」という、灯りを消して夜アキラの部屋を出ていく時の彼の口癖を覚えていたアキラにも、すぐにそれが分かった。

「……ケホ、」

渇いた喉で咳をしながら、身をうごうご小さく捩って、ライルの腕の中で体の向きを変える。

頭に顎を置かれているせいで表情までは窺えない。だがなんというか、目の前にはものすごく、眼福《がんぷく》な光景が広がっていた。

なんだこの男は。ミケランジェロの造った彫像か。

アキラはその首筋にうっすらと残った自分の小さな歯形をあぐり、と噛んだ。

ピク、と頭上の彼が反応して。それから「ん、ん？」と寝ぼけた声が聞こえてくる。

アキラのつむじのあたりで、ぐずるみたいにモゾモゾとライルの顔が動く。それから「……ん、あれ、アキラ様いない」とちょっと幼いような声を出して寝台の遠くをパタパタ探り、それから「……あー、」と自分の腕の中の存在に気づいた様子を見せた。

「……おはよ、ライル」

「、おはよ、う」

ライルは朝が苦手だったらしい。今になって新しい発見だ。

呂律《ろれつ》のいまいち回っていない掠れた声にアキラがクスクス笑って、顔を上げる。彼の顎や頬をペタペタ触って「ライル、平気?」と笑いながら尋ねた。

「平気です」

アキラを抱きしめていた腕に一度ギュッと力がこもる。

そして自分の体にアキラを半ば乗せるみたいに抱き寄せたまま、ライルはモソモソ肘をついて身を起こし、クッションに上半身を沈めた。

完全に寝ぼけている。

腹に回った腕がとても外れそうにないので、寝ぼけたライルの物珍しさに笑いながら腕を精一杯伸ばしてサイドテーブルの上のカラフェを掴み、コップにトクトク水を注いだ。

花瓶に一輪花がささっている。

ライルを見舞うために、女中達が数日に一度見繕ってきてはアキラに渡すようになった花だった。

いくつかのつぼみがついてるその枝をチラリと見ながら、サイドテーブルの方に倒していた体を起こす。

腰が少々だるいが、体に異常はない。

まず自分が飲み、それからライルに渡す。

「どうぞ、ねぼすけ」

「どうも、……」

水を受け取ったライルが、半分しか開いていなかった目を見開いて固まった。

「?」と首を傾げたアキラが「どうしたの」と言葉をつづけようとして、あんぐり口を開ける。

「え、あれ、え?」

「…………、」

「ラ、ライル、うで、うで、……え?.?」

自分の腹にギュッと回った腕を見、それからコップを受け取った腕を見る。包帯が未だに巻かれた腕だ。鎖骨や肩の辺りから、上腕の辺りまでグルグルと包帯で巻かれて、肌の見えない腕。動かなくなったはずの右腕が、なぜか今はアキラの差し出したコップを普通に握っている。震えもない。何の異常も見えない。

ポカンと口を開けて固まったまま、アキラの脳を左から右にいろんな考えがバタバタと走り抜けていった。

……まさか、嘘をついていたとか？　俺が悲しんでいる方が、嘘にリアリティがでるから。ライルなら考えそうなことだけど、いや、まさか。そんな趣味の悪い嘘はつかないだろう。

……じゃあ、今まで休んでいて少しも回復の兆《きざ》しを見せなかった腕が、たった数時間で治るなんてことがあるんだろうか。この世界の人達ならありえる？　いや、いくらなんでも非現実的である。

パチパチと瞬きをしながら、自分に考えられる範囲で必死に原因を探るアキラ。

ライルの方は、自分の腕をじっと見つめしばらく固まって、それから一度ゆっくりと瞬きをし、無言のままゴクリと水を飲んだ。

「……アキラ様、」

コップを持ったままの手を、寝台の上、体の脇にぽすりと置いてライルが呟く。

「申し訳ございません。俺の方からあなたにお話ししたことがあったか分からないんですが」

寝起きなのでやや声が掠れてはいるが、目はすっかり覚めてしまったらしい。そりゃそうだ。

「、え、え、なに？」

「……その、神子様には代々不思議な力が備わっているのをご存知でしょうか」

「……！」

ハッと、アキラが大袈裟に息を呑む。

ものすごく、心当たりがあったからだ。

女性……女中さんにお姫様抱っこされて運ばれた屈辱的な記憶といくつかの言葉。

「神子様のお力は予見の能力なのですか？」

――なに？　〝予見の力〟？　神子ってそんな不思

議パワーが身につくかもしれないの？　今の俺にも何かしらのパワーがあるってこと？

そうだ、自分はそんな、オタク心をくすぐるワードにうっかり騙されて、身包み剝がれて、いつのまにかこの世界にポチンと居座ることになっていたのだ。能力に憧れて座禅とかも組んだ。変なトレーニングもした。

……ライルが来てから、徐々に忘れていったけど。

「……え、神子の不思議パワーって、予見の能力とかそういう、ありがちな、なんというか、神聖な感じなアレじゃないの？」

目も口も丸くしたまま、思考に沈んでいたアキラが震える声で質問した。

ライルが無言でスッと目を逸らす。

「え、何？」

「……」

「え？」

「……先代神子様のことをご存知でしょうか」

「先代神子？」

そんなこともライルが来る前に学んだ覚えがあるぞ。

アキラがクルクル脳みその中の記憶を巻き戻す。

イスリール神の恩恵がなかなか得られなくて、筋肉で紛争を鎮めに行ったムキムキ神子のことだ。知っている。

ムキムキの国を治めるムキムキの神様は、ムキムキの神子が好きなんだなって。自分はなんか味変か、新しい趣味を開拓してみようかなみたいなそんな気持ちで呼ばれたんだろうなって。そう拗ねた記憶がある。

「……え、ちなみにその先代神子の能力って？」

「……」

「え、なに？」

「……これは民衆には伏せられていまして。その、アキラ様の護衛に選ばれた時に初めて教えられたことなんですが」

「、」

「自らの体を清らかに保つことで戦神の如き力を得るお力、だったそうです」

「……」

パチ、と瞬きをしたアキラが、上を見、ライルを見。それから眉を上げて、「ははーん」とオタクのしたり顔をした。

なるほど。なるほどね。

何もかもを察したアキラが目を閉じ、立てた人差し指を頬に沿わせて、フゥとため息をつく。

「……つまりは、童貞処女だとムキムキになる力？」

「……自慰行為を我慢することで腕力が上がるお力です」

「……エッチな神子じゃん」

いつだかに自分の言った冗談は、ちょっぴり正しかったらしい。

「……イスリール神さ、本当そういうところだよね」

「……」

アキラがパタ、と後ろに倒れた。

柔らかいクッション達がその体を受け止める。

ムキムキ好きって……味変って……つまりそういう意味だったか。まさかそういう意味で好きだとは流石に思わなかった。俺の考えが甘かった。イスリール神に一杯食わされたわ。

「……ねえ、待って、つまり俺の力は、」

ライルが答える。

目頭を指で揉みながら、大変気まずそうに。

「……〝体をつなげた者を癒《いや》す力〟かと」

ポン！

愉快な音を立てて、花瓶の蕾《つぼみ》が咲いた。

アキラがそちらを見、片眉を上げて目を細める。

「……正解？」

ポポポン！

枝がつけていた蕾が、弾けるみたいにして満開になった。

桃色のプリプリとしたかわいい花たちにはなんの罪もない。だが、道端で露出をする変態を見つけてしまったみたいな渋い顔をしてアキラはそれを眺めた。

「いつから盗み聞きしてたんだこの変態……」

「……、まあまあ」

ライルに肩を摩られて、フ——ッと息をつく。

落ち着いて、考えなければ。

そう、これからどうなるか。

自分はいつも通り暗くなったら部屋に戻り、身を清め、シーツに潜るだろう。

朝が来て、そうしたら予定通りライルが目を覚ましているから、王様と二人で話をつける。

万が一、交際を否定された場合。ライルが追い出されて、部屋の前でイケメンがズラリと列をなす、そんな怖すぎる未来があるかもしれない。

いや、はたまた、ライルの動かないはずの右腕がすっかり元通りになったことに気がついた王様に、神子の力のことを説明した場合は。

部屋の前に列をなす人間が、……歴戦のムキムキ戦士たちに変わるだろう。

アキラの脳裏に、いつだかの眼帯イケオジが過《よ》ぎる。この国にはああいった人がたくさんいるのだ。

アキラの嫌がることは強要されないだろうが、自室の前に並んだ男女に「お願いします神子様」と、情けを乞われて、それを申し訳ない気持ちで断る日々。

「…………」

アキラが苦しそうな顔で、そっと胃のあたりをさすった。そんなの、受け入れるわけにもいかない。自分にも人権というものがある。でも、突っぱねたら突っぱねたで、まるで自分が悪者のような、そんな気がしてしまうのはなぜなんだ。

アキラがライルを見る。

似たようなことを考えていたのだろうか、全く同じタイミングで、ライルもアキラを見た。

彼の目はもうすっかりいつも通りの冷静なものに戻っていて。それを見ながらアキラは安心して息をついた。

「……要は、この国の中にいれば良いんだよね?」

「はい」

アキラが少し逡《しゅん》巡《じゅん》し、うん、と頷いた。

この謎能力に、今までの予定を大幅に変更させるだけの力があることは間違いない。

ああ、王宮に二人で残るためにあんなに苦労したのに。今になってこんなことが分かるなんて。

いや、今分かってくれて助かったと言うべきか。

ああ、きっと王様は泣くんだろうな。胸が痛む。

いや、でもそもそも、あちらが勝手に召喚に成功してアキラを誘拐したのだし。

好きに生きる権利が、自分にはあるはずだ。

良くしてもらった恩返しに、この広い国からは出ない。最低限の義務は果たすつもりだし。

……何より、無理強《むりじ》いはされないにしてもセックスをしてくれと不特定多数に頼まれるのが普通に無理。イヤ。この能力、人権への配慮がなさすぎる。セクシャルハラスメント。既になんらかの法律に低触《ていしょく》していると思う。悪いけどライル以外に絶対使いたくない。

言い訳に言い訳を重ね、最後の最後に出てきた本音で、完全に心を決めたアキラが顔を上げて言った。

「……俺、そういえば昔、冒険者とかになりたかったかもしれない」

「……奇遇《きぐう》ですね、俺も子供の頃は冒険者に憧れていました」

「……」

「……」


……よし。

善は急げである。

顔を見合わせた二人はコクリと頷いて、寝台の両脇からパッ！と降りた。

バタバタと服を着て、剣を取り、あれやこれやと準備をし始める。

アキラが箪笥を開け、後ろを向いたままライルにポンポン投げて渡す。

ライルがそれをノールックで受け取り、自分が王宮に来た時にもっていた鞄の中にしまっていく。

息ぴったりの、目にも止まらぬ旅支度だった。

「……服、服着替えなきゃ」

こんな目立つ服じゃ出かけられない。

そう言ったアキラにライルが頷いた。

「女中は今誰もいないでしょう、取ってこれますよ」

「あ、そっか」

バタンと扉を開け放った二人の姿が、ライルの部屋だった場所からあっという間に消えると、隣の部屋から控えめな物音が響き始めた。

バサ、と大きな布のようなものが広げられる音がする。

「わ、うそ、女装!?」

「男女二人組の方が何かと便利です」

「クソ、いたしかたなし!!」

そんな男らしい声が聞こえて。

「行こう！　日が落ちたら皆帰ってくるから！」

小さな影に手を引かれる大きな影が、開け放たれたままの部屋の入り口を通りかかった。

パタパタと、家出少年の足音がどこかに遠ざかっていく。

夕日に赤く染められた日除けの布が、持ち主のいなくなった部屋の中で柔らかく膨らんでは萎《しぼ》んでを繰り返している。


……かと思えば、軽やかな足音が一つ、少々慌てた様子で戻ってきて。

部屋に飛び込んで来たアキラが、あたりをキョロキョロ見渡した。

寝台の上、シーツの中を確認し、それから自分のお気に入りのロッキングチェアの上を見てパッと顔を輝かせる。

「あったあった」

読み込まれた冒険記を無造作に懐にしまう。

それから、なんだか随分と愛着の湧いてしまったロッキングチェアにふと目を留めて、それをそっと撫でた。

テーブルの上の自分のお気に入りの果物を一つ、手に取って振り払うように踵を返す。

「アキラ様！」

遠くから聞こえてきた自分を呼ぶ声に、「待って！」とフードの下の髪を小さく靡かせて、アキラは大急ぎで走り出した。

部屋にはもう誰もいない。

神子様はいずこ

1　ロマンチックな男より、現実主義な男

ああ、これぞまさに愛の逃避行。

愛し合うものたちの、めくるめく愛の駆け落ちラブストーリー。

はて。これから一体、どこに向かうのだろうか。

アキラは胸の前に荷物だけを抱えて、ライルに子猫か何かのように運ばれながら考えていた。

全てライルに任せきりなのはアキラが怠《なま》け者だからではなく、自分がチマチマもがいたところでライルの足手纏《あしでまと》いになるだけだと重々承知しているからである。

あとは狭い路地をスルスル抜けたり屋根に飛び乗ったりするライルのせいで、もうここがどこだかちっとも分からないからだ。

未《いま》だ入り組んだ王都の地理すらピンと来ていないアキラには、この夕暮れ時に地面に足をついた途端《とたん》迷子になり、見回りの騎士たちに回収される自信があった。

とりあえず自身の足で歩くのはもう少し王宮から離れてからが良いだろう。

そんなことを考えつつ、これから始まる冒険にドキドキと期待に胸を膨《ふく》らませる。そもそも王宮の外で寝泊まりするのも今晩が初めてなのだ。

頭の中に思い浮かべるのは、いつだか退屈を持て余している時に、パンをもちもちちぎりながら読んだ、世界地図（対象年齢十歳）である。

イスリールは国土のほとんどが広大な砂漠で覆われた国だとは聞いているが、これからどこに行くのだろうか。やっぱあれだろうか。駆け落ちというからには日本海みたいなところに向かうのだろうか。ザパーンと白波立つ海を崖《がけ》の上から二人で謎《なぞ》に眺《なが》めるあれをやるのだろうか。……あまり楽しくはなさそうだな。どうせなら愉快《ゆかい》な南の国とかに行きたいな。

ライルに抱えられ、だんだんと遠のく王宮を見ながら、アキラが考える。

アキラの駆け落ちの知識とは、お婆《ばあ》ちゃんが見ていた昔の映画から得たそういうやつだけである。

きっと始まりの言葉はこんな感じだ。

『君を一生離さない……』

それか『どこまでも一緒だ』『君と一緒なら地獄に堕《お》ちたって構わない……』。

「え……」

脳内で唐突に立った死亡フラグにアキラが声を上げた。

ライルがチラと腕の中のアキラに視線を落とし「また一人でバカなことを考えてるんだな」と一瞬で判断をして正面に視線を戻す。

そしてアキラはそんな視線に気が付かず、唐突に、そして勝手に、途方に暮れていた。

——え、俺地獄に落ちるのは困ります。ライルが俺のせいで地獄に落ちるところも見たくないです。

……そうだ。改めて考えるとこれから具体的に、どうするんだろうか、俺たち。

自慢じゃないが、アキラには自分は本当になんの役にも立たないだろうなという自信があった。少なくとも、こと旅だとか冒険だとかそういうアウトドアなことに関しては。


なんせ「自慢できる特技は？」と聞かれて「え、特技？」と悩んだ結果口から出るのが「タイピングが速いこととFPSゲームのランクが高いこと……」なのだ。どう考えても、この世界じゃなんの役にも立たない特技である。

体もあまり強くないし。体力もないし。野宿するなんて状況になっても文句を言うつもりは勿論《もちろん》ないけれど、三日目くらいには風邪《かぜ》を引く自信があるし。

——え？　今更だけど俺、足手纏いすぎないか？？

何の問題も解決できないのでは？？

「アキラ様、唐突ですが俺の考えを聞いていただけますか」

初《しょ》っ端《ぱな》に昔の日本映画のような、どう足掻《あが》いてもこの二人の未来に幸せは待っていませんよね？という極端な駆け落ちを想像してしまったせいで、暗くなっているアキラにライルが声をかけた。

頭上から聞こえてきた声にピクリと身を震わせたアキラがおずおずと視線を上げる。

ライルから何を言われるのか怖いという顔だ。

いざというときには愛を貫くために一緒に死のうとか言われたらどうしよう。俺のためにそんなことさせられない。

こうして改めて見てみると、やたらと形の良いライルの唇《くちびる》は、そういった劇的でロマンチックなセリフを吐くのが似合うように思える。

そもそもライル自身がハリウッド映画とかに出てきてもおかしくない美青年なのだ。

アキラは美しい恋人の美しい唇が、一体どんな一言でこの物語を始める気なのか、戦々恐々と見守り……。

「こういった争いというのは何事も、落とし所を決めるのが重要だと思うんです」

「それでこそ俺のライルだ……！」

ロマンチックのロの字もねえ言葉に、横抱きにされたままのアキラが自身の膝《ひざ》をピシャリと叩《たた》いた。

いや、よくよく考えたらライルが日本海に飛び込むとかそういうことするわけがなかったや。

ライルはどちらかというと、その断崖絶壁《だんがいぜっぺき》の崖の縁に顔色ひとつ変えずに立って下を覗《のぞ》き込みながら真面目な顔で「この方法、死ぬにしたって寒いわ確実性がないわで、良いところ一つもなくないですか？」とか情緒も何もないことを言うような男だったや。

そして俺は、ライルのそういうところが好きなんだったや。

先程まで不安そうに頭を抱えて一人でうんうん唸《うな》っていたアキラが、ライルの胸板を叩きながら「そういうところが好きだよ」と頷《うなず》く。勝手に胸板をペシペシ叩かれているライルが「……なんか多分これものすごく失礼なことを考えられてるな」という顔で片眉《かたまゆ》を持ち上げた。

「話を続けても良いでしょうか」

「どうぞどうぞ」

「まずは旅の目的をはっきりとさせておきましょう。俺たちが目指すべきところは王宮から出て自由になることじゃありません」

「ほう」

「アキラ様の能力を使わないという確実な約束を、国王から取り付けることです」

逆に言うのなら、約束を取り付けられたのなら王宮にもう一度戻ったって良い。

「むしろ王宮に戻れた方が良いくらいです。アキラ様はなんせ、お体が弱い方なので」

「はっきり貧弱って言ったっていいんだよ」

反対意見は少しもない。

先ほども言った通り、アキラにも自分が旅向きの人間でない自覚はあるからだ。

そもそも今こうして大胆にも王宮を飛び出し旅に出ようとしているのだって、ここが異世界で、アラビアンファンタジーな異世界の旅ってＲＰＧゲームみたいじゃん、楽しそう！という少年心が働いた結果である。決してアキラ自身がアクティブになったわけではない。

何より、彼は旅に向いていない人間の三種の神器《じんぎ》を各種取り揃《そろ》えているのだ。引きこもり・潔癖症・お腹《なか》弱め、である。

つまりライルの言葉に異を唱える理由は一つもなかった。

確かに旅をいつまでも続けるというのは無茶だろう。王宮にしろそれ以外にしろ、いつか定住の地を見つけるべきだ。

「王様の譲歩《じょうほ》を待ちつつ、手紙である程度交渉をしつつ、アキラ様に負担のかかりすぎない旅をしばらくの間続けて、要求を通し王宮へ戻る、というのが理想的ですね」

まあ、そううまくいくとは思えませんが。

ライルがポツリと呟《つぶや》いた。

……何故うまくいかないのだろうか。

アキラが小首を傾《かし》げる。

アキラの知っている王様はアキラが一日行方不明になっただけで、枕を絞れるほどに涙で濡《ぬ》らしてなんでもワガママ聞いてくれちゃうようなナイスミドルなのだが、違うのだろうか。

「いえ、王様はそういう人で合ってます。ただ……」

アキラの呟きにライルが思うところがある、というように反応をする。なんだか話の腰を折ってしまったようだ。「ごめん」と首を振りつつ、とりあえず話の続きを促《うなが》した。

「つまりは旅や冒険というより駆け引きと様子見をしている間、時間潰《つぶ》しのバカンスをすると思っていただければ良いです。旅や冒険をしているこの国の人間たちのように野晒《のざら》しで野宿なんてさせられないので」

なるほど。ＲＰＧゲームのような血湧《わ》き肉躍《おど》る冒険ではないと。

アキラが真面目な顔で頷く。確かに、血湧き肉躍る冒険は液晶越しに見るから良いものであって、現実で体験して楽しいものではないかもしれない。

アキラはどちらかと言うと、敵モンスターを倒し返り血を頭から被《かぶ》った時「やってやったぜ！」とテンションが上がるタイプというよりは「うわ、早く帰ってシャワー浴びよ……」と思うタイプであるし。

「でも、今夜は野宿するほかないんじゃない？　誰か人を頼るにしても、逃亡中の俺たちに協力したら王様に逆らうってことになっちゃうかもしれないんでしょ？　流石《さすが》に誰も協力してくれないんじゃ……」

そもそもこのまま王都を出るのなら、どうしたって次の街まで野晒しで野宿をすることになるんじゃないだろうか。

「当てが一つあります」

アキラの言葉にライルが返事をしながら、出し抜けに屋根の上から飛び降りた。

「うわ」と声を上げたアキラがライルの首元にしがみつく。

ぱたぱたと顔を隠していたショールが風にたなびいて、すたんと猫のように膝を曲げたライルが地面に降りたった。

「ここです」

――彼らをカツアゲ……じゃなかった、少しお願いをしたら、旅の足も手に入るかもしれませんよ。

そんなライルの言葉に、アキラが彼の胸板から顔を上げる。そしてパチリと目を丸くし「あれ」と呆気《あっけ》に取られたような声を出した。

「ここって……」

2　昔の悪事が忘れた頃に返ってくる

――さて、ちょうどその頃。

「あ、煙草《たばこ》が切れた」

「兄ちゃん、俺も切れた」

「……買いに行くか」

「えー、だりぃ、もう夕方だろ。俺夕方に外出るのが一番嫌いなんだよ。なんか寂しい気持ちになるじゃん」

「夜中に出かけたきり、次の日の夕方まで帰ってこねえ男が何言ってんだよ」

「だから夕方は出かける時間じゃなくて帰る時間なんだって。俺の少年心が騒ぐんだよ。こんな時間に出かけたら母ちゃんに叱《しか》られちまう、早く帰らなきゃ！って」

「俺らそもそも母ちゃんいねえだろうが」

「あ、そうだったたわ」

「……え、今の何？　笑って良い所？　双子の不穏《ふおん》ジョーク？」

くったりとしたソファーに深く身を沈めて、ヤニで汚れた天井を見上げ、同じ体勢でぷかぷか煙をくゆらせていた双子たちが同時に煙草を切らした。

煙草がなければ生きていけぬ。そのうちヤニ切れでむしゃくしゃして、ため息と舌打ちしかできなくなってしまう。

そうじゃなくてもここのところ、真面目に働いていて疲れているのだ。

悪事はやめるとキッパリ決めた。……いいや、なるべくやめるとキッパリ決めた。

少なくとも弱いものいじめみたいな悪事はやっちゃならないんだと学んだ。

小さくて可愛《かわい》いものの後ろには時々、とんでもなく強くて恐ろしいお兄さんが控えていることがあると勉強したのだ。

二人は「あーよっこらしょ」「どっこらどっこら」と無駄な掛け声を出しながら立ち上がった。先に立ち上がった兄が前のめりになって弟の腕を引き、ぐでんとソファーの背もたれにのけぞっていた弟が顎《あご》をそらして後ろを見て「ちょっと出かけてくるわー」とダイニングの方にいる仲間たちに叫《さけ》ぶ。

「おーいってらー」

「気をつけて」

「誘拐《ゆうかい》されるなよ」

すると視線もやらないままヒラッと手を挙げた仲間たちから口々に、やる気のない返事が返ってきた。

それに「はは、そうだな、俺たち可愛いから怖い人に誘拐されちゃうかもしれないよな、なあ兄ちゃん」「誰だよ俺たちの怖い人って」「わはは、知らねえ」とどちらかと言えば自分たちが怖い人である双子は玄関ドアへ向かう。

そしてガチャリと扉を開け。

パチリと二人合わせて合計二つの目を同時に丸くし。

「「ヒィィィィィ〜〜〜!!」」

目の前に立っていた正真正銘の〝俺たちの怖い人〟に情けない悲鳴を上げたのである。


「……うるさ、」

さて、ちょうど扉をノックするところだったライルは眉間《みけん》に皺《しわ》を寄せて、その遥か下方でアキラが、

――ダメだったか。

という顔をして、扉の前で震えて抱き合う双子を眺めていた。

見覚えのある扉……チンピラたちのアジトの前に着いて「カツアゲ……じゃなかった、少しお願いをしたら、旅の足も手に入るかもしれませんよ」とライルに言われた後。

アキラは「じゃあ」と扉を開けようとするライルを「ちょっと待ったちょっと待った」と呼び止めたのだ。

「待って、待って。俺が先に行く。あと皆《みんな》のこと、あんまり脅かしちゃダメだよ」

確かに、ここにいる彼らはうっかりアキラを売っぱらいかけたどうしようもないチンピラたちであるが。

どんなに困った男たちであっても、自宅に突然「よお、

久しぶり」なんて言って国で一番強い美男子（自分たちの悪事・打首獄門級《うちくびごくもん》を知っている）が訪ねてくる、なんていうシチュエーションはあんまりだとアキラは思ったのである。あまりに怖い。ヤクザの取り立てより怖い。きっと皆、頭を抱えて震えながら部屋の隅とかで団子になってしまうに違いない。

だからアキラは猫ちゃんへの接し方を知らない彼氏と猫カフェに入る時の彼女みたいに「驚かせちゃダメだよ。なるべく優しく。優しくね」などと扉の前でライルに言い含めているところだった。

ライルはというと、まるで小さな主人に何か頼み事をされている大型犬か何かのように、アキラの顔を黙って見下ろしていた。

形の良い眉毛の片方が、やや非対称にキュッと上がっていた。

彼自身としては「良いだろ、別に。野郎なんかいくら怖がらせても」というのが本音だった。

しかしアキラの頼みだったので。あとは少し困った表情でこちらを見上げてくる顔がちょっと可愛かったので。

ライルは大人しく「分かりました」と頷いたところだったのだ。

そして、アキラを先頭に扉に近づいた矢先にタイミング悪くガチャ！と向こう側から元気に扉が開け放たれたのである。

危うく扉にぶつかりそうになったアキラを腕の中に庇《かば》ったことで、「あぶな……、」と少々不機嫌な顔になってしまったライルと双子たちの視線が割と至近距離でピタ……と交わり。

「「ヒィィイイ〜〜〜！」」

先程の悲鳴が上がってしまったというわけだ。

——いったいライルは彼らにどんなお灸《きゅう》の据え方をしたんだろうか。

双子のけたたましい悲鳴を察知したライルにより、大きな形の良い手のひらに耳どころかほっぺたごとムギュリと潰されながら、アキラはしみじみ考えた。

チラと頭上を見上げればアキラの鼓膜を守るため、無防備に双子の大声を浴びる羽目になったライルが、鋭《するど》い鼻筋に皺を寄せながら「いや、本当にうるさい……」という顔をしているのが見える。

その顔を見て双子がまた「はにゃにゃにゃにゃ」と顎をガクガク鳴らしながら抱きしめ合うのだ。

完全にトラウマを植え付けられた人間がするリアクションである。

抱きしめ合う双子の引き締まった腹筋の隙間あたりから室内を覗いてみれば、双子と同じくトラウマを植え付けられた男たちにより、案《あん》の定《じょう》大変な騒ぎになっている室内が見えて、アキラが「あーあー……」と小さく声を出した。

ソファーにすっ転がっていた男が、読んでいたらしいエッチな本を驚愕《きょうがく》のあまり引き破り。

キッチンで牛乳を大瓶ごと飲んでいたらしい男が、口からゲホ！と牛乳を吹き出し。

ちょうど階段を踏み外した男が一階の床に顔面から着地をしているのが見えたのである。

——これは多分見ないであげた方が良かったやつだな。

黙っていればかっこいいお兄さんたちである彼らのプライドのために、アキラは彼らの視線がこちらを向く前にそっと首を引っ込め、元の体勢に戻った。

「ラ、ライル様……あ、あの、今回はまたどういったご用件で、うちなんぞに足を向けてくださったんでしょうか……？？」

悲鳴が終わったのだろう。ライルの手がアキラの耳からそっと外される。

すると一番に勇気を出したらしい右目男……双子の兄の方が恐る恐るそう尋ねる声が聞こえてきた。

ダラダラと冷や汗なんかをかいて目を泳がせている。本当は今すぐに尻尾《しっぽ》巻いて逃げたいですという顔だ。

……ライルは足もバカみたいに速いからやめておいた方が良い。

アキラはそんな右目男に内心で首を振った。

「俺たち悪事から足洗ってめちゃくちゃいい子にして

ました……！　最近は用心棒として名も売れてきて、ほんと！　浮気して女の子を泣かせたりもしてませんっ!!」

兄を庇おうとしたのか、左目男が身を乗り出し言った。

完全に命乞いをする時のテンションである。

アキラがチラと後方にあるライルの顔を窺《うかが》う。耳のあたりを手で触っている。よっぽど双子の大声がうるさかったのだろう。しかし、言い募《つの》るように言い訳をする双子の声もこれまたうるさかったのか、ライルは小さく首を横に振り「知ってる」と短い返事をした。

「別にお前たちをどうこうしに来たんじゃない。此処《ここ》にはただ馬車をゆす……借りに来ただけだ」

少しずつ冷えてきた風から庇うように、ライルがアキラをさりげなくローブの袖の下にしまいながら言った。

「あ、俺たちどうこうされないんだ」と双子が肩の力を抜くのが見える。

それから「ん？」と顔を見合わせるのも。

「え、俺らが悪さしてないことをなんで知ってんだ……？　俺らの行動監視されてた？　うっかり魔が差してまた悪さしてたら、俺らの人生文字通りおしまいだったってこと？」

「今、馬車をゆすりに来たって言わなかった？　言ったよね？　ゆすりに来たって言いかけてたよね？」

双子たちが各々《おのおの》気になったポイントについて、顔を寄せ合い緊急会議を開いている。

そして全く同じタイミングで顔を上げて、ライルの方を見。

「お、俺ら、ちょっと腕がたつばかりのしがないチンピラなんですケド……」

ジャンプさせても小銭とタバコとキャンディのゴミしか出てこないですケド……と、微《かす》かな声で命乞いをした。

「知ってる」

ライルが頷いた。

「あ、知ってるんだ……」

「知ってるんだって、兄ちゃん」

双子がまた顔を見合わせながら言う。

「馬車を借りたいのはお前達じゃなくて、そっちの三人組の誰かだ。ここに、ジャヒーム家の息子がいるだろ？」

「「……ジャヒーム家の息子？」」

ギョッと顔を上げた双子と、それまでいい子に話を聞いていたアキラの声が、ぴったりと重なった。

アキラが思わず反応をしてしまったのは、ジャヒーム家という名前を知っていたからだ。

何回か神子《みこ》様に贈り物ですとか言って部屋に届けられたものの中に、ジャヒーム家からのものがあった。

とてもお金持ちらしく、毎回きんきらきんのド派手なものばかり送ってくるので、覚えていたのだ。

確か、王都で手広く商売をやっている新進気鋭《しんしんきえい》の商家とかだったと思う。

そんなところの息子が、こんなところでチンピラやってるなんてことがあるんだろうか。

「え、誰？？　ジャヒーム家の息子」

「俺ら知らねえんだけど」

双子が部屋の中へ振り返りながら言った。

「確かアキラ様を見て鼻血出してたやつ」

ライルがローブの下からひょこっと身を乗り出したアキラを元の位置に収納しながら答えた。

双子たちが「ああ……」と顔を見合わせ。

マントの下に収納されたアキラが、「ああ『神子様みたいなタイプと一度はセックスしたいよな』って本人の前で言ってた人か……」という顔をした。

そしてそれまで黙ってことの成り行きを見守っていた男達も含め、その場にいた全員の視線が、室内にいた一人の男に集まる。

「……ハハ」

服の前を閉め忘れ、スマートに鍛《きた》えられた上半身を剝《む》き出しにしたままの状態で。ゆるゆるとした前髪に糸目の印象的な男が空笑《そらわら》いをしながら顔を逸《そ》らした。

今の「ハハ」は全く心当たりのないことを言われて零《こぼ》した「ハハ」ではなくて、「待って。俺の個人情報そんなことまでライル様にバレてんの……？」の「ハハ」だったことは、彼の返事を聞かずとも一目瞭然《いちもくりょうぜん》だった。

なるほど、金持ちで快楽主義の道楽不良息子。イメージにピッタリだな。

彼の容姿を見たアキラが一人で頷く。

「話は中でしても良いか。このままじゃアキラ様が風邪を引く」

「……え、神子様？」

「え？？」

ライルの言葉に、双子がギョッとして振り返った。

――あ、俺見えてなかったんだ。

ライルのマントに左半身を包まれるような体勢で立ったまま、自分より遥かに身長の高い男たちの顔を見上げ、アキラが眉を上げる。

そういえば自分の身長がこの国の人たちのアイレベルに全然届いていないことを、すっかり忘れていた。

この国で暮らし始めたばかりの頃は、王宮の廊下を忙しそうに行き交う人々を避けそこね、立派な胸板や腹筋にドムチドムチとぶつかっては、「え、あ、神子様!?」「キャア！　神子様申し訳ありません！」と悲鳴を上げられていたものだ。だが、ここのところはアキラの存在にみんなが慣れて、まるで猫やハムスターやその他の小動物と同じ家で暮らしている人間のように無意識に、普段の視線より低い位置に気を払いながら暮らしてくれていたので、すっかりと失念していた。

そういえば普通にしてると皆に見えないんだったわ、俺。

なのでアキラは、少々プライドを傷つけられつつも、呆然《ぼうぜん》としたまま数十センチ（具体的な数字はアキラの名誉のため明記を避ける）ほど視線を下に下げた男たちに、至って愛想よく、突然押しかけてしまってすまないなという気持ちを込めて手を挙げてみせた。

アキラの姿を捉《とら》えた男たちの目が数秒かけてジワジワと驚愕に見開かれる。

「ウッワ、み、神子様!?　え、なんでこんなとこに神子様がいんだ!?」

「……お、おい、お前ら起きろ！　きったねえツラだな、なんだそれしまえ！　神子様が来てんだぞ！」

右目男が道端で鶴か何かを見たような顔をしてギョッと目を剝き、左目男がクルッと振り返って背後に大声を出す。

するとシンと静まり返っていた部屋の中の空気がどよ……とどよめき、途端にドタンバタンと騒がしい物音が立ち始めた。

「え？　は!?　神子様!?　マジで!?」

「ちょ、待って、俺今パンツしか穿《は》いてねえんだけど!!」

「神子様に汚ねえもの見せやがったら俺がお前のその粗末なブツをちょんぎるぞ、さっさとズボン穿いて来い!!」

裸の女の人の絵が描かれた本やら、誰かのパンツやらがポイポイ舞い始める。

「もう少々、もう少々お待ちください。……おい弟、あと何秒だ！」

「兄ちゃん、あと十五秒、十五秒待って！　小粋《こいき》なトークで場を繋《つな》いで!!」

「すんません、あと十五秒」

ドッタンバッタン。そんな大騒ぎの室内からモクモクと白い煙が上がる。

足元をちょこちょこと走っていく小さなネズミが見える。

アキラがそれを見て「ふむ……」と眉を上げていると、立ち昇る埃《ほこり》を吸わないようにだろう、ライルがアキラのショールをそっと引き上げて、その上から大きな手のひらを口元に添えてくれた。

ネズミから意識が逸れたアキラが「……イケメンって手のひらまでいい匂いがすんだな」という顔をして、さりげなくフンフンと息を吸う。

ライルがチラとそんなアキラに視線をやった。

「すんません、お待たせしました……！　どうぞ！」

「突然来てごめんね」

「いやいや」

「そんなそんな」

パッ！と振り返った双子が、笑顔で首を振りつつ、アキラの足元にコロコロと転がり出たカラフルな陶器の瓶……恐らくは何らかのお薬の吸引具を一瞥《いちべつ》もせずに路地へ蹴飛《けと》ばした。

「さ、どうぞどうぞ」

「汚ねえところですが」

「キャンディもありますよ」

「クッキーもありますよ」

「……あれ、ひょっとして俺幼女か何かだと思われてる？」

「早く入ってくださいアキラ様。夜風が冷えてきた。風邪をひきます」

そしてザワザワと騒々しい室内と外とを隔てる扉がパタ……と静かに閉じて、夕暮れ時の路地には再びシンと静かな沈黙が落ちる。

先程、双子兄に蹴飛ばされた道具が風に煽《あお》られ転がって、コロコロ……ポヨン……と路地の端で食後の夕寝をしていた猫の尻にぶつかり止まった。

「オワ、」

猫が片目を開け、振り返る。

そしてよく見る形状の吸引具に、ああ、なんだという顔をして、また夕寝に戻っていった。

先程までの騒がしさはどこへやらすっかりいつも通りのなんてことない路地の姿である。

大通りの方から、人の喧騒《けんそう》が聞こえる。

空ではムキムキのタンクトップを着たような鴉《からす》たちが棲《す》み家に帰ろうと揃って飛んでいる。

「「「「エッ！？！？　王宮から、脱走してきた！？！？」」」」

数分後。

男たちの甲高《かんだか》い悲鳴により小さな家がシビビ!!と揺れたが。

こんな路地の小さな家に注目する者は誰もいなかった。

3　神子様失踪《しっそう》事件を追え・その1

さて、すったもんだの大騒ぎになっていたのはチンピラたちの小さなアジトだけではない。

チンピラたちが小さなアジトでバタバタと埃を巻き上げている頃、国の中心である白亜《はくあ》の王宮も同じように、バタバタと埃を巻き上げすったもんだの大騒ぎになっていた。

どちらの原因も全く同じ。

一人の神子様……アキラである。


日がとっぷり暮れた頃。

いつまでも部屋から出てこないアキラを心配した一人の女中が「神子様、そろそろお食事をお取りになられた方が……」と控えめに部屋を覗いたのが全ての始まりだった。

彼女が見た部屋の中はシンと静まり返り、夜の闇《やみ》に沈んでいた。明かりの一つもつけられていなかったのだ。

ひょっとしたら、護衛さんに寄り添ううち眠ってしまわれたのかしら。ここのところ随分《ずいぶん》、お疲れのご様子だったから。

心配性の女中はそんなことを考えながら「失礼いたします」と長い睫毛を伏せ、アキラを気遣《きづか》う楚々《そそ》とした仕草で、扉の向こうに入っていった。

そしてそれからほんの数十秒後。

バタン!!と扉を跳《は》ね開け、青ざめた顔で辺りを見渡した彼女は、先程までの上品な姿はどこへやら。スカートの裾をたくしあげ、見事な太ももを晒し、陸上選手がやるような見事なフォームで廊下を全速力で駆けることになった。

カッカッカッ！とけたたましいヒール靴の音が王宮で最も人通りの多い大回廊に響き渡る。

そして王宮の一番中心、中庭のあたりから、まるで殺人現場でも見たような彼女の悲鳴じみた大声が王宮中に響き渡ったのである。

「神子様が!!　いません！！！」

バサバサバサ。王宮の中庭の木に止まっていた鳥たちが飛んでいく。

「は？」

凛々《りり》しい顔で王宮内をパトロールしていた逞《たくま》しい騎士たちが振り返り。

「え？」

洗練された動きで各自の仕事に励んでいた美しい女中たちが振り返り。

「……は？？」

王の間《ま》で一生懸命お仕事をしていた王様が、中庭に向かって振り返った。

「アキーラ様が……いないだって……？？」


それからは、文字通り王宮中をひっくり返しての大捜索である。

「神子様!?」と手のひらサイズの蓋を開けて覗き込み。

「神子様～……」とありとあらゆる寝台の下まで這《は》いつくばって探した。

王宮の人々もそこそこの期間をアキラと共に過ごしている。

カーテンの裏、いない。干したてのブランケットの山の中、いない。中庭のハンモックの中、いない。

アキラがいたら「え、俺そんなところにいそうだと思われてる？」とツッコんだだろう。心当たりのある場所はあらかた全て探し回った。

それでもアキラの姿が見つからないのだ。

さらに言うのなら、闘技大会で大怪我《おおけが》を負って以来、目を覚ますこともなくこんこんと眠り続けていたはずのライルの姿までないのである。

さっぱり意味が分からない。これじゃあ事件というより怪奇現象だ。

数時間にわたる捜索を終え、もはや探していない場所なんてどこにもないという状況になってからは、皆青い顔で仲の良い者同士で身を寄せ合い、ああでもないこうでもないと議論を繰り広げ始めていた。

「まさか、誘拐では？」

「……護衛殿ごと神子様を？　いくらライルの意識がないとはいえ自殺行為だ。そんなことをする理由がない」

「そもそもこの王宮内で誘拐なんてできっこないわ」

「じゃあ、脱走？」

「一日の平均歩数が百歩の神子様がお一人で脱走……？」

「そもそもライルはどうしたんだ……？　神子様が連れて逃げたのか……？」

「まさか。神子様この間、本を三冊抱えて階段を登るのに『クソ……この国のものは何もかもデカすぎるんだ……本も階段も……』とボヤきながら肩で息をしておられたぞ」

そんなざわつきが、王宮中に広がっていたのである。

そして会議室では、王の威厳を保つためダラダラと冷や汗を滝のようにかきながらなんとか椅子《いす》に座っている王様と、慌《あわ》てふためく教会の爺様方《じいさまがた》が長い机を真面目な顔で取り囲み、緊急会議を開いていた。

いったい何故、神子様が姿を消したのか。

皆が噂《うわさ》している通り、警備の厳重な王宮から誘拐されるなんてありえないし、そんな王宮からアキラが脱走するなんていうのも、確実に不可能である。

それならば、考えられる可能性は一つだけ。

「駆け落ち……」

長机の上に肘《ひじ》をつき、指を組み。シリアスな顔でジ……と虚空《こくう》を見つめていた王様がポツリと呟いた言葉に、それまで右を向いて左を向いて、ああでもないこうでもないと会議を踊らせていた爺様方が視線を集めた。

会議室が水を打ったようにシンと静まりかえる。

「……駆け落ち？」

爺様方の顔が青くなる。一人が真顔のまま、カシュ……と発作《ほっさ》を防ぐための薬剤を太ももから注射針で注入した。

そんな空間から、「ふう……」と額《ひたい》に流れた冷や汗を拭《ぬぐ》った騎士団長が一人、なんとか踵《きびす》を返し部屋を出て行く。

数十秒後にはドッドッドッと馬が地を蹴る地響きが遠くから聞こえてきた。

王都を出られてしまっては、捜索は余計に困難になる。早いうちに部下たちを派遣してくれたのだろう。なんとも迅速《じんそく》な行動だ。この国の騎士たちは優秀なのである。

そしてそんな優秀な騎士たちの目を盗んで、神子様を盗み出せるような男を、王様は一人しか知らなかった。

……ライルである。

間違いない。ライルが意識を取り戻して、手を貸したのだ。

王様は確信を持っていた。

しかし何故。

ダラダラ。真面目な顔をしたまま王様が、指を組んだかっこいいポーズのまま冷や汗を流し始める。

ライルをアキラの護衛に推薦したのは王様だ。

ものすごく親しいというわけではないが、あの男の人となりについては、それなりに知っている。

駆け落ちなんて、無計画なことはまず好まない男のはずだった。

あの二人が良い仲であるという噂は既に王宮中の知るところだが、恋愛で頭がバカになるような男では断じてない。

美しい相貌《そうぼう》と柔らかな物腰の下は、冷淡なほどに聡《そう》明《めい》で現実主義な男である。

王様はそこを買って、大切な神子様の護衛に推薦をしたのだ。

可能性としては、神子様が王宮から逃げ出したがっていて、それをなんだかんだ神子様に甘いライルが叶《かな》えた、というのが一番現実的だが。

「駆け落ちしよう！」と神子様が勢いのままライルに提案したとして、あの男がそれを聞くだろうか？

いいや、聞かない。生まれてこの方温かな室内しか歩いたことのない子猫が雪の降りしきる庭に出たがるのを見る人間のような顔をして、そっと首を横に振るのが関の山である。

何より、アキラだ。王様はアキラと日々一緒に過ごしているわけではないが、時折外国の使節団が持ってきた珍しいお菓子を差し入れに行ったりして何かと顔を出している。

その度、親戚のおじさんが来たような顔をして「あ、王様」と背筋《せすじ》を伸ばしニコッと笑ってくれる彼は、どう考えたって自身の色恋で大勢に心配をかけたりしたがるようなタイプではないのだ。どちらかというと、人に迷惑をかけるのを嫌うタイプである。大騒ぎをされるのも、大騒ぎを起こすのも嫌いなはずだ。

じゃあ何故。

何故、そんな神子様が突然王宮を出て行ってしまわれたのか。

そしてライルは何故それに手を貸したのか。

間違いなく、何か理由があるはずである。

アキーラ様が、突然なんとしても王宮を去りたくなるような由々《ゆゆ》しき理由が。

アキラの居場所も、駆け落ちの理由も分からない王様は頭を抱えていた。

「一体なぜ……」

4　手のひらでコロコロ

「だって俺、九十歳のおじいちゃんとはセックスできないから……」

同じ頃。

顔を覆って俯《うつむ》いたアキラの呟く言葉に、チンピラたちが「え？」と素《す》っ頓狂《とんきょう》な声を出して高速の瞬《まばた》きを繰り返していた。

今神子様なんて言った？　九十歳のおじいちゃんとセックスって言った？？

ひとまず協力を仰《あお》ぐためには事情説明をしなければなるまい。そう思ったアキラは、王宮を逃げ出すことになった理由を粛々《しゅくしゅく》と説明しているのだ。

曰《いわ》く、神子には代々不思議な力があること。

自分の場合はそれが、セックスをすると怪我がたちどころに治る力であること。

「つまりはその力のことが皆にバレたら、俺は不特定多数にセックスを乞われるはめになるんだよね」

怪我をした優秀な騎士なんて、イスリールにはいくらでもいる。

そんな彼らが神子様の奇跡を授《さず》かった上で再び戦場に返り咲けると知れば、アキラの部屋の前は隻腕隻《せきわんせっ》脚《きゃく》眼帯姿の褐色の男女たちが行列を作るのは間違いない。

オタク御用達《ごようたし》の最後尾札《さいこうびふだ》を持つ隻腕のムキムキを思い浮かべたアキラが渋い顔をすれば、チンピラたちがそりゃあそうだと頷いた。

神子様みたいな激マブとあんなことやこんなことをして、怪我から回復できるのならイスリール中の人々がえっさほいさと王都に足を向けるだろう。なんなら俺たちだって足を向ける。噂を聞いた瞬間「さて、と……」と王都の道端に寝っ転がって馬車に足とか轢《ひ》かせてでも足を向ける。

なんて素晴らしい能力なんだろうか。

チンピラたちはついつい天井なんかを見上げながら褐色隻腕美女に「お情けをくださいい神子様……」とベッドで積極的にリードされるアキラの姿を想像し、しきりに瞬きをした。

……アキラも同じ男である。チンピラたちのそんな考えはお見通しだ。

しかし。

アキラがスッ……と目を細めた。

残念ながら、現実はもっと厳しいのだ。

ここがアキラの履修《りしゅう》していたアニメや漫画、はたまたゲームの世界ならば、列を成すのは不思議とセクシー褐色美男美女ばかりだったろうが、世の中そううまくはいかない。

「嫌な人は断って好みの人だけ相手にすれば良いなんてそんなに都合の良い能力じゃないよ。考えてみて。ある日突然『……お爺ちゃんが死んだら私一人ぼっちになっちゃう……』とか言って泣く子供に、階段でつまずいて息も絶《た》え絶《だ》えのお爺ちゃん（九十歳）とか連れてこられてみ？　その時俺はどうしたら良いと思う……？」

アキラの言葉に、脳内で美女とのセックスを妄想《もうそう》し鼻の下を伸ばしていたチンピラたちが「ん？」と眉根を寄せた。伸びていた鼻の下がニュ……と元の位置に戻る。

おや、なんか話の風向きが変わったぞ、という反応だ。

アキラがゆっくりと頷きながら口を開いた。

「その時点で俺は、お爺ちゃんとセックスをするか、お爺ちゃんを孫の前で見殺しにするかの二択を迫られるんだよ」

無理でしょ？　酷すぎるでしょ？　考えるだけで胃がキリキリしてくるでしょ？

「俺は今もう想像で胃が痛い」

アキラの言葉にシパシパ……と瞬きをしたチンピラたちが引《ひ》き攣《つ》った顔を見合わせ、タラ……と冷や汗を流しながら声を合わせて言った。

「「「「そりゃあひでえ話だ……」」」」

本当にひでえ話である。

それまで「え、神子様王宮から逃げ出してきたの？　俺たち神子様のお役には立ちてえけどさ、それに加担したらまた縛首《しばりくび》ルートに入らない？　大丈夫？」と顔を寄せ合い、「どうする？　どうする？」と動揺していた男たちはすっかりアキラに肩入れしていた。

彼らにはお国のこととか神子様の立場のこととかそういった難しい話は分からない。

しかし、年上の方（オブラートに包んだ言い方）と唐突にそういうことをしなくちゃならない状況になる辛《つら》さは、痛いほど分かった。

彼らもギャンブルで勝った日に「よーし、若くてぴちぴちの可愛い女の子におっぱいで顔をぱふぱふしてもらうぞぉー！」とスキップしてお店に行ったら、奥からお母さんと同世代……いや、ちょっと年上くらいのマダムが出てきてひっくり返った経験がある。

彼らはまだチェンジができる。チェンジしてもチェンジしてもマダムが出てきた場合は「すみません」と裸で土下座をして店を出ることもできる。

しかしアキラはそれをすると、セックスを断った相手が死ぬ可能性があるというのだ。

命を人質に不本意なセックスを強《し》いられるかもしれない状況なんて、どんなにオブラートに包んでも地獄としか言いようがない。

そんなの逃げるしかないじゃないか。

「そりゃあない」

「あんまりだ」

「いくらなんでも酷すぎる」

「今までの神子様はそんな苦労をしてたのか……」

ゆっくりと首を横に振りながら、口々にチンピラたちが同情の声を上げた。

そうだろうそうだろう。

あまりに嫌すぎる想像にストレスを感じたらしいアキラが顔を覆ったまま頷いた。

イスリール神も能力を授けるならもうちょっと考えて欲しいものだ。

そりゃあ今までの神子様は逞しいムキムキばかりだったらしいから、自身の能力を不本意に利用されそうになればフン！とその立派な上腕二頭筋で不届きものたちを蹴散らして生きていくことができたのかもしれないけれど、アキラはそうもいかないのだ。

アキラには、不特定多数とセックスなんてしたらストレスで倒れる自信がある。

そして、不特定多数とセックスをしなくても、「助けてください」と頼み込んでくる人々を突っぱねることへの良心の呵責《かしゃく》だけでメンタルを病む自信もある。

だからなんとしてもその辺りの問題を解決しないことには王宮に戻る気にはなれないのだ。

「あの……ところで神子様……」

あまりに過酷すぎる話に、シンと静まり返っていたチンピラたちの中、彼らのリーダー的ポジションである双子兄がそろそろと手を挙げた。

「そんな話俺らにしていいんですか？」

スッ……とチンピラたちの視線がアキラに集まった。

アキラが真面目な顔で頷く。

「そこで相談なのですが」

俺の逃亡に協力してくれませんか。

具体的に言うと、今夜匿《かくま》ってほしい、あとできればさっき言った通り馬車の手配を手伝ってほしい。

もちろんリスクを負ってもらう代わりに、お礼もする。

「俺をうっかり誘拐しかけたことをもう完全に無かったことにするっていうのはどうでしょうか。ライルも完全に忘れるから、今後何かがバレたりすることは絶対にないってことで。ね、ライル」

それまで、ソファーに座るアキラの後ろに立って黙っていたライルが、アキラの顔を見た。

ちなみに今まで彼が黙っていたのは、扉の前で「お願いは俺がやるからね。ライルがやるとお願いがお願い♡じゃなくてお願い（圧）になっちゃうから」と事前にアキラにより頼まれていたせいである。

ライルがゆっくりと瞬きをしつつ視線を上げれば

「え、まじですか……？」という顔をしたチンピラたちが彼に一心に視線を注いでいた。

国の宝である神子様を誘拐し売っぱらいかけた。挙げ句の果てにいざこざの中で怪我をさせた。

その後にアキラが熱を出して寝込んだことも含めれば、王様がアキラの前では決して見せない顔をして、スッ……と親指で首を切ってみせる未来も充分にあるようなしでかしだ。

それを、なかったことにしてくれる。

今までうやむやにしてもらっていただけでもありがたいのに、破格の条件である。

ライルはチンピラたちの期待の視線に軽く眉を寄せ、それからもう一度アキラの顔を見て、「アキラ様がそう仰《おっしゃ》るなら」と静かに呟いた。

ワッ!!とチンピラたちが盛り上がる。

「神子様ありがとう!!」

……ちなみに、まるで渋々条件を呑《の》んだような言い方をしているが、実際のところアキラの話した取引の内容を考えたのはライルである。

ただ、彼らを脅かさないためアキラが話すと主張されたので、それならばチンピラたちが万が一にもアキラを裏切ることがないように、ここでさらにアキラの優しさを強調しておこうと渋る演技をしてみせただけ。

案の定、ライルの返事を聞いたチンピラたちは歓声を上げながら「神子様万歳！　神子様万歳！」と元気な犬のようにアキラの周りをぐるぐる回り始めた。

唯一、ライルの功績を知っているアキラだけが「凄《すご》腕《うで》調教師……？」という顔をして、自分とライルの周りをニコニコワンワン回るチンピラたちと、ライルの顔を見比べている。

アキラに対するチンピラたちの忠誠心は急上昇だ。

元より、ルックスのなんともかわいい神子様に肩入れをしていた男たちである。これで王様たちが何かを嗅《か》ぎつけてここにやってきたとしても、「はえ？　なんのことですか？」「まさかあ！　俺たちみたいな小汚い人間が、神子様のような殿上人《てんじょうびと》と関わりがあるはずないじゃないですかあ!!」と全力でシラを切ってくれること間違いなし。

実際に、チンピラたちはその後、「は！　こうしちゃいられねえ！」とバタバタ二階に上がっていき、この家で一番綺麗《きれい》なベッドをアキラとライルに譲ってくれた。

そんなわけでアキラは脱走一日目から、本当に野宿でも野晒しでもない大きいベッドで、ぐっすり眠って夜を越すことができたのである。

5　神子様ロールプレイ

翌日。

なんともお金のかかっていそうなインテリアでまとめられた部屋の真ん中にちょこんと置かれたソファーに、アキラは座っていた。

右を向けば高そうなゴールドの花瓶がギラリと太陽の光を反射して煌《きら》めき、左を向けば太陽を眩《まぶ》しがるようなポーズを取る美青年の裸像のお尻が目に入る。

……何とも目のやり場に困る室内である。

お金持ちや芸術家の趣味とは、一般人には理解のできないものなのかもしれない。

アキラが美青年の剝き出しの尻に目を細めつつ、紅茶に口をつけていると「そろそろ来ますよ」とソファーの後ろに立っていたライルが身をかがめ囁《ささや》いた。

パチリと瞬きをしたアキラの背筋がピンと伸びる。

膝をくっつけ、ニコッと顔にＲＰＧに出てくる心優しいシスターのような微笑《ほほえ》みを浮かべる。

そうすればほんの三秒で、国民の想像する〝歴代神子の中でも特別力が強いがお体の弱い私たちの神子様〟の出来上がりである。

その様子を背後で見ていたライルが「こうして黙っていると、この人は本当に平民が泣いてありがたがりそうな神子様らしい容姿をしているな」というように眉をあげた。

しかし、それで良い。都合の良いことである。

なんせ、アキラはこれからジャヒーム家当主に馬車を用立ててもらうにあたり、『平民の暮らしを見て回りたいという理由でお忍びの旅に出る神子様』……を演じなくてはならないのだ。

「体が弱いことを皆に知られているので、変に心配をかけないよう内緒で旅に出たいんです。王宮で馬車を用意したのではどこかから情報が漏れてしまうかもしれないから、友人（チンピラ）の親戚であるあなたに協力を頼めないでしょうか。そしてどうか、この旅のことは誰にも言わず黙っていてください」と、それが今回のアキラの細かい設定である。

――うまくいくだろうか。俺、正真正銘ただの男子大学生なんだけど。

そんなことを考えているとガチャ！と扉が開き、ジャヒーム家当主のおじさんが「神子様！　お会いできて光栄でございます！」と腰を低くし手のひらをニギニギとしながら現れた。

アキラがソファーに座って微笑みを浮かべたまま、思わず「お手本のような商人のおじさんが来たな……」と、その揉《も》み手を見つめる。

そしておじさんの愉快な口上……神子様にお会いできて私がどれだけ嬉《うれ》しいか……神子様が来てくださってからというものこの国がどう良くなったか……などなど、アキラを褒《ほ》め称《たた》える長々としたお話に相槌《あいづち》をうつ簡単なお仕事に取り組むこととなった。

ああ、助かった。おしゃべりなタイプのおじさんだった。

初対面の相手がおしゃべりな人というのは、共通の趣味がない相手に対する話の引き出しが「あ……エト、今日なんか寒いですね」「午後から、雨が降るみたいですよ……」しかないアキラからすると大変ありがたいことである。

肝心《かんじん》のお忍び旅についての話は、途中途中、キリの良いところでライルがうまいこと口を挟んでくれているので、アキラはいらないことを言わないよう、時たま美味《おい》しい紅茶に口をつけて、ひたすら神聖な神子様の役割を演じることに励んでいた。

緊張したアキラがしきりに紅茶を飲んでいたせいか、揃いの清潔なワンピースと太い鎖のアンクレットをつけた——恐らく女中さんだろう——女性の一人が、空いたティーカップにトポトポおかわりを注いでくれる。

「ありがとうございます」

王宮の女中さんたちを思い出したアキラが笑顔でお礼を言う。

すると、アキラと目を合わせた彼女の瞳《ひとみ》が、あっけに取られたように見開かれた。

なにを言われたのか分からない、というような態度だった。

思わず彼女の顔を覗き込むような姿勢のまま、アキラも同じようにパチリと瞬きをする。

……あれ、これ、何かしくじっただろうか。

ひょっとしたら女中さん相手に話しかけるのはマナー違反だったんだろうか。王宮の女中さんたちは喜ぶだけで何も言ってなかったけど。

ごめん、ライル、俺たった一言でボロを出したのかもしれない。

眉尻を下げて情けない視線を寄越《よこ》すアキラに、おじさんの話に相槌をうっていたライルがソファーの後ろから身を屈めるようにして距離を縮めた。

そして「大丈夫ですよ」とアキラにだけ聞こえるよう小さく囁きかけてくれる。

ああ、良かった。大丈夫らしい。

後ろを見上げるようにして振り向くアキラがホッと胸を撫《な》で下ろし笑うと、何を思ってか至近距離に近づいたライルの瞳が一見すると分からない程度に優しく細められた。

「いやしかし驚きました。まさか、あの放蕩《ほうとう》息子が神子様のお知り合いとは。ご迷惑をかけておりませんでしょうか。神子様に何か失礼なことをしたりとかは……」

ニコニコとご機嫌に話を続けていたおじさんの問いかけに、アキラがワンテンポ遅れてハッと顔を上げた。

つい意識が逸れていた。危ない危ない。まだ目的は達成されていないのだ、しっかりしなくてはと背筋を伸ばし、おじさんの言葉を反芻《はんすう》する。

放蕩息子、とはあのチンピラのことだろうか。

ご迷惑……。

失礼……。

紅茶をもう一口飲んで、心当たりを探っていたアキラが数度瞬きをして「……少しも」と眉を上げながら首を振った。

おじさんが安心したというようにホッと息を吐《つ》く。

別に嘘はついていない。彼の息子がこの国の神子の平らな胸に触って興奮したり、神子様のイメージプレイをしたいと本人の前で暴露《ばくろ》したという事実は……昨晩を境《さかい》にすっかりなかったことになったのだから。

「ああ、安心いたしました。全くもって困ったやつなんです。ろくな勉強もせずフラフラフラフラ。『こうして国のことを学んでいるんだ』とかなんとか言っていますが、ハサン殿に憧《あこが》れて真似をしているだけなんですよあのバカ息子……」

「ハサン殿、」

聞き覚えのない固有名詞だ。

思わず同じ言葉を繰り返したアキラに「おや、ご存じありませんか」とおじさんが眉を上げる。

「トバリスという都市に屋敷を構えている商家の長男坊ですよ。祖父の代に上質な奴隷《どれい》の売り買いで大成功をして、あの地価の高いトバリスに大豪邸《だいごうてい》を構えているんです」

へえ。

アキラが興味を持ったことに気がついたのだろう。おじさんがにこやかに話を続ける。

「ハサン殿はなんでも美人に目がないらしくて、トバリスにある奴隷店にしょっちゅう出入りしては、掘り出し物の奴隷を買い集めているみたいですよ。それに何とも変わった方でしてね、イスリール神を崇《あが》めているのなら戦場に出て戦いを経験せねばと家を飛び出して戦士をやっていたこともあるとか」

戦場、という言葉にアキラが「……だってさ。知ってる？」とライルに小声で尋ねる。

するとライルが「……まあ、少し」と頷いた。

なんと知り合いだったらしい。まあ、お金持ちの息子で戦場に出入りしている人間なんてそれはもう目立つだろうし、不思議なことでもないのかもしれない。

……それにしても、信心深さと奴隷店にしょっちゅう出入りすることって両立できるんだ。現代日本に生まれたアキラの価値観では、ちょっと理解に苦しむタイプの人種である。アキラが複雑な気持ちで眉を顰《ひそ》めた。

「ああ、失礼。神子様とお会いできた喜びでつい話が逸れてしまいました。馬車の件ですが、もちろんすぐにご用意させていただきますよ。神子様のお手伝いができるというのは一国民としてはもちろん、一商人としても非常に光栄なことです」

待ち望んでいた言葉に、アキラが視線を上げた。

「本来ならば神子様に相応《ふさわ》しい馬車を用意したいところですが、それでは目立ってしまってうちを頼っていただいた意味がありませんからね。街道をいくらでも走っているような、商会の馬車……に見せかけたとびきり座り心地の良い馬車をご用意させていただきます。我々商人は口が堅いので秘密が漏れるようなことはありませんからご安心くださいね」

「ありがとうございます」

ああ、よかった、本当に助かった。いつか何かお礼ができれば良いけど、この後どうなるのか分からない以上、下手な約束ができないのが残念だ。

そんなアキラの内心とは裏腹に、アキラの笑顔を見たおじさんは、商売繁盛のとびきりめでたいお守りをもらったような顔でウンウンと頷いて、「それでは早速ですが、馬車の用意をしてきますので私は失礼致します……どうぞみすぼらしいところですが、屋敷の中を好きに見て回ってください」と言い残し、こうしてはいられないとそそくさ去っていった。

「……みすぼらしいところ」

みすぼらしいとは……。

アキラがパチリと瞬きをし、部屋を見回した。

——それから数時間後。

騎士たちが跨《またが》った馬が切迫した様子で駆け、平民たちが「何かあったんだろうか?」と振り返る、いつもより少し慌《あわ》ただしい王都のメインストリートを、一台の馬車がパカパカと走っていた。

商会のマークがついたその馬車は、徒歩や馬に乗って移動する人々と乗り合い馬車を呼び止めては一人一人チェックをする騎士たちの真横をすり抜け、大胆不敵にも王都の正門を潜《くぐ》り抜けていく。

まさかその馬車の中に神子様が座っているとは誰も考えなかったに違いない。無理もないことだ。まさか、王宮に籠《こも》りきりだった神子様が商会にツテがあるなんて想像もできないだろう。

その上すでに、水も食料も資金も万全なのだ。

これが、王宮脱出後からほんの十二、三時間の仕事だというのだから、ちょっと行動が早すぎる。

そりゃあ、王様たちもアキラを見つけられないわけだ。

馬車が門を抜け、街道を進む。だんだんと王都の街の喧騒が遠くなる。

そうしてしばらく経《た》った後、優秀な騎士たちを余裕綽々《しゃくしゃく》欺《あざむ》いてみせた男が、御者《ぎょしゃ》らしく砂塵《さじん》を防ぐために巻いたショールの隙間からチラリとコバルトブルーの視線をよこし、しんと静まった馬車の中へ声をかけた。

「アキラ様、もう顔を出しても大丈夫ですよ」

そうすればたった今盗み出されたばかりの国のお宝がひょこりと顔を出して「やった、流石ライル」とニコニコ笑う。

こうしてアキラはまんまと、王都脱出に成功したのである。

6　食物連鎖ピラミッド最底辺からお送りさせていただいております

　さて、人目を忍ぶ逃亡の旅といえば、馬に鞭《むち》打ち、車輪が外れそうなほどのスピードで道なき道を進む……というようなものを想像しがちだ。実際アキラは王宮を出た当初、そういう旅を想像していたのだが。

「旅や冒険というよりはバカンス」というライルの言葉通り、アキラの乗った馬車はなんとも優雅な速度で黄金色の砂の上を進んでいた。

　そもそも馬車を引くのは馬ではなく、柔らかな砂色をした巨大なラクダである。

　背中にはたっぷりとしたラグのような布が敷かれており、その上に悠々《ゆうゆう》と跨ったライルが手綱《たづな》を握っているのだ。

　アキラはそんな馬車の中でラフにあぐらをかき、

「なにこのチルな旅……」と言いながら自身を囲む天幕をぼんやり見上げていた。

　馬車に壁はない。

　これはイスリールで旅をするとなると、大半は暑い砂漠地帯を行くことになるためらしい。

　代わりに天井から天幕が垂れて、日差しを防ぎながら爽《さわ》やかな風を中に通してくれている。

　ふわふわと布が風に揺《ゆ》れるたび、アキラの顔にかかる影もふわふわ揺れる。

　天幕の隙間から見える、時折すれ違う馬車たちも色とりどりの天幕を風に揺らしていた。砂色の街道の上で色鮮やかな馬車たちがよく目立っている。

　アキラはなんとなしに天幕へ手を伸ばした。

　きっと日差しをしっかり防ぐ上等な布を用意してくれたのだろう。白にゴールドの糸を混ぜ込んだような美しい色をしたそれは柔らかいがハリのあるしっかりとした手触りをしていた。

そんな天幕の内部はカラフルなクッションやブランケットがたっぷりと敷き詰められており、まるで小さな部屋ごと移動しているような座り心地だ。

「どうしよう、なんかワクワクしてきた」

ひょこり。天幕から顔だけ出したアキラが言った。

なんせラクダが引く馬車なんてものに乗るのも、そもそも砂漠なんてものを実際に見るのもこれが初めてなのだ。

液晶越しに見て知った気になっていたけど、どこまでもどこまでも続く砂の世界に「やば……」と呟く。

これからこんな砂漠を旅するのかと思うと、少年心がぴょんぴょん跳ねるような心地がした。

ライルはバカンスと言っていたが、ラクダに乗って砂漠を渡るというのは、アキラからすれば立派な冒険である。

「俺もそっちに乗った方が早く進めていいんじゃないの?」

ドキドキワクワクしたアキラが調子に乗って声をかければ、ライルがラクダの上で振り返った。

褐色の美しい顔に巻かれたマットゴールドともベージュともつかないショールが風にたなびき、その隙間から鮮やかなコバルトブルーの瞳が覗く。

絵になりすぎるライルの姿に、目の眩《くら》んだアキラが顔を引き目を瞬かせた。

うわ。びっくりした。ハリウッド映画の一場面かと思った。

「アキラ様が乗りたいと言うなら止めませんが。砂漠を歩く生き物の頭蓋骨《ずがいこつ》目掛けて滑空《かっくう》してくる鳥がいますけど、大丈夫ですか」

アキラがフラッシュライトを当てられた狸《たぬき》か何かみたいな顔をしてライルの顔を見ていれば、肩越しに振り返る美男子がすんなりとそんなことを言うのだ。

それはまるで、「この辺蚊《か》が多いけど大丈夫ですか」というような口調だった。

半ば夢でも見ているように呆然としていたアキラが、シパと我に返る瞬きをする。

「ん、ごめん、なんて?？」

そして、耳の悪いお爺ちゃんのように眉を寄せ尋ねた。

なんか今、この映画の一場面みたいな綺麗な光景にあまりに不釣り合いな言葉が聞こえてきた気がするのだが、気のせいだろうか。

人間の頭蓋骨目掛けて滑空してくる鳥って言った?

「……ハハ、まさか。ライルったら。そんな生き物存在したらみんな死んじゃうじゃん」

「そうですね。昔は大勢死んでいたらしいです」

「死ん、……え?」

「今は対策をしてるので年に数十人くらい油断したのがパカンといかれる程度になりました。アキラ様に寄ってきたのは俺が対処しますけど、驚かずにじっとしていられますか?」

「パ、」

パカン……?

アキラが「パ」の形に口を開けたまま固まった。

そのパカンとは何を表現したオノマトペだろうか。

目を丸くしたアキラの脳内でパカンと爽やかにスイカが割れる。

「パカン……?」

アキラが言葉の意味を飲み込むのに努力と時間を要していると、ふと馬車の近くに黒い影がかかる。

それを見遣《みや》ったライルが「タイミングが良いな」となんてことない声で呟いた。

だんだんと聞こえてきた妙な物音にアキラが瞳を空に向ける。

空気を切り裂くようなヒュ――――という高い音が、こちらに近づいてくるのだ。

なんだろうかこれは。風切り音?

アキラは眩しい太陽に目を細めながら、その音の正体を目で捉えた。

鳥だ。鷲《わし》くらいのサイズ感の鳥がこちらに向かって滑空してきている。

「……え」

アキラがそんな声を出した瞬間。

ライルが腰の後ろに帯刀していた曲剣をスラリと逆手に振り抜いた。

くるりと手首で返すように宙に向かって華麗に振られた剣の残像がかろうじて見えたかと思うと、ザク……なんていう重たい音と共にギャア!!と耳にうるさい悲鳴が上がる。

黒と赤の、なんとも物騒な色をした羽根が舞った。

「ワ……」

「イスリールで鳥を傷つけることは基本的に嫌われているんですが、こいつらだけはちょっと人間を殺しすぎているので正当防衛が許可されてます。これのできない人間が馬車なしで砂漠を出歩くのは、余程《よほど》金が無い時か脳脊髄液《のうせきずいえき》を吸われて死にたい時かのどちらかですね」

「脳脊髄液を……」

ポタポタと僅《わず》かに滴《したた》る血を砂漠の砂へ払ってシャンと曲剣をしまったライルを、アキラが神妙な顔で見つめた。そしてもう一度頭上……つまりは晴れ渡った空の方へとチロ……と目線をやり。そこには数羽、同じようなシルエットの鳥が獲物《えもの》を見定めるように飛んでいるのを確認すると、覗かせていた顔を無言のままスッ……と天幕の中におとなしく収納した。

何故ってライルの言わんとしていることが、理解できたからである。つまりは、「浮かれている今の状態で外に出てくると危ないから、落ち着くまで中で大人しくしていろ」と言われたのである。そしてアキラも先ほどの鳥を見て、とてもじゃないが無防備に天幕の外に出る気にはなれなかった。そういえば自分がこの国じゃ食物連鎖ピラミッドの頂点に君臨《くんりん》する人間ではなく、その辺のお爺ちゃんよりも弱い子ネズミであったことを思い出したのだ。

実際に、天幕の隙間からはのほほんとした顔のお爺ちゃんが、ロバの手綱を引いてノタ……ノタ……と歩くのが見えた。

例えるのなら、ナマケモノのような顔をした背中の丸まったお爺ちゃんだ。

目が線のように細くてにっこりと垂れている。

しかし馬車に乗っていない。

つまりあのお爺ちゃんは、あの冗談みたいに物騒な鳥に対応できるということである。

馬車の横をすれ違っていったお爺ちゃんを見つめるアキラが、汗を拭うお爺ちゃんの袖口からのぞいたバッキバキでキレッキレの腕を見て、「適者生存……」と小さな声で呟いた。

長い間イスリールにいたせいでそれなりにこの国に馴染《なじ》んできたような気分になっていたが、どうやら気のせいだったようだ。そもそもこのムキムキばかりの国は、アキラみたいな人間が一人で呑気《のんき》に生きていけるようにはできていないのである。

……というか、あんな生物がいるなんて聞いてない。

召喚後、いきなりこの国のどこかに放り出されて強制チュートリアルが始まるのが通例の歴代神子様とは違い、今までずっと王宮の中に籠りきりでいたアキラは致命的に世間知らずだったのだ。

——商人のおじさんには「この国の暮らしを見てまわりたい」なんて嘘をついたけど、案外本当にイスリールのことを知る良い機会なのかも……。まあ、この国のことを少し知ったところで、歴代神子様みたいに腕力も何もない俺には多分何もできないんだろうけども……。なんせ俺はこの国じゃ子ネズミだし……。

アキラは念のため頭にクッションを乗せつつ、そっ……と天幕の隙間を閉めた。

7　神子様失踪事件を追え・その2

王宮は一応の平穏《へいおん》……見かけだけの平穏を取り戻しつつあった。もちろん皆の頭は大事な大事な神子様のことでいっぱいである。

しかし、ここは国の中心。仕事などいくらでも舞い込んできて、やることなどあっという間に山積みになる。

だから皆、神子様の捜索を国王に任せ、各々の仕事になんとかかんとか戻っているところだった。

騎士たちは「神子様……」と思いながら王宮の安全を守り、女中たちは「神子様……」と思いながら洗濯をする。そして中庭では女中頭が「神子様……」と思いながらぐっしょりと涙で濡れた王様の枕をジョボボボ……と絞り。訓練場では失踪中の二人と仲の良いアレクが「アキーラ様……先輩……ヒン……」と目をバッテンにしながら、真面目に夕方の剣の鍛錬《たんれん》に励んでいたのだ。

そんな時である。「ほら、そこにいる男前がアレクだよ。アレク！　お前宛の手紙だ！」という知人の声と共に、随分と毛艶《けづや》の良い鳩《はと》が飛んできて、アレクの肩に止まったのは。

アレクは汗で濡れた額を逞しい腕でぬぐって、勝手に自分の肩を止まり木にしたムチムチの鳩へと何の気無しに視線をやった。

巨大な鳩がクルルと鳴いて、胸を張る。白い羽に黒のマダラ模様。これはイスリールで最もよく見る鳥の一つである。最近餌《えさ》をやった人の匂いを覚えていて、一つの街とその人の元を往復する特性から伝書鳩として親しまれている鳥だ。

随分と毛艶が良いことから手紙の差出人に随分と沢山食事をもらったんだろう。

大切に扱われているイスリールの鳥の態度がでかいのはいつものことだが、アレクの肩に止まったその鳩は国家の今後を左右する重要任務に取り組んでいるような偉そうな顔をしていた。

その足には王宮の住所とアレクの名前が書かれた手紙がくくりつけられている。きっと母上だろうと剣を鞘《さや》にしまいながらアレクは思った。彼は良家で大事に大事に育てられたピカピカのお坊《ぼっ》ちゃんなので、時たま彼を心配した母からこうして手紙が届くのだ。

その内容を要約するのなら、ご飯はちゃんと食べていますか、夜は夜更かしせずによく寝ていますか、部屋は散らかしていませんか、先輩や同僚とは仲良くできていますか、エトセトラエトセトラ。

つまりは世界中の我が子を心配する良き母の手紙である。それを見たアキラにフム、と一度頷かれ「すごく良いお母さんだけど、彼女に見られるとマザコン疑惑をかけられて結婚をやや渋られるやつだね」と、可愛らしい顔に見合わぬなんとも現実的な感想を述べられたことのある、長い長い手紙だ。

大丈夫です、母上。ご飯も食べてますし、夜はよく眠っていますし、部屋は……ちょっと散らかっているけども、まあなんとかなっていますし、先輩とも同僚とも仲良くやっています。

……まあその先輩の中でも一際尊敬している人が神子様と共に失踪してしまったという大問題が起きてはいるのだが、内々に伏せられていることなのでそれを母に知らせるわけにはいかない。

アレクが内心で母に返事をしつつ、ムチムチの鳩から「ありがとう」と丁寧に手紙を受け取る。

そして麻縄で縛られた紙をくるくると広げて、「今回はやけに短いなあ。どれどれ」と手紙の内容を読み始めた。

それからアレクは手紙の本文を一行二行三行ツラッラ読み進め、「ん?」と首を傾げ、差出人を確認し、二度見三度見、目を擦《こす》り、口を覆って「え???」と声を出し。

それからその場でツルツルツル!と数歩、ルームランナーの上で走るように足を滑らせた後、大慌てで、王宮の中へと走り込んだのである。

「へ、陛下《へいか》〜〜!!　大変です!!」

——アキーラ様から、アキーラ様から手紙が!!!


『アレクへ。

元気ですか。

突然いなくなってびっくりさせてごめんなさい。王宮を勝手に出ていったのは事情があってのことなのだけど、やっぱり皆に心配をかけてるだろうなと申し訳なく思っています。

王様は大丈夫ですか。大泣きしながら首とか吊《つ》ろうとしていませんか。……今のは冗談で書いたのだけど、文字にしてみるとなんだかすごく想像できたので不安になってきました。もしかしていたらなんとか止めてあげてください。

あと、俺は元気で怪我も一つもないって伝えてください。

初めの二、三日は王宮のベッドが恋しかったけど、一応なんとかやれています。

もちろん、こんな呑気なことを言ってられるのはライルがいてくれるおかげだけど。……もうお察しのことだと思いますが、ライルは目を覚ましてます。訳あって超元気です。どのくらい元気かというと今はコモドドラゴンみたいなでっかいトカゲを退治しに馬車を出て行ったくらいには元気です。

初めてあの大きな一軒家みたいなサイズのコモドドラゴンが砂の中からザパ！と出て来るのを見た時は、一瞬人生の終わりを覚悟したものですが、ライルが毎回「うわ、ダル……」みたいな顔をして、ため息をついて首とか軽く回しながら出ていく姿を見ているうちにあまり怖くなくなってしまいました。

あれってそんなお風呂場のカビとか、トイレの黒ずみとかを掃除するようなテンションで相手するようなものなんでしょうか。案外見掛け倒しなんでしょうか。この世界の生き物は大抵《たいてい》俺の知っているものより大きいから、あいつもただちょっと大きくなりすぎたトカゲくらいのテンション感で存在している動物なのでしょうか。

話が逸れたな。とにかく、俺もライルも無事なので王様に早まらないよう言っておいてくれると嬉しいです……』

「それじゃあ、長くなったけど、怪我に気をつけてね。アキラ」

ここは会議室だ。

長机の一番奥にある国王の座る椅子の向かいにアレクは立って、アキラの手紙を読んでいた。

本文の全てを読み終えたアレクは「以上です」という尻すぼみになった声と共に、顔の前に掲げていた手紙を下ろし、室内の様子をチラ……と見まわして「あわわ」と声を出した。

アキラの手紙に書かれていた通り、椅子の上に立ち上がった王様がおよよと泣きながら天井から吊るしたロープに今にも首をかけようとしていたのだ。

その足元には教会の爺様方が「お早まりになられま

すな！　お早まりになられますな！」とワラワラ集まり、国王の服の裾や袖に取り縋《すが》っている。

爺様方だけでは分《ぶ》が悪かったらしい。いよいよ王様がロープを首に引っ掛けてジタバタ暴れ始めたので、アレクは手紙を持ったまま大慌てで、王様を引き留める爺様方の輪の中に加わることになった。


「検問をどうやって潜り抜けたというのだ。ライルなのか……ライルなのだろうな……クソ、ライルめ……」

ズリズリと椅子に引《ひ》き摺《ず》り下ろされた王様が顔を覆って呟く。

その様子に、みんなが顔を見合わせた。

王の威厳も何もない姿だが仕方がない。初めの一週間は王様もなんとか厳しい顔を保っていたのだ。しかし二週間目に入るともうだめだった。今までずっとアキラの捜索をしていたのに、なんの手掛かりも得られなかったのだ。


秘密裏に捜索をしなければならないのが悪かったのだろう。

大々的に騎士を派遣したり、人々にアキラを探すよう呼びかけたりすることができない。そんなことをしては国民を混乱させてしまうと思ってのことだった。

待望の神子様、それも体の弱いことで知られている神子様が行方不明になったなんて知られたら、どうなるか分かったものじゃない。

しかしそろそろ、王都のあちこちを騎士たちがこそこそ見て回っているせいで、勘の良い人たちには気づかれそうな頃である。

ライルがついているなら大丈夫だろうが、イスリールはお世辞にも治安が良いとは言えない国なのだ。みんなアキラの安全が心配で仕方がない。

王様は焦《あせ》っていた。

「ピンピンしておるではないか……ほんの二週間前まで昏睡《こんすい》していた男が砂漠トカゲを瞬殺できるなんて、あやつ、化け物か……」

アレクは思わず神妙な顔でこくりと頷く。

騎士として働いているアレクも砂漠トカゲのことはよく知っている。別名〝砂漠のドラゴン〟。イスリールで最も多く旅人を殺している、要するにとんでもなくおっかない生き物である。

普段は砂の中を泳ぐように移動しているが、腹が減ると街道を歩く動物（人間含む）の足音を聞きつけてやってきては、海水ごとプランクトンを食べる鯨《くじら》のように砂の中から大口を開けて飛び出してくるのだ。

そんなおっかない生物を準備運動くらいのテンションで退治してしまえるのなら、間違いなくすっかり本調子に戻っているのだろう。

――ああ、良かった。いや、良くないのか。いやでも良かった。

アレクは尊敬する先輩が元通り……とはいかずとも、剣を振るえているらしいことに安心しながら、ひとまずこの手紙を王様に提出しよう、アキーラ様からの手紙、一応俺宛だけど、調査が終わった後は返してもらえるかな……なんてことを考えつつ手元の手紙にもう一度視線を落とした。

「……ん？？」

そして思わずそんな声を出す。

「どうしたんだ、アレク」

そのまま固まっていると、テーブルにうつ伏せにつぶれていた王様が、顔をこちらにパタ……と倒して泣き腫《は》らした顔で尋ねてきた。

爺様方もこちらを振り返る。

国のお偉いさん方からの視線を一身に浴びたアレクが、眉を寄せ瞬きを繰り返しながら「あの、そのですね」と彼らしくない小さな声で呟いた。何かとても不可解なものを見たような顔をしている。

「今気がついたんですが、この手紙の文字」

「手紙の文字がどうした」

「先ぱ……ライルの文字によく似ているな、と」

だから何だと訝《いぶか》しげに首を傾げた王様が、「ん？」と先ほどのアレクと同じような、何かものすごく不可解なことに気がついた声を出して手紙を覗き込んだ。

「……間違いないのか」

「間違いないです」

「ライルは右利きじゃなかったか」

「右利きです」

「右は動かなくなったんじゃなかったか」

「動かなくなったはずです」

え、つまりどういうことだ？

王様とアレクが顔を合わせる。

間違いない。確かにライルの右鎖骨を深々と斬りつけた記憶のあるアレクは、訳が分からず動揺をしていた。

王様もパチ……と瞬きをしたまま動きを止めている。

そんな時、ペラ……と手紙の裏から小さなメモ用紙が出てきて机の上に落ちた。二人の視線が同時にそのメモ用紙へ向かう。それは、アキラからの手紙の続きであった。

『p．s．本題を書き忘れた。王宮を出たのは神子の能力のせいです。なんだこの能力。絶対使いたくないので帰りません』

「神子の能力？」

「神子の能力」

王様とアレクが全く同じ言葉を呟く。全く同じ言葉であるが、含められた感情が真逆であることは二人の表情を見れば一目瞭然であった。

まずはアレク。彼はアキラの言葉の意味がちっともピンときていない。神子の能力？　そういえば、神子様には不思議な力があると言われているんだっけ……？　そんな能力の何にアキーラ様は怒っているんだ？という顔をしている。

対して王様。こちらは「あ……」という、まるでこの状況全ての答え合わせをしたような顔をしていた。

「陛下？」

アレクの声にハッと我に返った王様が首に絡まったままだったロープをちぎり取り、「今すぐこの字が誰の手で書かれたものか鑑定に回せ」と声を上げた。

「それから宝物庫にある、今までの神子様のお力を記録した巻物を持ってきてくれ」

そんな王様の言葉に、はてとみんなが顔を見合わせる。

「イスリール神よ、一体どの能力をアキーラ様にお授けになられたと言うんだ……まさか……いやいや、そんな……」

何か心当たりがあるらしい王様が、日の沈む赤い空を飛ぶ一羽の鷲を見たまま、青い顔で独り言を言った。

8 旅先での一日

「アキラ様、明日も早いのでもう寝ますよ」

「おっけー」

夕日が沈んだ空にチカチカと輝き始める星を眺めていたアキラは、天幕を下ろし馬車の中へと顔を引っ込めた。

太陽が辺りを安全に照らしている間だけパカパカと砂漠を進むマイペースな馬車旅は、今の所わりかし順調に進んでいる。

頭上からの襲撃《しゅうげき》を恐れたアキラが数日天幕から出てこなかったことを除けば、なんの問題も起きていない。

まだ王都を出たばかりなので不便はないし、街道もしっかりと整備されていてラクダが進むのに困るようなこともない。

夜は寒いが、こうして馬車の中でたっぷりのブランケットに二人でくるまって眠ればさして問題もなかった。

「俺は見張りがてら外で寝るので」

ライルは初めそう言っていたのだが、一人で寝かせられたアキラがしきりにくしゃみをしていたせいで、今では仕方なさそうに一緒に寝てくれている。

「ライルがもっと引っ付いてくれないと寒いかもしれない。へくしっ！」

「嘘ですよね、そのくしゃみ。アキラ様、本当は案外男らしいくしゃみするの知ってますよ」

「なにを言ってるんだか」

俺は生まれつき可愛いくしゃみしかしませんけど。あーさむさむ。

アキラがそう言って、太々《ふてぶて》しい猫のようにモゾモゾと近寄り胸板にピッタリくっつけば、ライルはいつもため息をつきつつそれを受け入れ、ブランケットを掛け直してくれる。

そして今度は演技ではなく、ブルッとバレないように身を震わせるアキラを、無言のまま抱き寄せてくれるのだ。

だからアキラは筋肉が多いせいか体温が高いライルの肌に頬《ほお》を寄せて、ふう、と安心して息を吐くことができた。そして褐色の肌からする彼の匂いに包まれ、トクトクと一定の間隔で鳴る心臓の音に目を閉じていれば、あっという間に眠気に襲われるのである。

そんな呑気なアキラの様子に、ライルは毎度文句言いたげな眼差《まなざ》しを落としている。しかし結局観念して、顎の下あたりにあるふわふわしたアキラのつむじに鼻先を埋《うず》め眠る。

大きな手のひらがアキラの丸い後頭部をおざなりに撫でる仕草はまるっきり、わがままな猫に飼い主がやる仕草と同じだった。

わがままだがそれが可愛いと思っている相手にやるそれである。

おかげさまで、アキラは毎日朝まで熟睡《じゅくすい》だ。

枕が変わると眠れなくなるので、毎度毎度スーツケースの隙間と睨《にら》めっこをして、「……この年で枕を持って旅行に行くのはどうなんだろうか。流石に神経質すぎて草、ああいう男とは結婚したくない、洗濯物の畳《たた》み方でモラハラしてきそう、とか女子に陰口叩かれてしまうんだろうか」とオタクらしい謎の空想力を働かせて無駄に悩んでいた大学生時代はどこへやら。

風の音にもラクダがプルルと鼻を鳴らす音にも、なんだかよく分からない生き物の鳴き声にも、アキラは安眠を邪魔されることなくプウプウ呑気に眠っている。

なんたってライルの腕の中なのだ。ポカポカと温かくて良い匂いのする一番強くてかっこいい好きな人の腕の中。ここより安全な場所もここより居心地の良い場所もないことをアキラはよく知っていた。

そして日々の快眠のおかげか、旅に出てしばらく経った後も、アキラは少しも体調を崩していない。

いつも朝日がのぼればパチリと目が覚める。

アキラの体をぬいぐるみのように腕と足の中に抱えたまま暖《だん》をとっているライルのおかげで身動きはほとんど取れないが、その寝顔を眺めて朝の数分を過ごすのがここのところの日課だ。

外で妙な物音がすればあっという間に目を覚まして枕元に置きっぱなしの剣を手に取るくせして、ライルはやっぱりどうにもこうにも寝起きが悪い。

天幕ごしに馬車の中を照らす柔らかな朝日にライルの黒髪がツヤツヤふわふわ煌めき、長い睫毛も光を放っている。

アキラは、そんな美しいライルの寝顔を見上げ、完全に気を抜いた寝顔までこの完成度、恐るべし、俺は多分ほっぺた潰してよだれとか垂らしてんのに……なんて思いつつ、「ライル」と彼に小さく声をかけるのだ。

寝起きの悪い彼の目覚まし係。それがこの二週間かそこらの二人旅の中で、アキラの仕事になったことの一つである。

「ライル、朝だよ」

まずは顔の目の前にある胸板をペシペシと優しく叩いてみる。

もちろんこれじゃ起きない。

「ライル～、……だめだ。皮下脂肪が少なすぎてつねるところがない」

今度は彼の脇腹をむぎむぎつねってみる。彫刻のような完璧な肉体をしたライルの褐色の肌は、その見事な筋肉にぴったりと張り付いており、つねるところがほとんどない。本当はあのやたらと形の良い鼻を摘んでやりたいのだが、残念ながらライルに抱きしめられているせいで腕が上がらずそれもできないし。なのでこれもいまいち効果のないまま終わる。

「……」

最後は自分の頭を右に左に動かしてみる。そうするとアキラの髪に顎先を埋めるようにして寝ているライルの鼻を、ふわふわとした毛先がこしょこしょくすぐって。

「……はっくしゅん！」

彼が起きるのだ。

「やっと起きた。……起きた？」

「……おきた、」

「……いや、これまだ寝ようとしてるな。おいこら起きろ」

「はっくしゅん!!」

こうして朝は始まる。

目を覚まさせるまでは大変だが、目を覚ましてからはライルは大変頼りになる。

それはこれまでと変わらない。

あの人間を絶対殺す生態をした鳥もライルがあっという間に退治をしてくれるので、アキラも少しずつ馬車の外に出られるようになった。

まあ、毎度毎度無駄にキレの良い、ＦＰＳゲームでヘッドショットを狙ってくる敵を警戒するような動きで、馬車の陰からラクダの腹の下を経由《けいゆ》し、ライルの腕の中に潜《もぐ》り込むのだが。そんなアキラをライルが呆《あき》れた目で見下ろし「……そんなに怖がるものじゃありませんよ」と言葉をかける日々である。


アキラが首を横に振ることで安全地帯から出ることを拒否するので、ライルは「クソ、脅かしすぎたか。動きづら……」とボヤキつつそれを受け入れるはめになっている。


その辺の細かいことを除けば、旅は至って順調だ。

景色も何も変わらない。砂色の景色が向こうまでずっと続いている。

ライルを起こしたあとのアキラは基本的に馬車の上で、ただザクザクとラクダが砂を踏む音が響き、天幕がパタパタユラユラ風に揺れる中、持ってきた本を大人しく読んで過ごしている。

王宮でも読んでいた冒険録だ。二度も三度も同じ本を読んで面白いのかと聞かれるかもしれないが、これが面白い。王宮でこれを読んでいた頃は、「はは、嘘ばっかり」と笑っていた奇想天外な生き物たちが、この世界には本当に実在することをアキラはすでに知っている。よくよく読み返せばあの生き物を絶対殺す生態の鳥も登場していた。

なので同じ内容を読んでいても、王宮で読んでいた頃よりかなり臨場感《りんじょうかん》を持って楽しむことができるのだ。

実際に本に出てきた、巨大なトカゲがザパッ……と砂の下から出てきたりもするし。

初めはアキラも「うっわ！」と叫んで動揺していたものだが、あんまり頻繁《ひんぱん》に遭遇《そうぐう》するものだから今では「これが4DX……」とバカなことを言いながらライルのド派手な戦闘音をBGMに大人しく馬車の中で本を読んで待つことができるようになった。こういう時に下手に「ライル大丈夫!?」と心配して外に出ては、却《かえ》って足手纏いになるのはアニメなどのお決まりなので、いらないことはすまいとアキラは心に決めているのだ。見に行ったところで、戦力になるわけでもないし。小石を投げるくらいしかできないし。

なのでアキラはガタンガタン揺れる馬車の中でロデオマシーンに乗っているみたいに黙って体を跳ねさせている。

そして外が静かになってきたあたりで、ようやく天幕から顔を覗かせるのだ。

「終わった？？」

そうすれば、剣についた脂《あぶら》を迷惑そうに見ていたライルが振り返り余裕綽々頷くのである。

「終わりました」

シャン、と剣を鞘にしまう美しい顔に返り血がついている以外は、戦闘前と戦闘後で特に変わった様子もない。ちょっと家の周りを一周ジョギングしてきました、というくらいの立ち姿をしている。まあ、その目の前には一軒家ほどのサイズの巨大なトカゲが倒れているのだが。

なんとも頼りになる男である。


あとはラクダに乗って一日中馬車を先導してくれるライルの前に座り、むりやり水や食事を取らせることもある。

ライルは放っておくと、一日ちょっとの食事だけですまし顔のまま働き通してしまおうとするのだ。

初めの数日、アキラがまだこの一日中続く馬車旅にくたくたになっていた頃は、気が付かなかったのだが。

ある日、夕飯を作ってくれたライルが、向かいに腰掛けナイフの手入れなんかをしている様子を見て「ん？待って？？　ライルご飯食べてる？？」と違和感に首を捻《ひね》ったのである。

ライルはシラッとした顔をして、「食べてますよ」と頷いていた。

「え、何を？」

「干し肉」

「……なんて？？」

なんでも話を聞くに、こんなヌルい……じゃなかった、穏《おだ》やかな、それも短期間の旅くらいなら別に干し肉とパンとドライフルーツと水さえ定期的に摂取していれば、問題なく動けるから、というのがライルの主張らしい。新鮮な食料をたくさん買うと、荷物が重くなって嵩張《かさば》るからまともな料理はアキラの分だけで良い、と。

バカなのか、とアキラは思いながら自分の口に運ぼうとしていたスプーンをライルの口に問答無用で突っ込んだ。

「恋人が干し肉を食べている横ではちゃめちゃにうまい手作り料理を食べる趣味は俺にはないです。おら、大人しく食べろ」

それ以来、ライルはアキラに新鮮な果物などを無抵抗で唇に詰め込まれている。

ライルの形の良い唇に果物を押し付けると、ライルはラクダの手綱を握って正面を見たまま、もぐもぐと薄い頬を膨らませて素直に咀嚼《そしゃく》をしてくれるのだ。

彼が大丈夫だと言うのだから、本当に今までその食生活で大丈夫だったのだろう。しかし今はどうやらアキラの気持ちを汲《く》んでくれているらしい。

あとは水飲み場での休憩中、行商人から物を買ったり、倒したトカゲの素材なんかを売ったりするのもアキラの担当だ。

これはなかなか良い仕事をしていて、行商人のおじさんにちょっぴり愛想を振りまいて、値段をまけてもらうコツもすっかり摑《つか》んでいる。

別になんてことはない。あれやこれやとおじさんが出してくる見たことのない食べ物や商品に目を輝かせて「おお！」だとか「なにこれ！」とかリアクションをするだけ。つまりはありのままの反応をしているだけである。

アキラはただイスリールの目新しい商品を楽しんでいるだけなのだが、美人が一生懸命自分の話を聞いてくれることに気をよくしたおじさんが「なんだいお嬢ちゃんは外国の出身かい。よし、まけてやろう。イスリールを楽しんでいってくれ」と値段をまけてくれるのだ。

自分が神子だとは知らないイスリールの人たちとこうして自由に話をするというのは新鮮な心地がして楽しい。ライルと王都を歩いた時は、王宮にほど近く、神子のうわさがかなり具体的に流れていたこともあって、神子だとバレないようにアキラなりに気を遣っていたし。


とにかく二人の旅路《たびじ》は順調である。

アキラは自分を待ってくれているライルに小走りに近づき、ひょいと馬車に乗り込んだ。

なんでも、そろそろ目的地に着くらしい。

「そろそろ手紙も王宮に着いた頃かな」

王様、お願いを聞いてくれると良いんだけど。

そんなアキラの言葉に、ライルがうんざりしたようなため息をつき「本当に」と頷いた。

9　神子様失踪事件を追え・その3

本当に、うまくいってくれたら話は簡単に済んだのだが。

アキラから届いたたった一通の手紙により今現在、会議室の人々の反応はまっ二つに分かれていた。

机に両肘をつきそっと項垂《うなだ》れる王様と、肩を落とすアレク。対照的に女子高生のようにキャアキャアと手を叩き合い頬を上気させる平均年齢八十歳を超える爺様方……の二つである。

何故こんなことになったかというと、ついにアキラが王宮を脱走した理由が判明したからだ。

手紙にも書かれている通り、原因は神子の力である。いつのまにかアキラは、神子の力を発現していたのだ。

とはいえ、神子の力にも色々ある。王様たちは手紙が届いてからしばらく、宝物庫から持ってきた古めかしい巻物……歴代神子がイスリール神から授かった能力一覧と睨めっこをしていた。

キスをした相手が幸運を授かる能力。

素肌と素肌を合わせると心の内が読める能力。

ずらりと並ぶのはミステリアスで魅惑的、それでいて強力な能力ばかりである。

その中に一つ、今の状況としっくりと合う能力が発見された。

「……体液の直接交換により治癒《ちゆ》をもたらす能力」

タラリ。冷や汗を流しながら呟いたそんな王様の声により、シンと静まり返った会議室内の空気はくっきり二分されることになった。

最初にも言った通り、教会の爺様方はワッと声を上げて喜んだ。

それは単純な理由で、我らが神子様の能力がとびきり強力なものだと分かったからである。

さすが我らが神子様！　やはりとても強い祝福の力をお持ちなのだ！

そう喜ぶ爺様方に他意《たい》はない。彼らは歳《とし》をとっていて、信心深く、何よりアキラの人となりを詳しく知らない。神聖な力を神子様が負担に思っているなんていまいち想像がつかなかったのだ。

だから単純に、素晴らしい神子様に相応しい強力な力を授かったことを喜んでいた。

そして、一方王様とアレク……つまりアキラの人となりを知っている二人は、そっと目を閉じて額を手で覆うことになった。

二人とも、あ、これはダメだ……という絶望の表情をしている。

何がダメってアキラと授かった能力の相性がダメである。神よ、何故よりにもよってこれをお選びになられたのですか、と天を仰がずにはいられない。

キスや素肌を合わせる。そんな条件の能力だったのなら、あの人の良い神子様はきっとやや悩むような顔をした後「キスって俺の唇を消毒してから相手のおでこにするようなキスでも良い？」「素肌を合わせるって手を繋ぐとかでも良いんでしょ？　相手が怖い人とかじゃないなら良いよ」と折衷案《せっちゅうあん》を出しながら、快く受け入れてくれたことだろう。

しかしこれはダメだ。


アキラは優しい男である。小さな動物にも子供にもおじいちゃんおばあちゃんにも優しい。しかしそれでいて、令和の世を生きる潔癖症の若者でもあった。ようするに自分を大切にしてくれる相手は大切にするが、セクハラモラハラを強要されるくらいならサッと転向をする切り替えの速さがある。

王様とアレクの脳内にいるアキラも首を横に振っていた。

そりゃあそうだ。王様とアレクは頷く。誰だって不特定多数の他人と体液交換なんてしたくはない。王様やアレクだってしたくない。

そしてもう一つの問題。それは、ライルもアキラの能力を快く思っていないだろうということである。彼はアキラの恋人なのだ。恋人が他人と肌を合わせることを喜ぶ人間なんていない。

「アレク……」

「はい、」

「念のため聞くんだが、ライルはあれか。恋人が他人とそういうことをしているのを見て興奮するとか、そういう特殊な嗜好《しこう》があったりはしないのか」

王様の言葉を聞いてアレクが暫《しば》し停止し、深刻な顔で首を横に振った。

死亡宣告をするときの医者と同じ首の振り方だった。つまりは望みがかけらもない時の首の振り方である。

「どちらかというと、独占欲が強いタイプだと思います……」

愛用の剣にちょっと触っただけで、そっと嫌な顔をするタイプだし。そもそも、アキラの隣を手に入れるために、自分の体をバッサリ斬らせるような男なのだ。

そんな男がアキラの能力についてどう感じているか、なんて考えるまでもないことである。

「万が一にも、アキラ様がお力を使うことをライルが推奨するようなことはないと思います」

アレクの言葉に、王様が顔を覆った。

きっと王宮の事情を知らない人間がこれを見たら、何を悩むことがあるのかと言うだろう。アキラに帰ってきてほしいのなら、国のトップである王様が「神子様の幸せが一番なので、神子様には能力を使わせません」と公言をしてしまえば良い。王様自身もそうしたいと思っているのだが。

——話はそう簡単じゃないのだ。

王様はチラ……と未だ嬉しげな爺様たちの様子を窺った。

問題は、神子様の強力な力に浮かれている偉い爺様方である。

この国は教会の発言力が大きい。王様の権力の方がもちろん大きいが無理を通すと、教会から不興《ふきょう》を買い、今後の王政にまで影響が出ないとも言い切れないのだ。そして彼らに「神子様の幸せのため、神子の力の使用はしません」と言ったところで果たしてそれで納得してもらえるとも思えないのである。

もちろん彼らはアキラのことを敬愛していてとても大切に思っている、アキラが寝込めば部屋の前で祈禱《きとう》をするような、とびきり信心深い神官たちだ。しかしだからこそ、神子様が神から賜《たまわ》った神聖な力をストレスに思うなんて理解ができない。

いくら説明をしたところで「いやいや神子様はただ

驚いてしまわれただけ。しっかりと話し合えばきっと分かってくださる。そもそも神子様が自らの神聖な力を行使《こうし》することになんの負担を感じる必要があるんじゃ」と話が堂々巡りするのは目に見えていた。

ご老人というのはどの世界でも物知りで頼りになるのと同時に、少々、どうしても、頭が硬い生き物なのだ。

そんな爺様方が顔を寄せ合い、アキラの能力について、そしてどのように居場所を見つけ出し説得をするべきかについてああでもないこうでもないと話し合っている様子を見て、王様は困り果てていた。

「……どうしたら良いものか」

わいわいがやがやと盛り上がる会議室の中、王様が一人天を見上げ呟いた。

いつもはこういう時、珍しいお菓子なんかを懐《ふところ》に忍ばせアキラに会いに行って「あ、王様」と笑うアキラににこにこ神子様セラピーをされるのだが、そのアキラがいないのだから仕方がない。

ああ、アキーラ様に会いたい。アキーラ様は今頃どの辺りにおられるのだろう。いっそのこと私も連れていってくれればよかったのに。

机の上に広げられた地図の上を、手紙の返事を急《せ》かしに来たムチムチの鳩が呑気に歩いている。

眉を下げ、肩を落とした王様が、それを見ながらパチパチと虚《むな》しい瞬きをした。

10　ついうっかり

「アキラ様、オアシスが見えましたよ」

ライルの声に、馬車の後方で風を浴び「くあ」とあくびをしていたアキラが顔を上げた。

馬車の中を四つん這《よ》《ば》いで進み「オオ」と感嘆《かんたん》の声を漏らす。

小高い丘のようになっている現在地から見下ろしたところに、太陽の光を反射して鏡面のようにきらめく湖と、ソヨソヨとさざめくヤシの木、密集して立つ純白の建物たちが見えたのだ。

どこまでも砂色が続く砂漠の中、その小さなオアシスは宝石のように輝いていた。

「どうぞ」

ライルが伸ばしてくれた手を取ると、軽々アキラの体を引っ張り上げてくれた。

ラクダの背は案外高い。随分視界が高くなって、余計にオアシスの様子がよく見えた。

アキラが遠くの街並みに見惚《みと》れているうちに「進みますよ。落ちないようにしてください」と声がかかり、ラクダが歩き始める。

オアシス。ゲームの中くらいでしか馴染みのない響き。何より王都以外で初めての街だ。ゲームでもそうだが初めての街というのはどうしたって胸がワクワクとするものである。

アキラは期待に目を輝かせ、遠くに見える街並みを見つめた。


「これはアガる……」

さて、アキラの期待通り遠くから街を見下ろす以上に、街の中は美しかった。

真上に昇《のぼ》る御天道様《おてんとうさま》の光を反射して、白い街はどこもかしこも目が眩みそうなほど明るく光り輝いている。まさにこれぞオアシス。フィルターでもかけたみたいに鮮やかな街である。

「RPGで見たやつだ……」

興奮のあまりラクダの上で伸び上がりそうになるアキラの動きをライルの腕が阻《はば》んだ。

流石に子供じゃないんだから、興奮してラクダから転げ落ちたりなんかしないと抗議したかったが。振り返った瞬間ニコッと優しい笑顔で「闘技場には手すりがありましたけど、ラクダには手すりがありませんから」と言われては、アキラには「ウス」と頷いて静かに腰を下ろすことしかできなかった。

翻訳をすると「まさか手すりのある闘技場から転がり落ちて額をかち割った人間が、手すりのないラクダから転がり落ちないなんて断言しませんよね」ということである。

そりゃあそう。全くもってそう。

火の玉ストレートのど正論にアキラはパチパチと神妙な瞬きを繰り返していたが、まあ結果的に、ライルに支えてもらえてよかったかもしれない。

なんせラクダが人混みに合わせて突然止まったり歩いたりするので、そのたび体が前に後ろに倒れるのだ。ライルが支えてくれていなければ、街並みを楽しむ余裕なんてなかっただろう。

アキラはお行儀よくラクダに腰掛けたまま、辺りをキョロキョロ見回していた。

「本当すごい綺麗だね、この街」

ラクダの上でアキラが声を出す。

どこまでも広がる広大な砂漠の中で、ポツンと輝くオアシスの爽やかさといったら。

心なしか、乾燥していたはずの空気もヒンヤリ美味しい気がする。というか町全体がなんだかいい匂いがする気がする。

道行く人たちまで皆キラキラ華やかに見えるのはオアシスマジックか何かだろうか。

「近くにトバリスという大きな街があるので、そこの富裕層が手頃な観光地としてここによく訪れるんですよ」

キョロキョロと興味深げに街を見渡すアキラに、ライルが説明をしてくれた。

トバリスってどこかで聞いたな。ああ、そうだ、ジャヒーム家のおじさんが言ってたんだ。確か大金持ちの商人……ハサンが住む街じゃなかっただろうか。

なるほど。そんな街の人が多いのなら街並みや行き交う人たちがやたらとラグジュアリーなのも納得である。

アキラはライルの説明にふんふんと頷いた。

王都と同じくらい賑《にぎ》やかだが王都とは全然雰囲気が違うのだ。

王都ではお金持ちも平民も貧民も、みんなが一緒くたになってワラワラと賑やかに道を行き交っていた印象である。しかしここはさすが富裕層の観光地ということもあって、男性も女性も肌艶や髪艶の良い綺麗な人々ばかりだった。

「富裕層が多い分、彼らを狙った犯罪者も混ざっているので、くれぐれも俺から離れないように」

「もちろん」

もちろん、もう二度と街の中で勝手に迷子になったりしません。

アキラが頷いていると、ちょうどアキラ達の乗っているラクダとすれ違った女の子二人組がチラチラとライルを見上げるのが見えた。

きっとお金持ちのお嬢さん達なのだろう。キラキラとした髪飾りを長く波打つ髪に綺麗に編み込んで、鮮やかな服をヒラヒラとたなびかせて。イスリールの女性によく見られるキュッと強いアイラインを引いた美人さん達である。

そんな美人さん二人は、ショールを下ろして美しい顔をむき出しにしたライルを、信じられないものを見たという風に目を見開き、唇を小さく開け、すれ違う速さに合わせてわざわざ顔を動かしながらガン見していた。

え、私の夢の中から憧れの王子様が飛び出してきてるんだけど、というような顔をしている。

「……」

アキラは自身の恋人に向けられる好意丸出しの視線に怒るでもなくヤキモチを焼くでもなく、分かる、と無言のまま頷いた。

アキラもライルの顔面に慣れていなかった時は、毎日同じようなリアクションをしていた。なので彼女たちのその反応に心から共感できたのである。

アキラがうんうんと頷いていると、そんな熱い共感の視線に気がついたらしい。美人さん二人とばっちり目が合った。

そして夢の色男に宝物のように腰を抱き寄せられているアキラを見て、パチリと勝ち気そうな瞳を瞬かせた二人が「まあ、素敵……」と頬を可愛く赤らめてラクダの横を通り過ぎていく。

……残念ながらこれは情熱的に抱き寄せられているんじゃなくて、ラクダから転がり落ちないように捕獲されているだけなのだが。そんなしょっぱい現実は知らせないほうが良いだろう。

アキラが複雑な表情で瞬きをしつつ、女性陣の後ろに視線を移した。

沢山の箱や紙袋を両手に持った逞しい男達だ。

どうやら先程の彼女らの買い物に付き合っているらしい。恋人か何かだろうか。

そんなことを考えていたアキラが彼らの足首を見て「あ」と眉を上げた。

彼らの足首に見覚えのあるものが見えたからだ。

この旅でやたらと目にする太い鎖のアンクレット。ジャヒーム家の屋敷の女中さんがつけていたあのアンクレットである。そういえば、街道を旅するムキムキたちの中にもつけている人がいた気がする。

「ライル。あのアクセサリー、イスリールで流行《はや》ってんの？」

アキラはなんの気無しにライルに尋ねた。

「あのアクセサリー？」とアキラの視線を追ったライルが「ああ」と納得したような声を出す。

「あれは所有の印ですよ」

「所有の印、」

「要するに奴隷のつけるアクセサリーです」

思いもよらないライルの言葉に、アキラがギョッとして振り返った。

〝奴隷のつけるアクセサリー〟？

「……あのアンクレットが？」

まさか流行りのアクセサリーだと思っていたものが、噂に聞く奴隷の証拠だとは思わなかった。

ギョッと目を丸くするアキラとは裏腹にライルが「ええ」とアッサリと相槌を打った。

「正しくはあのアンクレットがというよりは南京錠《なんきんじょう》付きの鎖が、ですね。随分昔は足枷《あしかせ》や首輪をつけていたんですが、奴隷を所有することが富の象徴のように扱われだしてからは、見栄《みば》えを気にしてああいうアクセサリーのような形状をしたものが主流なんです」

「……あれ、ひょっとして、ジャヒーム家の女中さんたちが俺に話しかけられて驚いてたのは、」

「アキラ様のように、奴隷に話しかける人が少ないですからね」

基本的に奴隷は一人前の人間と見做《みな》されない。話しかけられるようなことはほとんどないのだ。奴隷同士で話すことはあるが、市民と同じテーブルで食事をとることもないし。奴隷の能力も労働力も主人の持ち物なので、主人にお礼を言うことはあっても奴隷本人に言うことはないのだ。

「……なるほど」

アキラが頷く。

そういえば、ライルも初めの頃、アキラがお礼を言うたびに驚いていたことを思い出したのである。

別にアキラは善意からそうしたわけでなく、現代日本人の当たり前の価値観として何の気無しにお礼を言っただけだったのだが、どうもイスリールではずいぶんと珍しいことだったらしい。

その時、ちょうど道の先で、ドン！と肩をぶつけられた奴隷の少年が転ぶのが見えた。

肩をぶつけた男は謝ろうと思ったのだろう。ハッとして振り返ったが、少年の足につけられた鎖のアンクレットを見ると「……なんだ」という顔をしてそっぽを向いて歩き出した。

謝るどころか嫌そうに肩を払い、自分の服が無事か確認する始末だった。

「じゃあ、ああいう態度がこの国では当然のことなんだ？」

それを見たアキラが眉を吊り上げてライルに話しかける。

ライルが「そうなります」と当然のように頷いた。

「なるほど、なるほど」

アキラは一人で荷物を拾い集める少年を見て、小さく相槌を打った。

そうこうしているうちに馬車を預ける店に着いたらしい。

ライルがヒョイと身軽にラクダを降りる。

アキラもライルの手を取って、同じようにラクダから降りた。

そしてトンと地面に降り立ち、少年の抱えていた紙袋からラクダの足元まで転がってきていたオレンジを拾い上げた後。

おもむろに、左足をヒョイと通りに伸ばした。

それはちょうど、先程の男が気取った服をフリフリと揺らしながらアキラの隣を通り過ぎるタイミングだった。

もちろん、しきりに服の汚れを気にしていたお兄さんが、アキラの足に気がつくわけもなく。

彼はちょんと伸びた足にひっかかり、ド派手に転ぶことになった。

あれ……とアキラが素《す》で目を瞬かせる。

そして、自分の真横でズベシャと顔面をすりおろしている男と、自分の足を交互に見下ろして。スーッと息を吸い込んで、ポツリと呟いた。

「しまった。つい……」

左足が報復をしてしまった……。体が小さい分敵に対する気性が荒いものだから……。日本では子供をいじめる大人は敵だと習って育ったものだから……。

アキラが自分の左足を見つめていると、地面に倒れたままシン、と黙り込んでいた男が顔を上げて振り返る。

どうもその無駄に高い鼻っ面《つら》……失礼、筋の通った鼻を打ちつけたらしい。

「お前……この……」

男はぼたぼたと不恰好《ぶかっこう》に鼻血を流したままヨロヨロと立ち上がり、完全に頭に血が上った顔で摑みかかってきた。

その瞬間。隣で黙々と荷下ろしをしていたライルの肘が、男の鳩尾《みぞおち》のあたりにドスンと刺さった。

「ウッ」

パタ、と力なく男が倒れる。

アキラは目を丸くして、こちらを見もせずに見事な肘鉄を喰《く》らわせたライルを見た。

荷をドスンと地面に下ろしたライルが、白々しく驚いた顔を作り呟く。

「しまった、つい」

先ほど自分が言ったことを繰り返すライルに、アキラがパチパチと瞬きをした。

そして、弧を描きそうになる唇をギュッと引き結びつつ「ついなら仕方ないか……」と一つ頷く。

ライルも「ついなので仕方ないです……申し訳ない……」と頷いた。

倒れ伏したまま動かない男をチラ……と見た二人が示し合わせたように眉をひょいと上げ「さて、」と言って歩き始めた。

ライルが「さ、どこの宿に泊まりましょうか」とすっかりいつも通りの顔をして、オアシスの街を先導し始める。

アキラも「どこにしようか」と素早くその後を追いかけた。

雑踏に紛《まぎ》れてしまえば、不幸な事故の犯人など分かるまい。

途中、アキラがおどろいた顔で立ち尽くしていた少年の紙袋にポンとオレンジを乗せる。はっとした少年が顔を上げて「ありがとうございます」と呟いた。

「ううん。怪我してない？」

「だ、大丈夫、です……」

「なら良かった」

「アキラ様、」

少年に眉を下げ笑いかけるアキラを、ライルが優しい声音《こわね》で呼ぶ。

「はーい！　今行く」

ライルの言葉に返事をしたアキラが、「アキーラ様、」と呟く少年に小さく手を振りながら身軽に駆けていく。

なんせ逃亡の旅の途中なので、これ以上悪目立ちするのも良くない。

二人はそのまま人混みに姿を消していった。

「どこの宿に泊まる？」

「アキラ様が好きに決めたらいいんじゃないですか」

「え、いいの？　本当に？　この中から？？」

11　甘やかされる

どうやらライルはそれなりに値が張って、セキュリティがしっかりとしている宿ならば、宿泊先はどこでも良いと考えているらしい。

オアシスの中でも特に治安の良い区画に案内され、「このあたりならどこも似たり寄ったりなんですけど……アキラ様は宿の好みとかありますか？」と尋ねられたアキラは、ウキウキでオアシスを見て回り、最後の最後に中心地から少し外れた場所にある宿を選んだ。

中心地に立ち並んでいるやたらと煌《きら》びやかな宿たちと比べれば主張が控えめで綺麗な宿である。

窓からはオアシスの中心に広がる湖が見えていて、サワサワと日暮れどきのヒンヤリとした風が吹き込んでくる。

大きなベッドはしっかりとした天蓋《てんがい》つき。各部屋に、猫足のバスタブも設置されているというのが決め手になった。

「あ――、」

久しぶりのお風呂の感覚に、アキラがうっとりとした声を出して手足の力をぐったり抜く。

一人暮らしをしていた頃はシャワーだけで過ごす日もたくさんあったが、それは入ろうと思えばいつでも入れると分かっているからこそのことである。アキラはこの旅の間、ずっと頭の一割くらいを「お風呂入りたいな……」という言葉に占領されていた。

そんな中での念願のお風呂。

目を半分くらいにしたアキラは顎をそらすようにして背後にいるライルを見る。

彼はバスタブの近くに椅子を持ってきてアキラの髪についた砂を洗い流してくれていた。

形の良い指先で頭皮をちょうど良い力で押しながら洗うのだ。

大きな手のひらが頭を包む感覚に、アキラはバスタブの縁に後ろ頭を預けたまま、寝てしまいそうになるのを何度も我慢しなくちゃならなかった。

ちなみにアキラの体はすでに洗われた後で、砂が入り込んでいた爪の先までピカピカである。

なんなら先ほど磨《みが》かれて、形まで綺麗に整えられていた。

別に自分でだってできるのに。

そもそも人の髪を洗うのすらうまいのは何なのだろうか。

　ひょっとしたら主人の髪を洗う仕事なんかをした時期もあったんだろうか。

　先ほど、街中で見た奴隷たちの姿を思い出してそんなことを考える。

「ライルも一緒に入れば？」

　アキラはふと瞑《つむ》っていた目を開けて、頭に浮かんだ言葉を口に出した。

　そうだ。ライルも疲れてるはず。一緒に入ればいいじゃん。

　そう思ったのだが「いえ、俺は後からで結構です」と首を振り断られてしまう。

　つれない返事だ。

　アキラがクイッと片方の眉を上げて不服げな顔をした。俺なら腰にタオルを巻いただけの好きな人に同じことを言われたのなら、「それでは失礼して」とすぐさまいそいそ服を脱ぎ始める自信があるけども、という顔である。

「ここは王宮じゃないんだから別に俺の世話ばっかりすることないでしょ」

　アキラが尋ねると、ライルが当然のように「そうですね」と頷いた。

「ライル働いてばっかりじゃん。ちょっとは休みなよ」

「いえ。今休んでるんで平気です」

「……ん？」

　休んでる？　どこが？

　アキラがパチリと目を開ける。そして顎をそらし、怪訝《けげん》にライルの顔を見上げた。

　すると、おもむろにライルが後ろから覆い被さるようにそっと身を屈めてくるのだ。優しく唇を重ねられ、思わず目を丸くする。

　唇が離れると無表情だがどこか悪戯《いたずら》げな顔をしたライルと至近距離で視線が合い、アキラは思わずキュッと唇を引き結んだ。

「好きな人の体を洗うのは仕事じゃないですよ」

「……わ、」

挙げ句の果て、コバルトブルーの瞳で静かにアキラを見下ろし、そんなことをサラッと言われるのだ。

アキラは思わず妙な鳴き声を漏らして、ずるずるバスタブの中に沈んだ。

「あ、」とライルが声を出し、ちゃぷ……とアキラを引き上げる。

「あと俺は奴隷時代から主人に恵まれているので、無茶もしていないです」

……彼が昔からの癖で無理して働いているのではないかと気にしていたことも、バレていたらしい。

アキラが決まり悪そうに瞬きを繰り返した。

「今もこうして主人に恵まれて、甘やかしてもらっています。夜も寒ければ馬車の中に招いてもらっていますし。干し肉ばかりを食べていたら怒られました」

「……いや、それは別に気を遣ってやったわけじゃ」

そう呟くと「知ってます」とライルが笑いながら答えた。

顎を指先でそっと持ち上げられて唇にちゅっと優しく吸いつかれる。

そして再びライルが身を離そうとするのを、アキラはそっとライルの首に腕を回すことで咄嗟《とっさ》に引き留めた。

そして引き留めた後に「あ、」と思った。

ライルが疲れているだろうと気を遣っていたはずなのに、つい引き留めてしまった。

仕方がない。なんせアキラはずっと、付き合いたての恋人に触れるのを我慢していたのである。

先ほど旅の間頭の一割を「お風呂入りたいな」で占められていたと言ったが、それでいうと他の四割くらいは「ライルに触りたい……」に占められていた。

アキラはまだ二十歳そこらだ。付き合いたての恋人となんて四六時中触り合っていたいような時期である。

そんな中こんなふうに優しくされたらそりゃあ、もっと、と離れる唇を引き留めたくもなる。

ああ、だめだ。ライルは疲れてるんだった。

慌てて彼の形の良い後頭部に添えていた手をパッと離す仕草に、ライルが随分と可愛いものを見るように目を細める。そんなライルに、アキラがじわじわと耳の縁を赤くした。

これはどうも今の一瞬の葛藤もバレていたらしい。大きな手に両頬をすっぽりと包まれる。そして甘やかすようにキスをされた。

どうやらライルを気遣うなんて、まだアキラには百年早かったみたいだ。

アキラは久しぶりの恋人とのキスにふるっと睫毛を震わせて、そっと瞼《まぶた》を下ろした。


浴室から寝台に移動しながら、何度も何度もキスをした。

長いこと砂漠にいたせいか、少しばかり乾燥したアキラの唇をライルが労《いた》わるように舐《な》める。濡れて柔らかくなった唇を吸って、食《は》んで、皺に沿うようにまたゆっくりと舌を這わせて。そういう猫のするグルーミングのような可愛がるキスを何度もされた。

そんな優しいキスの中で、時折じゅっと官能的に舌を吸われるだけでだんだんと息が上がる。

耳のふちを爪の先でなぞられるだけでふるっと睫毛が震える。

いっちょまえにライルに気を遣ってはみたものの、久しぶりの触れ合いに体がすっかりと熱を上げてしまっていた。

両の頬を大きな手で包まれ、吸われた舌を口内に押し込むようにして深くキスをされれば、くちゅ、と頭の中に水音が響くのだ。

「……ぁ、ライル、」

少しの逃げ場もなくキスされたまま、まるでフェラチオでもしているみたいに舌を舌で扱《しご》かれればゾクゾクと頸《くび》に痺《しび》れが走ってアキラが薄い目蓋《まぶた》を瞑る。

「ん」とすがるように白い手がライルの手首を摑んだ。

体格差があるせいで舌の大きさも違うのだ。まだライルとのキスは数える程度にしか経験していないが、口内を丸ごと蹂躙《じゅうりん》されると脳髄が馬鹿になって蕩《とろ》けていくような感覚がする。

「んッ、ん……っ、……、」

舌を吸われる淫靡《いんび》な音が部屋に鳴り響くたび、ライルの体の下でアキラは何もできないまま華奢《きゃしゃ》な体をピクン、ピクンと跳ねさせていた。

まるで捕食されているみたいだと思う。流れ込んでくる彼の唾液を飲み込むたび、体が熱くなっていく。

数分後。唾液でてらてらと光る小さな唇をようやく解放された頃には、アキラはくたっと寝台の上に両手足を投げ出して、「はッ、ハ……」と胸で呼吸を繰り返すばかりになっていた。

「……はは、かわい」

自分の手の中にすっぽりと顔を包まれたまま、舌を小さく突き出し、目を蕩けさせ、短い息を繰り返すアキラに、ライルがコバルトブルーの瞳をキュッと細める。

そしてもう一度、赤く腫れた唇に吸い付いた。

ほんの十分ほど前までライルに気を遣っていたはずが、あっという間に蕩《とろ》かされてしまったアキラが「んう、」と長い睫毛《まつげ》を震わせた。

薄い腹の下の陰茎は、いつのまにかすっかりと立ち上がってタラタラと涙をこぼしている。

腰がゆらゆらと小さく動いて、そこに触ってほしいと甘える。

すると……どうやらライルは今日、とことんアキラを甘やかしてグズグズに可愛がるつもりらしい。

焦《じ》らすことなくアキラのものを大きな手のひらで握り、じゅぶっとしごいてくれた。

「……っ、ァ、ん!!」

それだけで悲鳴のような掠《かす》れた声が上がるのだ。ライルがペロリと自身の唇を舐めて、手の動きを速める。

待って。待って。

早急すぎるその動きに、ガクガクと膝を曲げたアキラが体を折り曲げて、ライルの手を捕まえた。けれど手の動きを止めてくれない。

「ぁあッ、や、待っ、て!」

焦るような声を出して、力の入らない爪先がカリカリとライルの手の甲を引っ掻《か》く。

ライルの腰を挟むように膝が閉じて、華奢な体がグッと丸まる。

「んぁ……ぁッ……やっ、ん…ぁ…！」

ああ、だめだ。すぐイく。もう、イく。

この旅の間、夜に仲良く寄り添って眠ることはあっても、触られることのなかったそれが嘘みたいに敏感になって、快感の波が押し寄せてくる。ギュッと力の入った腹筋までがピクピクと大袈裟《おおげさ》に痙攣《けいれん》する。そしてその痙攣が頂点に達した頃、一際大きく体が跳ねて、アキラはライルの首に齧《かじ》り付くようにして体を丸めた。

「ぁ……ッッ」

腹の上にそれなりの量のものが溢《こぼ》れたのが分かった。

「う、……っ、ふ、ァ」

腰からだんだんと力が抜ける。そこだけが深くシーツに沈んでいくみたいだ。

飛び出したものがひんやりと後孔の方まで垂れてくる感覚に、ピクと太ももの内側を震わせて。アキラは瞼を閉じ、唇を開けたまま、は、は、と浅い息を繰り返してライルの首元にしがみついていた。

そのまま脚の間に伝うものを指先で拭うようになぞられて、ゾクゾクと尾骶骨《びていこつ》が小さく震える。

「ん……ッ」

ああ、久しぶりだから痛いかも。

彼の指が沈む間際、ふやけた頭の端でそう考えたが少しの違和感を感じるだけで痛みはなく。

「……っ、～っ！　は……っ、」

むしろ初めての時の快感を覚えていたらしい。

アキラの体は腹の内側を広げるようにある一点を優しくこねられただけで、先ほど達したばかりの先端からツプと玉のような我慢汁をこぼした。

何度も何度も同じところを甘やかすように擦られるのに合わせてゆらゆらと腰が控えめに揺れて、細い太ももが震える。

優しく奥を擦られれば、グッと顎がそって。

そのうち首に回していたはずの腕も枕の横にパタリと力なく落ちた。

「……気持ちいいですか？」

くたと脚を開いたまま、前からはとぷりと涙を流し、後孔は柔らかく解《ほぐ》され。

声も出せず、濡れた唇でハフハフと息をするだけになったアキラにライルが優しく囁いた。

「ぁ、……」

生理的な涙で濡れた睫毛がゆっくりと開き、濡れた瞳がライルを見据《みす》える。

そして、うっとりとした表情のまま頷いたアキラがライルの唇を見る。

キスを強請《ねだ》っているのだ。

それに気がついたライルがペロリと小さく自身の唇を舐めて、さんざん甘やかされてトロトロの痴態《ちたい》をさらした恋人の甘やかな唇に吸い付いた。


そのあとも、散々あちこちを舐められ、甘やかされ。

一丁前にライルを気遣っていた気持ちをトロトロにふやかされ。

「ぁ、あぁ～～ッ、……ぁう、あッ、」

すっかりと日の沈んだ宿の部屋で、アキラはずっぷりと串刺しにされて白い体を晒し喘《あえ》いでいた。

宿なのだからと殺していたはずの喘ぎ声も我慢できない。

たぷんたぷんと寝台の上で揺すられるたび、口から押し出されるように情けない声が溢れる。

ゆっくりゆっくり快感で支配されて、アキラは心も体も満たされて、もう文字通り手も足も出ない状態にされていた。

散々蕩かされたせいで、ライルに縋る気力も枕に掴まる気力もないのだ。

股関節《こかんせつ》をぱた、と外に開いて、白い内腿《うちもも》をむき出しにして腰をそらす。

そして桃色にピンと主張する乳首を差し出すようにして、「ああ、んぅ、ぁう……」と力の抜けた嬌声《きょうせい》を出すのである。

じゅっと吸いつかれれば「～～ッ」と体が痙攣してトプ……と勢いを無くした精液を溢す。

うっすらとした腹筋にはもう白いそれが小さな水溜《た》まりを作っていて、快感に体を捩《よじ》らせるたび薄い腹の上をぽたぽたつたい落ちていた。

「ぁ、あ、ひ……ァ」

ゆさゆさと突き上げられてだんだんとずりあがる体を固定するように、顔の横で肘をつかれ、つむじのあたりに両手を置かれる。

彼の体重が心地よいくらいにかかって体が潰される。最後まで入り切っていなかったものがずぷんと奥まで埋まってアキラが「ぁ」と掠れた声を出して白い喉《のど》をそらした。

「は、」

耳元で、ライルが熱い息を吐く。

一番奥の奥に、腰をゆっくりとグラインドするように押し付けられて、胎《はら》の奥にじわじわと溜まっていた快感がゾクゾクと体の末端に伝播《でんぱ》する。「ヒク」と喉が鳴り、彼の手のひらにつむじを押し付けたまま背中が寝台から浮き上がる。

そのまま、中が痙攣するように一度強くギュッとしまったのが分かった。薄い腹筋がピクリと震える。散々溶かされてぐずぐずになったところが勝手に快感を拾って、そうしたらまた中がしまって。キリがない。

「あっ、ァ、んン！」

だんだんとどうしようもない快感に追い詰められるような感覚に、アキラは切羽詰《せっぱつ》まったような上擦《うわず》った喘ぎ声を漏らしていた。

涙で霞《かす》んだ視界に、眉を寄せ、長い睫毛を伏せたライルの顔が見える。薄く開いた唇から、快感に震える息を漏らす官能的な様子に興奮が込み上げて、お腹の奥が一際強くキュンッとしまった瞬間、カリ首がゴリッと一番良いところをえぐって。

あ、と思った。

はく、と小さな口を開けたまま一瞬息が止まる、

「んぁ……！　あっ、ぁあ～っ、ッ……！」

「っ、は、」

一度グッと硬直し、ふるるっと小さく腰を戦慄《おのの》かせたアキラの体は、ゆっくりと力を無くして寝台に沈んだ。

絞り上げるように動く中に、ライルが吐精したのが分かった。

熱いものが胎内にとぷりと広がる。

大きな獣が漏らすような熱い吐息が耳の傍《そば》で聞こえて、睫毛がふるりと震える。

精子を注ぎ込まれた胎内はずくずくと痺れていて、「はっ、」と唇を開けて息を取り込んだだけで隙間からこぷりと液が垂れてくるのが分かった。

ゾクゾクと身を震わせて、頭を支える手のひらにすり寄るアキラの額にライルがちゅっとキスを落とす。

「……んっ、ぅ、」

薄《うっす》らと目蓋を開ければ、まだ明るい室内でこちらを見下ろす明るいコバルトブルーの瞳が見えて。慈愛《じあい》と、未だ収まりきらない興奮を滲《にじ》ませた表情の彼にゆっくりと乱れた髪を撫でられる。

額をなぞる熱い指の感覚に、ゾクゾクと首の裏を震わせながら。アキラは甘やかされに甘やかされてとろとろと蕩けた体をクッタリと横たえ、胸を呼吸で深く上下させながら、ドロリとした眠気の中に沈んでいった。

12　フラグ

あれ、なんか俺何もできなかったな。

アキラは何かに気がついたような顔をして、枕につぶれていた。

著《いちじる》しい経験差と体力差があるとはいえ、それにしたって何もできなかった。

おかしい。こんなはずじゃ。

初め相手の疲れを気にしていたのは自分の方じゃなかっただろうか。

しかしライルに尽くされっぱなしだったというのに手も足も動かないのだからどうしようもない。

初めのキス以外手も足も出せないで、ベッドに横たわったまま散々甘やかされまくったアキラは、くったりと軟体動物のようになってシーツの海に沈んでいた。

——あれ、これ、俺の体、骨入ってる？　特に腰のあたりなんか、もう一生動かないんじゃないの？

ふかふかの枕に無力に溺《おぼ》れたまま、アキラが瞬きを繰り返す。

あれだけ色々どろどろになったはずなのに、やけに体がスッキリしているのは一夜目と同じである。

ライルがお風呂に入れてくれたんだろう。

俺眠ったまま、あの綺麗な手で体のあらぬところまで洗われたのだな……と考えるべきではないところに首を突っ込み始めた脳みそを一時停止して、アキラはベッドサイドテーブルに置かれたお盆にチロ……と視線を落とした。

ちょうど寝台のふちにすっかり身支度を整えたライルが腰掛け、「アキラ様」とこちらを覗いてくる。

「お体の具合はどうですか」

「見ての通りです……」

ナマコか何かのようにパタ……と潰れたままアキラが漏らした言葉に、一度瞬きをしたライルが口元をゆるめてさっと顔をそらす。

ほんの小一時間前まで自身の体力の限界も分からず、生意気にもライルを気遣っていたアキラがおかしかったらしい。

おい、こら、今笑ったな。誰のせいでこんなふうになってると思ってる。いや、俺のせいか。割と俺のせいだな。

昨晩散々いちゃついたおかげか、この旅の間にむくむくと溜まっていたスキンシップ欲がすっかり満たされていることに気がついてアキラが目を細めつつライルを見上げた。

なんだか俺、いつもこの男の手のひらの上でコロコロこちょこちょされていないだろうか。不甲斐《ふがい》ない。アキラだって男だ。いつかはライルをギャフンと言わせたいところである。だが今はひとまず。

「夕飯、とりあえず果物貰《もら》ってきましたけど食べられますか」

「たべる……」

糖分補給が先決である。

アキラがモソ……と呟けば、またライルが小さく笑いつつ、アキラの脇の下に手を入れた。

くったりとしたアキラの体がテディベアのぬいぐる

みのように上体を持ち上げられる。

そして背中と枕の間にライルが腰掛け、彼の胸板に寄りかからされた。

むにっと口に果物を突っ込まれ、むぐむぐと無言で咀嚼する。

なにこれ、俺、雛鳥《ひなどり》か何か？

至れり尽せりである。いや、アキラが疲れているのは確かだが、ライルだって疲れているはずなのに。

そう思って彼の胸板に後頭部をもたれたまま顔を盗み見れば、なんとも美しいいつも通りの顔……いや、よく見れば昨日よりもどこか肌艶の良い、疲れの抜けた顔がそこにあって、アキラは「あれ……」と瞬きをした。万全のコンディションという感じである。

かたやこちらはベッドシーツに打ち上がった軟体生物状態で目も六割しか開いていないのに。

なんなのだろうか、この差は。

もぐもぐと咀嚼しながら眉を顰めて考え、ゴクリと口内の物を飲み込む。そして、アキラは「あ」と思い出したように声を出した。

「……ライルが回復してるのって俺の力？」

え、俺の力って疲労回復もできるの？

「おかげさまで」

今気がついたのか。ライルがそんな顔をして眉を上げた。

あれ、じゃあそれでなくても体力差があるのに、これから先もずっとライルだけ回復して、俺だけこうしてへにゃへにゃになるのでは。

ライルがウサギの形になったリンゴのような果物を唇に押し当ててきた。

アキラが真顔のまま無抵抗でそれを口に含む。果汁が溢《あふ》れて渇いた喉が満たされた。とてもおいしい。

「コーヒー飲みます？」

小首をかしげるように顔を覗き込み尋ねられる。

その柔らかな表情を神妙な顔でジッと見つめたアキラが眉を上げ「のむ」と頷いた。

いや、まあ、これからも好きな人と触れ合った後、こうしてお世話してもらえるのだと思うと悪くないか。

アキラはライルに甲斐甲斐《かいがい》しく世話をしてもらうの

がなんだかんだ好きなのだ。普段ライルが分かりやすく甘い言葉を囁いたり褒めたりいちゃついてきたりするタイプではないからこそ、当然のように甘えるのを許されていることに、彼からの愛情を感じてつい嬉しくなるのだ。

「なんです、その顔」

「ん、くるしゅうないという顔」

「そうですか」

「俺最近気がついたけどライルにお世話されるの好きだ」

「そうでしたか」

「存分に甘やかしてくれていいよ」

「はいはい」

気の抜けた会話の応酬《おうしゅう》をしながら、ライルがコーヒーカップを差し出してくる。

アキラは体の力を抜いてライルの胸にもたれつつ、「ありがとう」と言って受け取った。

存分に甘やかしてくれていい、なんて偉そうなことを言ってふんぞり返りながら、日々の習慣でお礼はしっかり言ってしまうらしいアキラにライルが目を細める。

彼にしては中々ないくらい、ひどく可愛いものを見るような穏やかな瞳をしていたが、アキラは彼の胸にもたれたまま熱々のコーヒーを冷ますのに忙しかったので、残念ながらそれを見ることは敵《かな》わなかった。

さてそれから数日。二人は旅の疲れを癒《いや》すため……いや、主にアキラの旅疲れを癒すため、しばらく宿で身を休めることになった。

毎日ベッドの上で眠り、目を覚ます。朝にお風呂にちゃぽんと浸かる。王宮での生活を思い出す日々である。

二人で朝寝をする日もある。ライルの指先がアキラの寝癖をくるくる弄《もてあそ》び。カーテンが風に膨らんでオアシスの爽やかな匂いを運ぶ中、アキラが「くあ」と欠伸《あくび》をすると、ライルもその背後で顔を背《そむ》けて小さく欠伸をする。

時々、いくら起こしても「ん……」と唸って枕に顔を埋めるばかりのライルに謎のトキメキを感じたアキラが、「据《す》え膳《ぜん》食わぬはというやつか……」などと神妙な顔でバカなことを呟きながら、モゾモゾと毛布の中に潜り込んで悪戯をしたりする。ライルの服をペラと勝手に捲《めく》り上げ、その彫刻のような体に「うわ……」と見惚れてペタペタ触り、キスをする、そういう悪戯だ。

「何してるんですか……」

もちろん、途中でライルに見つかって、小脇を摑まれ毛布の中からズボッと引っこ抜かれるのだが。毛布で柔らかな髪の毛をくちゃくちゃにして「やべ……」という顔をしたアキラが、チラ……と朝の生理現象を起こしたライルの下半身を見てへにゃ……と笑えば、ライルがアキラの顔と自身の下半身を同じように見て、ポンとアキラをベッドの上に放って肩口をあぐりと嚙《か》んで優しく懲《こ》らしめる。時々、そのまま二人で夕方までベッドの上で過ごすことになる。


それ以外の日は、オアシスの街を歩いて回ったり、ラクダの顔を見に行ったりすることもある。

宿に戻ったら呑気に窓の外の景色なんかを見る。「あまりテラスに長居しないでください」とライルに言われるので夕日前の少しだけ。

そうやって、特に何するわけでもなくオアシスでの時間を過ごしていたある日。

早朝にコンコン、と扉をノックする音が部屋に響いて、アキラはむくっと身を起こした。

「……ん、誰だろ」

寝ぼけ眼《まなこ》で扉の方を見れば、隣で眠っていたはずのライルからそっと肩を押されて、枕の上に逆戻りする。

寝起きが悪いはずなのに、彼が音も立てずにさっと寝台から立ち上がるのが見えた。

ベッド脇に置いてあった剣を取り、軽く首を傾けて伸ばす様子に寝ぼけた雰囲気はない。

頭からブランケットがかけられる。じっとしていろということらしい。

勿論それに文句を言うつもりもないので、アキラは大人しくまだ二人の体温でポカポカと温かいブランケットの中に逆戻りをすることにした。

ライルが扉をガチャリと開ける音がして、一言二言、会話を交わす声がする。

ボソボソと話す低い声が起き抜けでぼんやりとした頭にくすぐったく響く。

しばらくすると扉の閉まる音がして、ライルの足音が近づいてくる。

「アキラ様、」

「ん」

寝起きの、やや鼻にかかった声が出た。一体どういうカラクリなのか、ライルの声にはさっぱり寝ぼけた様子がない。いつもはどれだけ起こしても、モゾモゾとブランケットの中に無言で潜り込んでいくのに。他人が近づくと頭がすっかり仕事モードに切り替わるようだ。いつも通りのどこか冷静で淡々としたライルの低い声が部屋に小さく響く。

「王宮から鳩が帰ってきたようです」

「……」

ライルの言葉に、もそとブランケットから顔を出したアキラがピクッと肩を震わせ、瞼を開けた。

「手紙を受け取ってきます。アキラ様はどうしますか」

ライルがなるべく自分を一人にしたくないと思っていることを知っているアキラが、暗がりに見える彼の顔をぼんやり見つめたまま瞬きをした。数秒の葛藤ののち、モソモソ……とブランケットの中に帰っていく。

「……ここで待ってる」

外はまだ暗い。早朝も早朝だ。

少し身を起こしただけでひんやりとした空気がブランケットの中に入ってきて、とても起きる気になれない。

……と、いうのは建前で、まだアキラは王様からの返事を確認する心の準備ができていなかったのだ。いつか読まなくてはならないものだと分かっていても、まさかこんな油断しきった早朝に返ってくるとは思っていなかったので、ズンと気が重くなってついつい現実と向き合うことを拒否してしまった。

まるで休みだと思っていた朝に、バイト先からシフトの電話がかかってきた気分である。ドキドキと心臓が嫌な音を立て始める。

「……」

……どうしよ、王様怒ってたら。俺、王様と喧嘩《けんか》とかしたくない。というか、鳩が帰ってくるのが早すぎる。常識的な鳩のスピードで考えて返事が返ってくるのは次の街についてからだと思ってたから、心の準備ができてない。どんな速さで飛んでるんだ、あのムチ鳩。

「……」

もちろんライルは、そんなアキラの内心なんてお見通しなので、モソモソと巣に戻っていくハムスターの旋毛《つむじ》を見つめたまま、どうするか少し考えている様子だった。

今後の命運を握る手紙を前に気が重くなるアキラの気持ちも、理解できたらしい。

とはいえ、アキラはライルが目を離すたび何かしらのトラブルに見舞われている。

例えば迷子になってじっとライルを待っていた先が、よりにもよってチンピラたちのアジト前だったりとか。ただ大会を観戦して倒れる演技をするだけのはずが、慣れない靴と熱狂に足をつるりと滑らせ闘技場の上から転げ落ちたりだとか。

イスリールの暮らしがままならない異世界人だからこそ起こすようなトンチンカンなトラブルである。

……まあ、そのどちらも馬車を借りる伝手《つて》ができたり、王宮内で二人の関係を表立って批判されない理由になったりしているあたり、我ながらさすが幸運の神子といったところなのだが。

何にせよライルは、安全な宿の中とはいえアキラからあまり目を離したくないらしい。ブランケットの隙間から様子を窺えば、どうしたものかな……抱えて持っていこうかな……という顔でこちらを見つめている彼と目が合った。……。

「……読む。読むから、ちょっと、心の準備をさせて」

ここで動かずに待ってるから。ライルが先に読んできて。

だが毛布の塊《かたまり》と化したアキラが隙間から顔を覗かせて頼み込めば、あまりに元気のない声音と、再び力なくブランケットの中に潜っていくアキラの姿に、ライルも諦《あきら》めたらしい。彼もやっぱり恋人にはついつい甘くなるのだ。まあ、まだ朝も早いしな。そんな雰囲気でサイドテーブルの上に置いてあった鍵を手に取る。

「すぐ戻ります。誰かが来ても扉を開けないように。お菓子見せられてもついて行っちゃダメですよ」

「……ライル俺のことなんだと思ってる？　流石に宿のベッドでまでトラブルに巻き込まれたりしないよ」

このやろう。早く行ってこい。

寝台の縁に置かれている手をつねれば、アキラを揶《から》揄《か》ったライルが「いて」と少しも痛くなさそうな声をあげて立ち上がる。

そして足音が遠のいていき、ガチャリと扉が閉まった。

しっかりと鍵が閉められる音がして、アキラはブランケットの中で「ふぅ」と目を閉じる。

少しモゾモゾと寝台の上を移動すれば、まだライルの体温が残っているところを見つけた。

そこで丸くなり「くあ」と小さなあくびをこぼす。

そしてうつらうつらとして、しばらく経った時。

ガチャリ、と薄暗い部屋の中に扉の開く音が響いた。

まだライルが出かけて一分も経っていないと思ったのだが。

ひょっとしたらうとうととしている間に一瞬眠ってしまっていたのかもしれない。

「おかえり、早かったね」

手紙、届いてた？　どうだった、皆怒ってた？

アキラはブランケットの中からそう声をかけ、もぞりと顔を出す。

そしてピタリと動きを止めた。

目の前に、薄暗い室内に立ってこちらを見下ろす一人の男の姿があったのだ。

もちろん、ライルじゃない。

宿の制服を着ていて、手の中に鍵束を握っている。

目をじわじわと見開き体を硬直させたままのアキラ

は気がついた時には、バサリと荒々しい手つきで袋のようなものを顔に被せられていた。

「ぐ、」

真っ暗な視界の中で息が止まる。

アキラはようやく覚醒《かくせい》した頭の中で先ほど自分が言った『流石に宿のベッドでまでトラブルに巻き込まれたりしない』という言葉を思い出していた。

あ、あれフラグだったわ、と。

13　親の顔より見た展開

「殺されたくなきゃ大人しくしててくれよ」

おなじみのセリフ。やはりこれは誘拐だったらしい。

アキラは手首を後ろ手に縛られ、グッと体を持ち上げられていた。腹に何かが食い込むような衝撃が走り、ケホと小さく咳《せ》き込む。これまた誘拐犯おなじみの俵《たわら》担《かつ》ぎで運ばれているのだとすぐ分かった。

前回この担ぎ方をされたときは運良く誘拐未遂《みすい》で終わったものだが、どうやら今回は本格的に誘拐デビューを果たしてしまいそうである。

イスリール、人が売り物になる国だからって誘拐犯が多すぎやしないだろうか。なんだってこんなに誘拐されるんだ。

——やっぱりこの顔か。この顔が悪いのか。

アキラは王都の散歩を始めたばかりの頃ライルに言われた『日本はそんな顔して歩いていても安全な国だったんですか?』というなんとも失礼なセリフを思い出していた。

あとは『イスリールはお世辞にも平和とは言えない国なので、もう少しキリッとした顔で生きてもらっていいですか?』と言われたのでキリッと眉を尖《とが》らせたら、顎を引き、毛を逆立てる子猫を見たような顔をした後『……今何か変わりました?』と聞かれたことも。

「ほら、見ろよ。袋で顔は見えないけど、肌の色は見えるでしょ。イスリールじゃ間違いなくウケが良い世間知らずそうな顔した色白の別嬪《べっぴん》だ。この子一つで大儲《もう》けだ。真面目に働くのなんてバカがすることさ」

「うわ、まじだ。外国人なんて珍しいな、」

――やっぱりこの顔が悪かったらしい。

何やら重大な誤解をされているようだ。主に性別面で。

だが、アキラがこの国の女性並みに……いや、女性以上に非力で貧弱なのは事実である。下手に抵抗して殴《なぐ》られでもしたら、うっかり死にかねない。そんなことになったら国が大変だし、何よりアキラも死にたくない。

だからしんと大人しくしていると、従業員の手によりおぼつかない動きで部屋から担ぎ出された。誰かと合流して、戦利品を外に運び出そうとしている様子である。

話を聞くに、どうもこの従業員はオアシスのカジノで作った借金を返すために働いていたところ、毎朝テラスで呑気そうにしているアキラを見て今回の犯行を思いついてしまったらしい。


『アキラ様は自分がイスリールの悪人からすると香草を背負った羊であることを自覚してください』

『え、今俺、鴨《かも》ネギとしての自覚を促されてる？』

……どうやらそんなライルとの会話は、正しかったようだ。まさか、人を犯罪の道に落としてしまうほど自分が呑気な顔をしているとは思わなかった。

ああ、やっぱりライルと離れると碌《ろく》なことがない。抱っこ人形みたいに体にしがみついて睡眠を継続してでもついていくべきだった。

アキラはぐったりと後悔をしながら宿の廊下を運ばれた。

しかし、落ち込んでいても意味がないのだ。とにかく外に出たタイミングで大声を出そう。今自分にできるのはそれだけである。ライルを呼べればこっちのものだ。

そう思ったアキラは、ガチャとドアが開けられてあたりの空気が分かりやすく冷えたのを感じてすぐに、袋の中でできる限り息を吸いこんだ。

その瞬間、何故かビリリと喉の奥が猛烈に痺れる感覚を覚え、ぐらりと頭を揺らした。糸が切れたように手足の力が抜ける。

抱えていたアキラの体が突然重たくなったんだろう。

「うわ」なんて従業員の声が聞こえた。

「おい、いくらなんでも薬が効くの早くないか？」

「え？」

そんな声が聞こえた後、ブツと電源が切れるみたいに意識が途切れる。

……せめて人が気絶する前に不穏な会話を聴かせるのはやめて欲しいものである。


それからの記憶はぶつ切りだ。

ガクリと気を失ったり、ぼんやりとだが目を覚ましていたり。それなりに長いこと暗くて狭いガタガタと揺れる部屋の中にいたことは確かだった。

外の蹄《ひづめ》の音を聞くに、馬車でどこかに運ばれていたんだろう。


「おい、あの子、もう何日もぐったりしてるぞ。薬の量を間違えたんじゃないだろうな」

「間違えてないって」

「ならなんで、普段の子達と反応が違うんだよ、なんか咳《せき》もしてるし、声もおかしくねえか」

「俺が聞きてえよ……お嬢様と庶民とじゃ薬の効きが違うとかそんなんじゃねえの……知らねえけど」

「……まあ死んでなけりゃいい。契約書だけはなんとか書かせとけよ。血判さえあればなんとかなるから」

どうやら薬が男たちの想定よりアキラに効きすぎているらしい。そりゃあそうだ。イスリール人の薬の規定量とアキラの規定量が同じわけがない。

そこでプツリとまた意識が途切れる。


さて次に起きた時、アキラはなんだか大変見慣れた光景の中にいた。

アキラはここに来たことがない。しかし語弊《ごへい》があるが、まるで実家に帰ってきたような心地がするほどには見慣れた光景である。

やけにザワザワとした人々の喧騒。身じろぎをするとジャリ……なんて重たい鎖の音がして。そっと辺りを見渡せば、動物を入れるような黒い檻《おり》と手枷足枷をつけられた自分の体が見えた。

「（親の顔より見たシチュエーションで草……）」

檻の底にぺちゃ……と潰れたままのアキラが真顔で呟いた。

喉に力が入らず声が音にならないのは、薬のせいなのだろうか。まだ頭もぼんやりしているが、これから何が起きるのかなんて、説明されなくても分かる。

あれだろう。変態かクズか成金《なりきん》か、はたまた変態でクズの成金に売られてエッチなことを強要されるんだろう。知ってるんだぞ。何故ならえっちな本でそういう展開を何度も読んだので。

チラと右を見る。そこには物憂《ものう》げな美女が一人。

チラと左を見る。護衛にもなりそうな逞しい美男子が一人。

そして、その間でぐったり潰れているアキラが一人。

「……」

ミロのヴィーナスとダビデ像の間に、子リスのぬいぐるみが陳列されている状況に、アキラがシパ……と重たい目蓋で瞬きをした。

――商品の陳列順に問題があるな。

……いや、まあ逆に助かったか。唐突に誘拐されて唐突に出品された挙句《あげく》、唐突に美の公開処刑を受けていることに動揺したが、売れ残った方が都合が良いんだった。ライルが助けに来てくれるまで、ここで大人しく何日でも待っていればいい。

迷子になった時の基本とは、その場から動かないこと。常識である。

――なんだ、大丈夫だ、簡単な仕事だ。

アキラは緊張に固まっていた体をふう……とため息と共に脱力させ、依然《いぜん》薬で動かない体を横たえたまま、そう思った。すっかり余裕綽々の態度であった。

サンキュー、ミロのヴィーナスとダビデ。

誰も彼らのような美しい人たちの間にいるチンチク

リンなんて買いやしないだろうと思ったのだ。

念のため、ちょっと顎とかしゃくれさせながら、昼寝でもしていようと目を瞑った。

しかしその数分後。アキラはパチリと目を開け「そういや俺、数学とか苦手なタイプなんだった」とそんなことをしゃくれた顎で思い出すことになった。

要するに計算が苦手。つまりは見積もりが甘かったのである。

「やだ、かわいいわ」

「髪の毛がお人形さんみたいにふわふわ」

普段より少々しゃくれた顔をしたアキラの周りには、数人の紳士淑女が集まりつつあったのだ。

——おかしい、こんなはずでは……。

アキラがしゃくれた顎のまま真顔で瞬きを繰り返す。イスリールでの自分の容姿のウケの良さを、甘く見すぎていたらしい。

このままでは数分もしないうちに買い手がついてしまう。

その上何が悪いかって。


「へへ、脚が……へへ、白くて綺麗だ……」

「……」

よりにもよって一番購入に乗り気なのが上品なご婦人でも人形を握りしめた女の子でもなく、脚フェチのオジサンなことである。

まずい。ピンチだ。ものすごくピンチだ。

アキラは極力オジサンと目が合わないようにしながら、助けを求めて辺りを見回した。

もちろんライルの姿はない。当然だ。薬で意識が朦《もう》朧《ろう》としていたとはいえ、かなり長いこと移動していた覚えがある。手がかりも何もない中、彼がすぐにこの場所を見つけるなんてことは流石に不可能だろう。だから数日売れ残るつもりでいたのに、予定が狂ってしまった。

まずい。このままではライルと合流する前に脚フェチのおじさんに脚をぺろぺろされてしまう……。いやだ……絶対にいやだ……。

「どうしようかな、オジサン買ってしまおうかな」

買ってしまわないでください。

アキラが真顔で首を振る。彼は焦っていた。もう誰でも良い。いっそのこともうちょっとマシな変態でも良い。

その時である。

「いやはやまさかハサン様にお越しいただけるとは。せっかく足を運んでいただいたというのに申し訳ございません、本日は支配人が不在でして。……いかがですか。なにかお気に召された品はございましたか」

イスリール神に祈るような気持ちで、オジサンの脚ぺろぺろを逃れる術《すべ》を探すアキラの耳に、ふとそんな言葉が聞こえてきた。

あんまり慌てていたせいで、うっかり聞き逃しそうになったアキラが「ん?」と動きを止める。

——ハサン?

どこかで聞いたことがある名前だと思ったのだ。どこだっけ。アキラはハッとして後ろを振り向いた。

唐突に振り向かれたオジサンが「エッ……」と頬を染めるが、お前ではない。

「ウーン、今のところはないなあ」

オジサンの向こう、店の中央にアラブの石油王のような服に身を包んだ金髪のハンサムが立っていたのである。

じわじわと目を細めたアキラの顎がすっ……と引っ込んだ。

別にハンサムにしゃくれた顔を見られるのが恥ずかしいから引っ込めたんじゃない。ハンサムが見覚えのある顔をしていたから、引っ込めたのだ。

「(ライルの知り合いのイケメンじゃん……)」

そう、そのハンサムは以前王都でアキラが迷子になった時、お婆ちゃんの生搾りジュースの屋台前でライルに声をかけてきた、あの金髪のハンサムだったのだ。ハリウッドスターみたいな甘やかな顔をしたあのハンサムである。

そうだ。ハサンって王都のジャヒームおじさんに聞いた、国一番の大富豪の名前だ。ライルも確かあの時顔見知りだと言っていた。間違いない。

こんな幸運があって良いんだろうか。

アキラは興奮のまま思わず檻の中で身を伸ばした。

その瞬間、ゴツン!!と頭を強《したた》かにぶつけて、うずくまる。

しかし、それが幸運にもハサンの気を引いた。

「ん??」と彼がこちらを振り向いたので、アキラはパッと顔を上げて彼に向けて渾身《こんしん》のアピールをした。

先程までフンとそっぽを向いていたアキラが、目を輝かせ「(買って! 買って!! まじでお願い!! 事態は急を要してるんです!!)」と檻から手を伸ばしてくることに、脚フェチのオジサンが「え、ぼく……?」と頬を染めていた。お前じゃない。

しかしアキラの猛アピールが刺さったのはオジサンだけじゃなかったらしい。

ハサンが「なんか愉快な子がいる」と言ってこちらに歩いてくるのだ。

そして「おお、かわいい」と可愛い子にアピールされたことを嬉しがるように眉を上げた。

そういえば、王都のジャヒームおじさんに、ハサンが美人好きだと形容されていたことを思い出したアキラが天に感謝をする。

ありがとう、イスリール神。ありがとう、恋多きナンパ男。ありがとう、イスリール人受けの良い俺の顔面。

アキラは勝利を確信していた。

彼はライルの知り合いである。間違いなくアキラの脚をペロペロしてくるような変態ではないはずだし、事情を話せばきっと協力してもらえるかもしれない。

「……え、本当に可愛いな。何、俺に買ってほしいの?」

「(ウンウン)」

だからアキラは、CMの可愛い犬のように目をキラキラ輝かせ一生懸命首を縦に振ったのだ。

14 違うそうじゃない

ハサンはありがたいことになんとも気の良い男だっ

た。ふわふわとした金髪をキザにかきあげたハンサムな男。アニメや漫画ならばサングラスを鼻先にずらしながら女の子にウィンクをしてきゃーきゃー言われて登場しそうなタイプのお兄さんである。

人柄もなんというか、言い方が悪いかもしれないが陽キャの大型犬という感じ。アレクが暖炉のあるお家で飼われている元気で素直なゴールデンレトリバーなら、こちらはサーファーの家で飼われている陽気でお洒落《しゃれ》なボルゾイとかサルーキとかその辺りである。

ライルの周りってこういうタイプしかいないんだろうか、と檻の目の前スレスレで目を輝かせているハサンを見ながらアキラは思った。要するに勝手に懐《なつ》いて笑顔で寄ってくる、ちょっと突き放されても尻尾を振るようなタイプ。

ちなみにアキラに自分のことを遥か上まで棚上げしている自覚はない。

さて、そんな砂浜を歩くのが似合いそうな男ハサンはというとほんの数十秒のうちにアキラの全身を隅々まで見回した後。「いや、これは買いだろ」と頷いて、ポンと……いや、ガチャン!!と、彼について歩いていた店員の手の上に、見るからに重たそうな金貨袋を惜しげもなく載せてアキラを一括購入してしまった。

目の前の商品に価値があることをちっとも疑っていない自信満々の商人の買い物の仕方である。実際に彼が買ったのはこの国の幸運の神子。市場価値で言ったらおそらくは……どのくらいになるのだろうか、分からないが、例えばアキラをこのまま市場に出したとして、王様あたりが真顔でバタンと王宮の宝物庫を開ける姿が想像できるので、ハサンの審美眼《しんびがん》は確かなのだろう。

しがない小市民であるアキラは、自分が彼に買ってもらいたがったのにもかかわらず、その巨大な金貨袋を二度見し、それから自分の近くに貼られていた値札を三度見した。

――え、本当に俺の値段で合ってる?？　隣のミケランジェロと値札つけ間違えてない?？

しかしハサンにとってはちょっとした買い物でしかなかったようだ。彼は無言のまま仰天《ぎょうてん》するアキラの様子などちっとも気にせずに、店長からいくつかの品……例えばアキラの足枷の鍵や新しいアンクレットなど……を受け取るとヒョイとアキラを抱き上げて、ホクホク顔で奴隷売り場の外に出ていった。

デパートで思わぬ掘り出し物を見つけた時にする「あ〜、いい買い物した〜」というホクホク顔である。

外に停《と》まっていたやたらと立派な天幕の垂れた立派な馬車に乗りこみ、ドスンと座る。

そして隣に座らせたアキラに顔を近づけるみたいにして背もたれに肘をつき、「さてセニョリータ、キュートな君のキュートな名前を教えてくれ」と話しかけてきたのである。

……陽キャ距離だ。

それもただの陽キャ距離じゃない。海外ドラマでしか見ないレベルの陽キャ距離である。

アキラは助けてもらった立場にもかかわらず、ついオオ……と顔を引いた。ちょっと、いやかなり、パーソナルスペースの広さの違いを感じる。しかし彼に助けてもらったのは事実なのだからお礼を言わねば。

そう思ったアキラが懸命に口を動かしお礼を言えば、ニコ……とハンサムなスマイルを見せていたハサンは「ん？」と僅かに眉根を寄せた。

「あれ、君、声が出ないの？」

そう。薬による一過性の症状だろうが声が出ない。不良品を摑ませてしまってごめん。

アキラが神妙な顔で頷いた。

あとついでに言うと、セニョリータではなくてセニョールなんです。大変申し訳ない。

アキラがそんな顔をして首を晒す。

そうすれば、白い首にポコと浮き出た喉仏がよく見えるだろうと思ってのことだ。念のためいつだかしたように体をぺたぺた触らせるのはやめておいた。アキラは同じ過《あやま》ちは二度繰り返さない男なのだ。

「え、」

目の前で無防備に首を晒すアキラを見て、ハサンは動揺したように仰《の》け反《ぞ》り顔を赤くする。アキラからすればライルの知人である、という信用に値《あたい》するもっともな理由があるのだが、ハサンからすれば突然、綺麗な子が身を預けるように急所を差し出してきたのだ。

流石の色男もこれにはドキリとしたらしい。彼は瞬きをしたあと、やや控えめなアキラの喉仏の膨らみを見て「あ、ああ、男だったんだ」と頷いた。

分かってもらえて安心したアキラが顔の位置を戻し、申し訳なさそうに眉を下げてコクリと頷く。

……一体何を申し訳なさそうにしているんだろうか。男の子でも全然アリだろ。かわいいし。

ハサンはそんな顔をしつつ「いや全然謝ることじゃないよ。俺が勝手に勘違いしただけだし」と言って、慰《なぐさ》めるふりをしながら無駄にアキラの手を握った。

彼の気を悪くしなかったことに安心したらしいアキラがホッとして笑う。それにハサンが眦《まなじり》を下げて「えー。可愛いー」とつぶやいた。

アキラはハサンが美人好きだと聞いていたので、女の子好きだと思っているのだが、ハサンはただただ面食いなだけの男なのである。商人なので美しいものが好きなのだ。美しい自分も好きだし、美しい男も好きである。


あのライルに顔を覚えられているのだって、戦の神イスリール神を崇めるイスリールの男たるもの戦場を経験しておかなくてどうする！とやる気満々で実家を飛び出したは良いものの、戦場の厳しさではなく、右を見ても左を見てもイカつい男か渋い男かムサい男しかいない環境にノイローゼになりかけていた時。砦《とりで》の廊下をツカツカと歩く夢のような美男子とすれ違い、驚愕して追いかけ、捕まえ、一時の心の清涼剤としてその美しい顔面を勝手にガン見していたおかげである。

初めは死ぬほど鬱陶《うっとう》しそうにされていたし、「頼む、まじで、命に関わるんです。もうなんか本当に」と頼み込んでいる時もヤバい変態を見る顔で「きも……」と身を仰け反らされていたのだが。そのうち本を読んでいる時にジッとその横顔を見ることくらいは許可されるようになった。というかライルが諦めた。以来ハサンはライルの友人を自称している。

さて、アキラはそんな美しいもの好きのハサンのお眼鏡に適《かな》ったらしい。

ハサンは目をキラキラさせながらアキラの顔を見ていた。

……ライルみたいに見てて楽しい顔面でもないと思うんだけど、俺、と何も知らないアキラが分厚い睫毛を瞬かせる。

何より俺、盗品だし。もっというと、多分今国に捜索されている神子だし。

アキラが申し訳なさげに眉尻を下げた。変態脚フェチオジサンから逃れるためとはいえ、とんだ曰《いわ》く付きの品を摑ませてしまった。

そう罪悪感を感じたアキラは、なんとかしてハサンに事情説明を試みたのだ。

ジェスチャーゲームをするみたいに身振り手振りをしながら口を動かす。

しかしハサンの不思議そうな様子を見るに、どうやら何も伝わっていないらしい。

――ああ、困った。文字は、読むばかりで書けないし。もう少し短い言葉ならまだ伝わりやすいだろうか。

アキラは諦めずに、一生懸命に口を動かした。

その間、ハサンは親切にも（ハサンはこの世のありとあらゆる美人に親切である）アキラの口元を一生懸命に見つめ、「……唇の形天才だな」などと他所《よそ》ごとを考えつつ、なんとかアキラの意思を汲もうとしてくれていた。

「（た、す、け、て、ほ、し、い）」

「だきしめてほしい？　……よし、お兄さんに任せなさい」

違う違う。ガバッと腕を広げてきたハサンにアキラが腕を突っぱね、フルフルと首を振る。人間からの抱《ほう》擁《よう》を阻《そ》止《し》する猫の仕草である。

「（た、す、け、て）」

「たすけて？　〝助けて〟？　……ん？　え？　なんか困ってんの？」

そうそう！　とアキラが頷く。

それからアキラは随分と苦労して、ハサンにできる限りの情報を伝えた。

なんとかかんとか基本情報を教える頃にはアキラは肩でゼーゼー息をしていたが。

「待って、待って、分かった。アキーラ？　アキーラで名前合ってる？」

「（コクコク）」

そう！　もうそれで良い……！

「よし、アキーラ。君は駆け落ちをした、合ってる？」

「（ウンウン！）」

まあ、そう！　部分的にそう！

「で、その駆け落ち相手を探していると」

「（そうそう）」

「その駆け落ち相手が……」

「（〝ライル〟〝ごえい〟）」

「ライルみたいにイケメンな護衛の男と……」

「……」

――だめだ……。

アキラがガクッと肩を落とし、天を仰いだ。

何十分も話していてこれなのだ。アキラがライルを知っていることは理解してもらえたが。ハサンが、アキラがどこか外国のお金持ちの家の子供で、イケメンの護衛男と駆け落ちしてこの国に流れてきた挙句、金《か》がすっかりなくなり奴隷にならざるをえなくなった可哀想《わいそう》な子だと勘違いしてしまってからは、その誤解をすっかり解けなくなってしまった。

それも仕方のない話なのかもしれない。

なんせライルが神子様の護衛をしているというのは、すでにイスリールではそこそこ有名な話なのだ。

商人であるハサンがその噂を知らないはずもないし、奴隷市場でしゃくれ顔で売られていた目の前の人間が神子様だなんて、まさか考えもしないだろう。

――ああ、でもライルならあっという間に分かってくれるのに……。

アキラはコミュニケーションがうまくいかないもどかしさにしおたれていた。

アキラが熱で寝込んだ時「ああ、喉が渇いたな」と考えを顔に出すだけで、ずっと黙って本を読んでいたくせに「そろそろ水を飲みますか」と声をかけてくれるくらいには察しの良かったライルを思い出し、ちょろりと涙を流す。

ライルが死ぬほど恋しいが、探しているのはそのライルなのだからどうしようもない。

「ああ、泣かないでアキーラ。よっぽどその護衛の男が恋しいんだな。まかせろ、オレがなんとか見つけてやる。美人の涙は見たくないからな。うっかりオレに惚れてくれてもいいいんだぞ」

ありがとう、ハサン。

お前はちょっと距離が近いけど、とても良いやつだ。

アキラはイケメンな顔で腰を抱いてくるハサンの胸に両手をつき拒否の仕草をしつつ、ペコリと頭を下げた。

しかし、致命的に彼との意思疎通がうまくいかないのだ。喉が治るのを待つのと、ハサンに自分がライルに護衛をしてもらっている神子なのだと気づいてもらうのと、どちらが手っ取り早いのかは分からない。

15　同じ人の話で合ってますか

——数日後。

「(……ライルが俺を見つける方が早い可能性もあったか)」

アキラはハサンから貰った新聞の号外を見つめていた。

アキラが読んでいるのは数日前から出ている、連続失踪事件に関する号外である。

勿論知っての通り、普段は号外なんて読むタイプじゃないのだが、ここのところは毎日これを読んでいる。

何故かって今現在お世話になっているハサンのお屋敷の仲間から、ある噂を聞いたからだ。

仲間というのはハサンのお屋敷に勤めている奴隷仲間である。皆、整った顔立ちをしている美男美女ばかり。アキラと同じようにハサンに市場で買われた奴隷たちらしい。一応ハサンの名誉のために言っておくと、美男美女ばかりと言っても別にいかがわしい目的で集められた奴隷ではない。単純に美しいもの好きのハサンが衝動買いをしてきては、そのあと屋敷で働かせるなり、良い主人の元に送り出すなりしている奴隷だ。

「ハサン様はとても良い人よ。ちょっとおバ……おおらかでたまに口説《くど》いてくるってだけ。お金持ちってそんなものよね」というのは、その奴隷仲間の一人の言葉である。

彼らはアキラのことを皆、うっかり奴隷になってしまった世間知らずな外国人のお坊ちゃんだと思っているので、やたらめったらいろいろなことを教えてくれるのだ。

「安心して。何も怖がることはないのよ。ハサン様に買われるのはとても幸運なことなんだから。この家の顧客は社会的に地位の高い人やお金持ちばかりなの。私たち、ハンサムで優しい主人にお姫様のように甘やかしてもらえる可能性だってあるのよ。まあ神様にでも愛されていない限り巡りあえないような確率だけどね」

王宮には奴隷がいないので、彼ら彼女らの事情をほとんど知らなかったのだが。周囲を奴隷たちに囲まれているおかげで、アキラは随分奴隷にくわしくなった。

例えば、奴隷の大半は奴隷と奴隷の間に生まれた子供であるとか。

時たま借金をしたり、諸々の事情で、市民に生まれた人間が奴隷になることがあるけど、その時は契約書に名前を書く必要があるとか。

なのでアキラは「アキーラってなんかな、働かせるの気がひけるんだよな。なんでだろ、小さいからかな。なんかあんまり重労働をさせるとのちのち後悔をする気がする」と妙に鋭いことを言うハサンに唯一任された、中庭をさくさくと箒《ほうき》で掃《は》くという仕事をしつつ。仲間たちの話にウンウンと相槌を打ちつつ。喉の回復を待つという日々を送っていたのだ。

問題の噂を小耳に挟んだのは、そんなある日である。

「ねえ、聞いた？　どこかはハッキリと書かれていなかったんだけど、同じ街にある奴隷店が誘拐犯に無理やり契約書を書かされた見目《みめ》の良い子たちを仕入れて、黙ってお客に売っていたんですって」

……ものすごく聞き覚えのある話である。

アキラは思わず箒の手を止めた。

「なんでもそこの支配人が行方不明になったのをきっかけに判明したことらしいわよ。そろそろバレると思って逃げたのかしら」

そして続く言葉に「んん……？」と思いながら振り返ることになった。

それから号外を集め始めたのである。

号外が言うにはまず初めにオアシスで宿に勤務していたという従業員の男が勤務中に唐突に姿を消し。その次にトバリスからオアシスに物資を運ぶ馬車の御者をしていたとかいう男が馬車だけを残して失踪し。そしてつい一昨日《おととい》、ついにあの奴隷店の支配人がいなくなったのだとか。

そんな号外を読んで昨日辺りからアキラが思ったことは……。

「(だんだん近づいてきているな……)」

……ということだった。

間違いない。だんだん近づいてきている。オアシスから砂漠、トバリスの街と、段々と近づいてきては確実にターゲットを始末している怖い怖いメリーさんがいる。

声が出せないので誰にもそのことを伝えられないアキラはシパ……と無力に瞬きをするほかなかった。

しかし、いくらライルとはいえ、流石にこの屋敷にまではたどり着けないだろう。

支配人もあの広い店の中の一人の奴隷が、自身の不在中に誰に買われたかまでは把握していないはずだ。

だからアキラは早くハサンとの意思疎通を成功させるべく、彼の元に日参している。

大抵は今みたいに日が暮れる時間の中庭。仕事終わりの休憩をしているハサンの元に向かってあーでもないこーでもないと試行錯誤しているのだ。

アキラは今日も号外を手にハサンの隣に座っていた。

「行方不明者続出？　ああ、物騒な話だよな。大丈夫、うちの屋敷は安全だから。あっちこっちにバカ高い骨董品《こっとうひん》なんかがあるせいで警備は王宮並みだ」

アキラが違う違うと首を振りながら、持ってきた号外を指差し、そして自分を指差してみせる。

「護衛の男が心配なのか？　残念ながらまだ見つからなくてなあ。ライルくらいの男前って話ならすぐに見つかりそうなもんだけど……。アキーラを馬鹿にするつもりはさらさらないんだが、惚れた贔屓目《ひいきめ》で大袈裟に言ってるってことない？？　本当にライル並みの男前？　あのレベルは本当になかなかいないと思うけど」

「……」

だが見ての通り、一週間経っても、ハサンとの誤解は解けていない。

これには事情があるのだ。

別にそれはハサンが鈍《にぶ》いとかそういうわけじゃない。むしろ彼はよく頑張ってくれている。初対面でなんの情報もないアキラの口の動きを、この数日で随分と読み取ってくれるようになった。

それなら、彼と共通の知人で先ほどから何度も名前の出ているライルがアキラの探し人なのだと伝えることは簡単なはずなのだが。

ここで問題が一つ。

「悪いな。もう少し護衛の情報を教えてくれないか。黒髪にブルーの目に、あとは？」

アキラは心優しき軟派男、ハサンの言葉に顔を上げ、とんでもない難題を突きつけられたというように額に手を当てた。

ライルの特徴……ライルの特徴……。

ライルに特徴なんていくらでもある。あれほど凡人《ぼんじん》という言葉からかけ離れた男もいない。説明なんて容易なはずだ。

しかしアキラはハサンにこうして尋ねられるたび、言葉を詰まらせ頭を抱えてしまう。

「（やさしい、きがきく……）」

「や、やさしくて……気が利く？？　そうか、アキーラの護衛は優しくて気が利くのか。そこはライルと真逆なんだな」

ハサンの言葉にアキラが頭を抱える。これだ。これなのだ。

「ライルは他人に興味なさすぎて、ちっとも気が利かないんだよ。そもそも身の回りの世話なんてさせられたもんじゃないし」

「……」

アキラの知っているライルと、ハサンの知っているライルがあまりにも違うのである。いや正しくはアキラの前で見せるライルの顔と、その他大勢の前で見せるライルの顔が違うというべきか。

アキラの知っているライルは隅々まで気遣いをしてくれる男だ。ライルほど気がつく人なんていない。逆に隠し事ができなくて困るくらいである。

しかしハサンの知っているライルはそうじゃないらしい。

「(……ごはんが、おいしい！)」

「え、アキーラの護衛は、料理までできるの？　すごいな。ライルなんてマジで奇跡的な料理下手《へた》すぎて、料理当番を外されてたぞ」

誰だそれは。一体誰の話をしてるんだ。

アキラが首を振る。

アキラの知っているライルは王宮の料理人に負けないくらいに料理上手だ。というか多分それライル、料理当番がだるくて、メシマズを装《よそお》っていただけだ。間違いない。ライルはそういう男である。

「(……すごく、つくしてくれる！)」

「……まじか、ライル並みにイケメンなのに？？　そりゃあ、とんでもなく良い男だな。ライルはそもそもプライドが高くて、人に尽くしたりできるタイプじゃないんだよ」

いいえ、十分すぎるほど尽くしてもらってます。むしろライルは恐らく、あれでかなりの尽くし体質です。その彼を従者のように傅《かしず》かせ、宝物のように全身をピカピカに磨かせましたと言ったらハサンはどんな顔をするだろうか。

アキラが目を瞑った。

「……はあ、その点俺なんてめちゃくちゃ優しいし料理もそこそこできるし尽くすタイプなのに。何故オレは神子様の護衛に選ばれなかったんだろう。……知ってる？　アキーラ。ライルって『毎日何時間も神に祈る意味が分からない。自分で行動した方が確実だし手っ取り早いだろ』って真顔で言っちゃうようなタイプなんだぜ。罰当《ばちあ》たりだよな。ほんと」

「……」

知ってる。

アキラがハサンの顔を見、頷いた。

これもまた、アキラがハサンとの意思疎通を急ぐ理由なのだ。

なんとこのハサン、かなりのイスリール教信者なのである。

大富豪の息子で美しいもの好きな軟派男なのに。毎晩聖典に手を当ててお祈りをするくらいには真面目に信者をやっているらしい。海外セレブがめちゃくちゃ真面目に教会に通っていたりするあれなのかもしれない。

そんな敬虔《けいけん》なイスリール教信者の彼だからこそ、過去にわざわざ戦場に行ったりしていたし、今はこうして、敬愛する神子様の護衛の任をライルがしていることにギリギリとハンカチを噛み締めているのだ。

「俺の方が間違いなく神子様を尊敬しているのに」

これがハサンの言い分である。


「……」

アキラは今から、その尊敬している神子様の足に奴隷のアンクレットをガチャリとつけてその鍵を保管してしまっていることを知った時のハサンの身を案じていた。

「どう思うアキーラ？　俺だってライルになかなか負けてないよな？　アキーラもライル似の護衛のことなんか忘れて、俺に惚れてくれたっていいんだぜ？」

こうして距離を詰め腰を抱いてくるのも、心配である。

この一週間と少し、馴《な》れ馴《な》れしくしまくっていた相手が神子様だと知った時、この気の良い男はどうなってしまうのだろうか。

相変わらずパーソナルスペースが激狭であるハサンの顔をムギュ……と遠ざけながら、彼と同じくらい信心深い王宮の人たちを思い出し、アキラが眉を下げた。

おそらく神子様の腰を抱いたり、君の顔のどこがセクシーで俺はクラクラしちゃうんだぜ、というような口説き文句を囁いたりするのは、信者の彼らからしたらものすごく失礼な行為に当たるのではないだろうか。

真実を知ったら爆発四散とかしてしまわないだろうか、大丈夫だろうか。

「ライルには流石に敵わないけどさ、あいつの次には強いって言われたんだぞ。アキーラの護衛はそこまでじゃないんだろ」

「……」

——いいえ、そこまでです。というかそのライルです。

アキラはフゥと諦めたようなため息をついて、そっとハサンの手を取った。

この一週間、突っぱねられるばかりだったハサンが「え、」と驚いた顔をして口を開ける。

アキラがハサンの手を自分の喉元に誘導し、そこにペタリと触らせたからだ。

隣に座っていた彼へ身を乗り出す形になり、顔が近づく。

もう喉の痛みはすっかりない。頑張ればいまいち音にならない息のようなものではあるが、今日はそれっぽい音が出るようになった。恐らくは急がなくとも明日や明後日《あさって》にはそれなりに声が出せるようになるだろう。

しかしこのもどかしさをこれ以上我慢できない。

アキラは思いっきり喉を引き絞り真実を伝えた。

「(ライル、似、〝じゃない〟。ライル、〝を〟、探してる)」

〝じゃない〟のあたりで首を横に振り、〝を〟の口を強調する。

突っぱねていた腕を取った上、自分で距離を詰めてきたアキラに何か勘違いをしたのだろう。「ついに心を開いてくれたんだねアキーラ……」ともうすぐでアキラに熱いベーゼでもしそうになっていたハサンが「……ん?」とアキラの顔の直前で動きを止めた。

パチと目が開き、至近距離で彼と目が合う。

「……ライルを、探してる?」

そう！

アキラが目を輝かせた瞬間、ハサンの視線が何かを捉えて、ゆらゆらとアキラの右斜め後ろへ向かった。

そしてそのハンサムフェイスが、どうしたことかみるみるうちに青ざめた。

彼の目と、どうも視線が合っていないことに気がついたアキラが怪訝に首を傾げ、ハサンの視線の先を追う。

そしてピタリと動きを止めた。

日が落ちて暗くなった屋根の上。そこには片膝をつき、肩にはムチムチの鳩を乗せ、真顔でジ、とこちらを見る黒い人影があったのだ。

たっぷりとしたショールを頭から肩にかけて巻いている上に、逆光になっているせいで巨大な黒い塊のように見える。

しかしそのショールの隙間では鮮やかなコバルトブルーがシン……と静かに輝いていた。

そして無言で矢を番《つが》え、キリリと弓が引き絞られる。

それを見たアキラが固まっていた顔を動かし「あ……」という顔をした。

アキラに今にもキスをしようとしていたハサンも「あ……」という顔をする。

「ま、待った待った……」

青ざめた顔の彼に、スパンと無情にも矢が放たれる。

16 再会

「「……」」

矢が刺さった先を、二人が同時に振り返る。

矢はハサンの鼻先を掠《かす》めるように通り過ぎて、アキラの近くにいた蠍《さそり》を射抜いていた。

至近距離に接近していた人間二人の顔の間を縫い、背後の小さな蠍を仕留める。とんでもない技術である。

ハサンはこんなことができる男を一人しか知らなかった。

屋根の上から音も立てず、身軽に飛び降りたライルが感情の読めない顔でスタスタと歩み寄ってくる。

先程アキラの唇から読み取った言葉を思い出したハ

サンがタラタラと冷や汗を垂らし、「エ……？？」という声を出しながら、ペリ……とアキラから引《ひ》き剝《は》がされた。

「すみません、アキラ様、遅くなりました」

男のショールが落ちて、その整った顔が顕《あらわ》になる。

「……ラ、ライル？？」

腰のベルトを掴み持ち上げられたハサンが、長い手足をプラン……と垂らしながら掠れた声を漏らした。

王都で神子様の護衛をしているはずのライルが突然目の前に現れたのだ。彼の混乱は推《お》して知るべしである。

しかしライルの中には優先順位がある。彼はタラタラと汗を流すハサンを鷲摑んだまま、静かに光るコバルトブルーの瞳でアキラの全身をスキャンするみたいに見回していた。

不届きものたちとお話し合いをしたことにより、アキラの身に何があったのかは大方把握している。しかし、なんせ一週間以上も離れていたのだ。

怪我はない。健康状態も問題なさそうである。


そうやって冷静にアキラのことを見たライルの目が、ヒタ……と足首に付けられている太い鎖のアンクレットのあたりで止まった。

ピク、とその形の良い眉が一瞬だけ痙攣し、ハサンの体がゆっくりと持ち上げられた。

さて、ハサンは馬鹿ではない。

えーと、目の前にライルがいて、ライルがなぜかアキーラのことをアキラ様と呼んでいて。

そうやって順繰《じゅんぐ》りに事実確認をした結果、彼はどうやら今まで、アキラが何を一生懸命伝えようとしていたのかを理解したらしい。ライルと同じようにアキラの足首を見。

「あ、俺って地獄に落ちるんだ」

なるほどね、と真顔で頷いた。

アキラが横で首を振っているが、ライルと迅速に情報交換をして解放されたハサンは、ストンと椅子に座り込み、ずる……と背もたれに倒れ込んだ。今は膝の上に置いたムチムチの鳩を撫でながら遠くの空を見ている。

どうやら現状を理解するのには少々の時間が必要なようだ。

鳩に「俺、アキーラ様に何させてたっけ。中庭掃除？　落ち葉拾い？？」と話しかけているハサンの様子にアキラが「ああ、やっぱりこうなった」という顔をした。

イスリールの人たちが一度こうなってしまっては、もう何を言ってもダメなことをアキラは王宮での経験でよく知っている。

逞しく快活で朗《ほが》らかな彼らだが、信心深い分、ことアキラに関してはものすごく繊細《せんさい》で自罰的なのである。アキラがちょむと髪飾りをむしっただけで綺麗なお姉さんである女中さんが泣いたのを思い出せば分かる通り、こうなってしまってはアキラが何を言っても聞かないのだ。

チョロ……と流れた涙をむちり……と体で拭《ふ》かれている鳩が、アキラにどうにかしてくれという視線を向けてくる。

ライルの膝の上に回収されたままのアキラはゆっくり首を振ることでそれに答えた。どうか付き合ってやってくれというジェスチャーである。

ちなみにライルはアキラの体を検分している。ライルから離れるたびアキラが流血事件を起こしているせいだろう。今回の流血はこれだけです、とアキラがすでに塞《ふさ》がった指先の傷をライルに見せた。馬車で寝ている間にいつのまにか血判を押させられていた傷である。

基本的には馬車で寝ていて、そのあとはハサンに買われて中庭掃除をしてました。

そう唇の形で伝えるアキラにライルが眉を僅かに顰めた。指先の傷もそうだが、アキラの声が出ないことに動揺したらしい。

「……なるほど。喉は誘拐される時に使われた薬のせいですか」

流石ライル。相変わらずの察しの良さである。

アキラがこれだよこれ、という感じで深々と頷いた。

この一週間、すれ違いコントみたいな生活を続けていたせいでコミュニケーションエラーが起きない会話に感動を覚えているのだ。

「てかなんで、お前がついてて神子様が誘拐なんてされたんだよ……まさかそんなの想像してないし……」

そんな二人の会話を呆然としながら聞いて、嘘だろ本当に神子様なの……と鳩に顔を埋めたハサンの声に、アキラとライルが視線を向けた。

「手紙を取りに行った間にやられたんだよ。宿の従業員がグルだった。俺の不手際《ふてぎわ》だ」

ライルが不愉快そうに眉を顰めつつ答える。

その隣でいやいや、ライルは悪くないと、アキラが首を振った。強いて言うなら俺が起き渋ったのが悪い。いや、俺も悪くないか。普通にあの宿の従業員が悪いか。

誰も宿の部屋から誘拐されて奴隷市場に直輸送されるなんて考えるはずもないのだから仕方がない。

ライルも驚いただろう。ほんの数分部屋を留守にした間に誘拐されているんだから。

そもそもライルはどうやって従業員が犯人であるという事実にたどり着いたのだろうか。


アキラがライルを見つつ、首を傾げた。

すると、流石、アキラの期待通り声などなくても何が言いたいか分かってくれたライルから端的な説明が入る。

なんでも、もぬけの殻《から》になった寝台と置き去りの靴（つまりはアキラ自身が歩いてどこかに行ったわけじゃないということだ）を見つけ、開け放たれたままの扉を見、自身の腰にある剣の刃が十分に磨かれていることを確認し、迅速に部屋を出たらしい。

そしてまずは支配人を呼び出した。鍵を開けられる人間は誰がいるのか、と。そして従業員が一人いなくなっていることを知って、あとは……号外で読んだ通りである。

「手紙って何の手紙だよ……。神子様より優先する必要がある手紙なんかあるかよ……」

鳩を胸に抱きしめたままボソボソ呟くハサンの質問に、アキラの無事を確認し終わったライルが「……アキラ様、国王からの手紙です。こんな時ですが早めに内容を確認しておいた方が良いかと」と懐から手紙を差し出す。

イスリール神をモチーフにしたのだろう鷲の紋章が刻まれた封蠟《ふうろう》印を見つめ、アキラはパチリと目を瞬かせた。

17　手紙

どうやらアキラが失踪したことにより、ライルも中身を確かめる時間がなかったらしい。まだ封は開いていない。こんな時だが、確かに早く中を確認した方が良いだろう。

手紙越しとはいえ、王宮を出てから王様と話すのは初めてである。一体どんなことが書かれているのだろうか。

ゴクリ……と唾《つば》を飲み込み一つ息を吐いたアキラが、「どれどれ……」と封を開ける。

そして、「うわあ」というように口を開けて、ライルの方を見た。

そっと鳩から顔を上げたハサンも「うわあ」という顔をしている。

なぜってペラと開いた紙がアリみたいな小さな文字でギッチギチになっていたからである。

なるほど、これはなかなか読み応《ごた》えがありそうだぞ。

アキラは気合を入れつつ一行目に目を通した。

手紙はまず、アキラの身を心配する文言から始まった。

ご飯はちゃんと食べてますか、夜はよく眠れていますか、怖い目にはあっていませんか。ある日突然実家を出てしまった可愛い可愛い娘や息子に親が言うようなそれである。

予想はしていたがだいぶ長い。

初め「ああ、やっぱり心配をかけていたのだなあ」と罪悪感を感じた顔をしていたアキラも、三分を過ぎると瞬きの回数を増やし、五分を過ぎると視界の端に映った鳥とかをつい目で追い始めていた。

ちら、と隣を見れば、ハサンが国王の心中を察すると言うように沈痛《ちんつう》な顔をしていて。

ちら、ともう片方を見れば、ライルが眉を寄せてあからさまに「長……」という顔をしている。

『とはいえ、アキーラ様のご事情というのも理解いたしました。神子のお力についてのことですが……』

ああ、よかった。本題に移った。

手紙の内容の変化にアキラがホッと胸を撫で下ろす。

そして読み進めるうちに段々と眉間に皺を寄せ、顔を歪《ゆが》め。アキラの顔がクチャクチャになった頃に、手紙がようやく終わった。

内容は王宮内で話し合われていたものと同じ。神子の力を使うのが嫌なので使わないという理由では、教会の爺様方を納得させるのがどうしても難しい、という何とも正直なものである。

そこまではよかった。そこまではアキラも「……まあ、そうなるか」と冷静に読むことができた。

問題は、この機にアキラの護衛をライルから変更しようと爺様方が口々に言い始めているという記述があったことだ。

「は……？」と動揺するアキラの横でライルは「まあ、こうなるか」と眉を上げていた。

無理もない。アキラは理解していないが、ライルは教会の爺様達の心情をある程度理解している。

なんせ彼らからすると、自分たちより半世紀以上も年下の可愛い可愛い大切な大切な神子様が、ちょっと目を離しているうちにいらぬ虫をつけていた、という状況なのだ。

しかもその虫こと恋人が、奴隷上がりの男。それもアレクのようなニコニコ愛想の良い好青年ならいざしらず、とんでもなく可愛げのない男なのである。

ライルは王宮で一人歩いているところ、爺様方に呼び止められ、やんややんやと難癖《なんくせ》をつけられた経験が既に何度もあった。

アキラには黙っていたが、「お前は神子様への態度がなっとらん！」「神子様がお優しいからといって！」「どうせそのやたら綺麗な顔で取り入ったんじゃろう！　甘い言葉を囁いたんじゃろう！」「何を言ったんじゃ！」「どんな顔で囁いたんじゃ！」と詰め寄ってくる爺様方の話を「はあ……」と顔だけ神妙な表情を作りながら、どこ吹く風で腰の後ろで手を組んで、近くをひらひら飛ぶ蝶々なんかを横目で見ながら何度も何度も聞いていた。

だからこそこの旅を始めた頃から、要求を通して王宮へ戻ることを理想としつつ「まあ、そう簡単にはいかないだろうな……」という苦い顔をしていたのだ。

あの爺様方が絶対邪魔をしてくるだろうし、この機に「神子様を誘拐した不届きもの」として自分をアキラから引き剝がそうとしてくるだろうなと分かっていた。

分かっていたがそれはそれとしてアキラに神子の力を使わせるのがどうしても嫌だったので、今回の旅を決行したのだ。

隣ではアキラが頭を抱えている。

もはやこうなっては王宮に帰るという選択肢はない。アキラはライルと離れる気なんてさらさらないのだ。

しかし、「よし。じゃあどこか良い街を見つけてそこに暮らそう！」と明るく未来のことを話すには、ちょっと時間が必要だった。

何故ならヒョイと見た手紙の裏の宛名書き……「親愛なるアキーラ様」の文字が何らかの液体で滲んでいるのを発見してしまったからである。

誰の流した何の液体なのかは想像に容易《たやす》い。

アキラの脳内では気の良いナイスミドルの王様が「こんなこと正直に書いたらアキーラ様帰ってこないかも……でもアキーラ様に嘘とかつきたくないし……」とグズグズ泣きながら手紙を書く様子がありありと再生されていた。あとはご主人に捨てられた犬のように眉を極限まで下げてその背中を摩《さす》るアレクの姿も。

——う。

良心が痛む。

アキラは王様のことが好きである。ライルに会う前、慣れない王宮暮らしに苦労をしてグッタリしていた頃、しょっちゅう他国の大使などが持ってきたお菓子を懐に入れてアキラの部屋を訪ねてくれたし。王様業をやっている時はキリリとしているらしいが、アキラの目の前ではいつもニコニコ照《て》れ照《て》れして、王様の冗談で少しでもアキラが笑うとそれはもう嬉しそうな顔をする、愉快な親戚のおじさんみたいな人なのだ。

今回の失踪はどうやら公《おおやけ》にはされていないようだし。

アキラが王宮に帰らなければ、きっと王様は色々と苦労することになるんだろう。

それが大変心苦しかった。

王宮の人たちのこともある。

アキラが王宮内を散歩していると「あ、アキーラ様だ」とニコニコ笑って振り返って「おはようございますアキーラ様」と優しい声で挨拶《あいさつ》をしてくれたあの人たちは、自分がこのまま帰らないと手紙を出せばものすごく悲しむんだろうと思うとすぐに答えを出せなかった。

——力は使いたくないし、使ってくれと圧力をかけられたくもない。

ライルとも勿論離れる気はないし。

しかしこのまま王宮を離れて姿をくらませるのも気が引ける。

そのへん全てを解決するような手段があれば良いのだが、そう都合の良い話があるはずもなく。

当たり前だ。そもそもそんなものがあればとっくにライルが思い付いているはずである。

ライルに思い付かないものをアキラに思い付けるわけがない。

逆にアキラになくてライルにはあるものならいくらでもある。例えば頭の出来とか、この世界の常識とか。

そして反対に、アキラにあってライルにないものなんてないのだ。

——仕方ない。こんな形で王様たちとお別れするのは気がひけるけど、このままま旅に出るしか。せめて国外には出ないからと手紙を送ろう。

そうアキラが顔を上げた動きで、彼の足首についている鎖のアンクレットがチャリと音を立てる。

その小さな音で、まだどこか呆然とした様子だったハサンがハッと目を見開いて椅子から起き上がった。

ようやく解放された鳩がパタパタと飛んで、アキラの頭に止まる。

「いやいや、オレ、グッタリしてる場合じゃないな。

いますぐそのド失礼な鎖を外さないと」

――ああ、そうだ。そういえば、俺まだ奴隷の証《あかし》をつけたままなんだった。

ハサンの呟きを聞いてアキラがふと自身の足元を覗き込む。その仕草は分かりやすく「たった今までこれのことを忘れていました」という動きで。それを見たライルが信じられないものを見るような顔をした。

彼らにとっては、このアクセサリーはとてもじゃないけど無視できないものなのだ。

やはりこの辺が、イスリール人とアキラの違いである。

アキラはこれが奴隷の証であるという知識は仕入れたが、それに対する嫌悪感や抵抗感までは共有できていないのだ。

――だからきっとこれは、アキラにしか思い付かない考えだったのだろう。

「オレが契約書ごとアンクレットを引き破り粉々にしたのち火で焼いてその炭を飲み込んで、神子様が奴隷になった事実ごとなかったことにするべきなのでは……」

ハサンの自罰的な呟きを聞きながら、アキラは契約書と鍵を受け取った。そして。

――別に奴隷になったといっても中庭の掃除をしていただけだし……ライルの友人という話だったから大丈夫だろうと分かっていたし……そんなに気にすることないのにな。

と、そんなことを考えたのである。

でもきっと国の神子が奴隷になったなんて長い歴史でも初めてのあり得ないことなんだろう、王様たちとそれこそ教会のえらいお爺ちゃんたちが見たら失神しそうだな、と。

そもそも、国の神子を個人が所有するなんて許されるものなんだろうか。

受け取った契約書を覗き込む。

そこには契約書を持った人間が、サインを書いた……つまりはアキラの全てを保有する、と概《おおむ》ねそのようなことが書かれていて、その下に確かにアキラのサインと血判が押されていた。

よくよく考えてみればこの契約書って多分すごいものである。神子の力ごと、アキラのことを所有できる紙なのだから。

奴隷をどのように働かせるかは主人の意向による。

忙しく働かせるもよし。呑気に中庭を掃かせるもよし。何もさせずに美味しいものを与えて愛《め》でるもよし。

例えば……そんなことは万が一にも彼らはしないだろうが……王宮の爺様方なんかが手に入れたら彼らは合法的にアキラに力を使わせることができるし。

反対に、アキラに力を使わせたくない人がこれを手に入れれば「神子の能力は使わせません」と勝手に断言する権利を手に入れることができる。

そこまで考えて、アキラはピタ……と動きを止めたのだ。

——え、いや、全ての解決策、目の前にあるじゃんと。

まるで天啓《てんけい》を得たような顔をしてライルを見上げる。

当然丸い目に見つめられたライルが怪訝に眉を寄せた。

そして、すっ……と無言のまま胸に押し付けられたもの……契約書と鍵を見下ろして、コバルトブルーの瞳をゆっくりと瞬かせ。

「(幸運の神子、今ならお買い得なんですけどどうですか)」

アキラの口を読んだライルはじわじわと目を細めたあと、彼らしからぬ動揺した様子で「……ハ？？？」と掠れた低い声を出すことになったのである。

18　イスリールの神子様

「……ハ？？」

数週間後。

撫で付けていた髪をぱらりと垂らし、いつだかのライルと同じような声を出す王様の姿がそこにはあった。

「アキーラ様、今なんと……？？」

久しぶりに会った王様はなんだかちょっぴり痩《や》せていた。

相変わらずナイスミドルなおじさまではあるが頬のあたりが前より少々こけていて、アキラがいなくなっていた間随分苦労したらしいことが窺える。

「うん、だから」

そんな王様に、アキラが気を遣ったようにゆっくりと頷き口を開く。

「俺、ライルの奴隷になりました」

そして上記の、全イスリール人に横っ面をモーニングスターでぶん殴《なぐ》られたような衝撃を与えるだろう言葉をなんの邪気もない顔でニコリと告げた。まるで「だから安心してね」とでもいうような顔だった。

「……エ？」

話についていけない王様の視線が、よろよろとアキラの後ろに控える保護者……ライルの方へと向かう。

しかし目が合わなかった。ライルがそっと目蓋を閉じているせいだ。

その隣ではあの大富豪の息子であるハサンが頭に鳩を乗せたまま無言で顔を覆っている。

王様についてきたアレクは目をこぼれ落ちそうなほど見開いて固まっていた。

その場にいる全ての美男子たちが、部屋の中心のソファーでニコニコと笑っているたった一人の華奢な神子様に翻弄《ほんろう》されて、王様に助け舟など出している余裕がないのは一目瞭然だった。

パチ……と瞬きをした王様がよろよろと顔を上げ、再びアキラを見る。

——今、なんと言われたんだったか。

突然のことすぎて頭が混乱している。

そもそもアキラが失踪してから、たった今ハサンの屋敷に飛んでくるまで、ずっと王様の頭は混乱しっぱなしだったのだ。

特にこの一ヶ月近くは、しばらく前に送った手紙の返事が返ってこないことに、頭を抱える日々を送っていた。

神子様に嘘をついて連れ戻すようなことはしたくない。そもそもあのライルが隣についている時点で半端《はんぱ》な嘘が通用するとは思えない。そう思いありのままの現状を手紙に書いたのだが、待てども待てどもあのムチムチの鳩が帰ってこない。

王様は朝起きてはパジャマ姿でガチャ!!と窓を開け放ち、窓辺に止まっている鳩を一羽ずつむんずととっ捕まえ、何か持っていないかと鳩達の体をいじくり回しては寝癖頭を羽根だらけにして廊下にいる女中たちの前に登場する日々を送っていたのだ。

よもやアキーラ様の身に何かあったのではあるまいな……と檻の中の虎か何かみたいに王宮中をウロウロウロウロ歩き回る日々である。同じく落ち着かないらしいアレクもその後ろをついてウロウロウロウロウロ歩き回っていた。

仕方なしにここのところ日参している会議室では爺様方が話し合っているし。その話し合いの内容は、「どうやって神子様を安全に保護するか」から「神子様を傷つけない護衛の変更方法」に続き、「神子様に相応しいパートナー探し」にまで飛躍しているし。そのせいで会議室の机の上には国中の優秀な美男美女の絵画（お見合い写真みたいなものである）が山積みになっている始末だし。

王様は会議室の様子を見渡しては「はぁ～……」と深いため息をつき、ウィンクをするハンサムたちの絵画の隙間にパタ……と額から突っ伏して。「やっぱりあんな馬鹿正直な手紙を送ったからには、もう二度とアキーラ様とは会えないのだろうな」とチョロリと涙を流して日々を過ごしていたのである。

さて、そんな中、ようやく帰ってきたあのムチムチの鳩の姿に王様は狂喜乱舞した。

ああ、よかった。アキーラ様はご無事だった。そして返事を書いてくださった。

王様は鳩を飛びつくようにして捕まえて、「ありがとうございます……！」と足に持っていた手紙を受け取った。

そして中身を見て、「え？」と声を上げた。そこには想像していた手紙はなく、一枚のメモがペラと落ちてきたのだ。メモにはトバリスの街の住所が書かれており、さらに奥には。

「奴隷購入証明書？？」

奴隷を購入して所有したことを証明する書類の写しが入っていたのである。

なぜこんなものが？

王様は首を捻りながら書類に目を通し、はたと全身の動きを止めた。文字通り全身も全身。脳みその回転から瞬き、呼吸から心臓の鼓動までをも止めた。

そして目を見開いたまま、「……今すぐトバリスに出立《しゅったつ》する。最低限の護衛で良い。アレク、ついてきてくれ」と呟いてふらふらと王宮を出ていったのである。

それからは馬を走らせ超特急でトバリスまでやってきた。そしてアキラに冒頭のセリフを告げられ、ああ、あの書類で見たものは夢じゃなかったのか、と顔を額から顎まで、両手でゴシ……と拭う羽目になったのである。

奴隷に、なった……奴隷になったとは……？

動揺にオロオロと目を泳がせる王様の視線が、アキラの足首を捉える。白くて華奢な足首には何もついていない。

そんな王様の視線に応《こた》えてだろうか。アキラが左手を少しばかり持ち上げた。

シャラと控えめな音と共に極々《ごく》細い鎖が揺れる。一見ただのフィンガーブレスレットに見えるが、手首のあたりには確かに奴隷を証明する南京錠が……。

「アッ……」

王様は卒倒した。

「陛下――――！！」

それまで黙って王様の後ろに控えていたアレクがワッ！とその体を支える。

「……なんか俺たちがいない間に仲良くなった？あの二人」

驚いたように眉を上げたアキラが、ライルの方へ振り返り顔を見上げて言った。

王宮に取り残された者たちの連帯感である。

チラと視線を落としたライルがハア……とため息をついた。

先程から、こういった場にしては珍しくライルもぐったりとした様子である。

だが仕方がない。彼もアキラからの提案を呑むのにだいぶ渋ったあとなのだ。

少なくとも三日は駄々をこねた。

声の出るようになったアキラが「ライル〜……」と覗き込んでくるのを、手を後ろで組んだままフイとそっぽを向いて無視し続けていた。

随分粘《ねば》ったのだ。

後ろからぴょんと飛びかかられて首に手を回し、「ライル〜、俺のこと買ってよ〜」とねだるように言われても、目を瞑りツンとしていたし。

夜に体の上にのしかかられて「我ながら手はかかるけど、手がかかるほど愛着がわくって言うよ」と甘えて胸板に頬《ほ》っぺたを擦り付けられても、「ぐう」と寝たふりをして聞こえないふりをしていた。

何故、普段のように淡々と合理的にアキラを諭《さと》さなかったのかというと、今回ばかりはアキラの案が何よりも合理的なものだったからである。

しかしそれは、ガタガタと揺れる乗り物の車内で、外国人観光客の方が弁当の白米の上にブスリと箸《はし》を刺して「箸を落とすことも、うっかり服を汚すこともない、こうするのが一番効率が良いよね」と頷くような合理性だ。

それも「箸を食べ物に刺すのはね、故人の枕元に供える枕飯《まくらめし》を連想させるからよくないと言われているんだよ」ということをなるほどなるほどと理解した上で、「でも、箸を白ごはんに突き立てることで何か不幸が起こるわけじゃないんだから、今ある問題を解決する手段がそれしかないのならそうするのが一番良いじゃないの？」という合理性である。「俺も助かるし、箸を落として隣の人の服を汚したりすることもなくなるし」と。要するにその土地で育った者にはギョッとせずにはいられない、効果は抜群だが突飛《とっぴ》な案だったのだ。

「そうすれば全部解決するじゃん。俺が被《こうむ》ることもないし、ライルとも絶対引き離されなくなるし。……何より、俺、思ったんだけどさ。〝神子様〟が奴隷になったら、奴隷差別しにくくなるとかないかな……。奴隷の人の扱いがちょっとでも良くなるかも……。……無理かな。無理か」

どこかふざけているようで、アキラにもこの旅の中で色々と思うところがあったらしい。先代神子様のように腕力で国民を守ることもできない非力な自分でも少しは役に立てるかも、とライルの顔を見上げてくるのである。

「……」

……アキラが何故そこまで奴隷のことを気にするのか、その理由が分からないライルではない。だが、自分が散々苦労をしてやっと抜け出した奴隷の身分に恋人を落とすなんて、やっぱり嫌なものは嫌だったので。

「アンクレットが嫌ならさ、他のアクセサリーを買ってよ。小さくても南京錠が付いて外せない形になってたらいいんでしょ？　あ、俺、前にライルに指輪をあげたよね。そのお返しに指輪が欲しいなあ」

ここぞとばかりに甘えた声を出すアキラにライルは顔を背け続けた。ハサンは「ライル、頑張れ、負けるなライル」と後ろで一生懸命に応援をしていた。


しかし、結局のところ、ライルは押し負けたのだ。押し負けたからこうなっている。

「俺は自己判断じゃ能力を使えなくなってしまいました。なんせ俺の身も心もライルの所有物となってしまったので……」

結婚自慢をする女の子のように左手を掲げるアキラの向かいで、王様がアレクの手を借りてずりずりと体勢を立て直した。

渋い顔をしたライルがアキラの後ろで「言い方……」とボヤいている。

王様が乱れた髪の毛を撫でつけ直す。

「それに、ライルを王宮から追い払ったら俺もセットで追っ払われてしまうし」

……なるほど。

アキラの言いたいことが分かったらしい。

王様が重たい仕草で頷いた。

とんでもなく突飛な思いつきだが、この上なく理にかなっている。

この契約により、ライルがアキラ自身の所有者になったのだ。つまりはライルがアキラの神子の力を行使する対象を選ぶことができるようになった。そして何より、ライルだけを王宮から追っ払ったりするようなことが決してできなくなったのである。

ライルの顔を見れば奴隷上がりの彼がこの契約を形式上のものだと考えているのは明らかだ。それでなくても彼がアキラを粗雑《そざつ》に扱うようなことはないだろうし。

王様は一度天を仰いだ後、アキラの顔を見る。「これで万事解決でしょ」という満足げな顔をしていた。

「うっかり奴隷になって良かった。怪我の功名《こうみょう》ってやつだな」

「滅多《めった》なことを言わないでください」

「大丈夫、王様。ライルは自分のものをとびきり大事にする男ですよ」

ああ、誰だろうか、この人を歴代の神子様より儚《はかな》くて気の弱い方だと言ったのは。

アキラは立派にこのイスリールの神子様だったのだ。

いつまで経っても祝福の恩恵《おんけい》が得られず「ええい、しゃらくさい、そんなもん俺が行ってぶちのめしてやりゃ万事解決だろうが」と腕まくりをして、引き留めるその他大勢を振り払い、戦場に突っ込んでいった先代神子様と何が違うというのだろう。

目的を達成するためなら手段を選ばない、イスリールの常識も通じない。

神子というのは元々そういう生き物なのである。

「それで、俺を王宮に住まわせたいとお望みなら、その場合はライルと雇用契約を新しく結んでもらうことになるんですけど……」

アキラの言葉と同時にライルが懐からスッ……と契約書を出した。

もちろんそこには、神子の力に関することと、今後もアキラの護衛はライルに続けさせることという文言があり。

王様は数度上から下まで読んだあと、致《いた》し方《かた》あるまいとペンを手に取る。

アキラがサインの書き込まれた紙を覗き込む。

「ライルと呑気に暮らさせてくれるのなら、この国でものすごく幸せに長生きするって誓《ちか》うよ。俺、王宮の人たちも王様も大好きだし」

そして、ライルとも王宮の人たちとも一緒にいられることを喜ぶような顔で微笑んでそんなことを言うのである。

この神子様がおそらく今までの神子様と違うところは、強さやカリスマ以外のところで、人にお願いを聞かせるのがとても上手いということなのだろう。

王様はアキラのとびきり可愛い笑顔を見て、眉を落としそんなことを思った。

さて、その後がどうなったかというと。

もちろんアキラは約束通り、王宮にしっかりと戻った。

爺様方にことの次第を説明するのは、王様がやってくれるというので安心だ。なんせ皆ご高齢なので、一人二人はフッと意識を失い数秒ほど心停止するかもしれないが。そしてまず間違いなく「神子様が奴隷になるなんて認められるわけがない」とそんな声が上がるだろうが。アキラはちゃんとイスリールの決まりに則《のっと》ってライルのものになっているのだから、今更どうしようもないことである。

ちなみに国民の混乱を防ぐため、アキラが奴隷になったという事実は内々に伏せられることになった。

今回の逃亡は神子様のお忍び旅でした、ということにしたのだ。嘘から出た実《まこと》とはこのこと。王都で馬車を貸してくれたジャヒームおじさんについた嘘が、本当のこととされたのである。

そのジャヒームおじさんがアキラの褒めた茶葉を神子様印の紅茶として売り出して、トバリスに憧れの別荘を構えたのは、これまた別の話。

「……やっぱ家が一番だよなあ」

アキラの気の抜けた声が慣れ親しんだ自室に響く。

アキラは久しぶりのロッキングチェアにゆらゆら揺れる幸せを享受《きょうじゅ》しながら、ライルに髪をさくさくとかれていた。

なんでも長いこと砂漠にいたせいで、髪が傷《いた》んでしまったらしい。

ライルの顔は大変不服げである。夜もつむじに鼻先を埋めて寝ていたし、どうも彼はこの子犬のようなふわふわ手触りの髪がお気に入りなようだ。

「アキラ様、昨日の夜ちゃんとヘアオイル塗りました?」

「忘れてたかも」

「俺は塗ってくださいとお願いしたはずですけど」

「だってライルがおじいちゃんたちに校舎裏に呼び出されて留守だったから」

アキラが仰向けにライルを振り返りながら言い訳をする。

「大丈夫? 上からゴミの水とかかぶせられなかった?」

「かぶせられてないです。もう何もかも分かったし、他のハンサムたちの絵画も全部燃やしたから、アキラ様に酷いことをしないでくれと老人に縋りつかれて泣かれて気まずくなっただけで」

「あっ……」

アキラが眉を上げ、「ご苦労様でございます……」と呟く。

あの異議申し立て逃亡生活からしばらくが経ち。流石に爺様方もライルをアキラから引き離すのはひとまず諦めたようで、今は奴隷になったアキラがどんな扱いをされているのかを心配しながら、会議室をうろうろみんなで徘徊《はいかい》するフェーズに移っているらしい。

なんでも神子様が奴隷の身分であるという事実が耐えられない一部の爺様方から、身分制度自体を見直すべき、なんて意見さえ出てきているというのだから驚きだ。

旅の事実が伏せられたことで頓挫《とんざ》したかに見えた「奴隷差別を少しでもなくせるかも……」というアキラの目論見《もくろみ》は、神子様可愛さにより、なんだか予想外の方向へ向かいつつある。

「もう髪ツヤツヤだよ、充分だよライル」
「全然充分じゃないです」
「……ブラッシングフリークだ」

とはいえ、アキラとライルの関係は変わらない。

契約書の場所も鍵の場所もライルにしつこくしつこく教えられてアキラも把握しているし。

ライルは相変わらず、アキラのことを綺麗に手入れして、甘やかしている。

相変わらずのお世話係とお世話される神子様である。

これでライルの所有物だというのなら、まるでライルの猫か何かになった気分だとアキラは思う。

「……ふふ、ね、俺、ハムスターとかよりは大分長生きしちゃうんだけど、最後まで可愛がってね、ご主人様」

揶揄うように眉を上げて笑ったアキラがライルの首に腕を回し甘えると、ライルが呆れたように笑って、アキラの鼻先にキスをしてくれる。

全てが丸く収まって誰も不幸にならずに済んで、まさにこれぞ、めでたしめでたしというやつだ。

……まあしばらく後に、神子様が愛を果たすためライルの奴隷になっていたなんていう衝撃の事実がどこからか漏れたことにより、少々のドタバタがあるのだが。

そんな先のことはアキラの知るよしもないことである。

もちろんそのドタバタがさらに後年、国中の奴隷差別にも大きな影響を及ぼすことになったり。結果としてアキラの名が戦争を鎮《しず》めたり村を飢饉《ききん》から救ったその他頼もしい歴代神子の名と並び、自らを奴隷の身に落としてまで奴隷制廃止のきっかけを作った慈悲《じひ》深い神子として歴史書に残されることになったり。……なんて壮大な勘違いのことも。

「あふ、」

ただライルのことが大好きなだけな、この呑気な神子様は知らない。

あとがき

このたびは「オタク、ムキムキばかりの異世界でハムスター扱いされてます」をお手に取っていただき、ありがとうございます。

本作は「とことんおバカなラブコメが書きたい！」という気持ちだけで書き始めたお話です。冒頭数話書いたあたりで「あれ、ちょっとふざけすぎたかな……」と不安になる程度には、楽しく書かせていただきました。だというのに、悪ノリを一緒に楽しんでくださる読者様方に支えられ、こうしていつのまにか書籍化をさせていただく運びとなっておりました。なんてことだ……！

また今回は、本編では書くことのできなかった、望まぬ謎パワーにキレつつ、なんだかんだライルとの二人きりを満喫するアキラと、ちまちま動き回る楽しげな主人（恋人）の様子を見守りつつ、さてどうしたものかなあと横目で阿鼻叫喚《あびきょうかん》の王宮をチラ見するライルと、泣く王様と、巻き込まれた哀れなチンピラたちと……書きたかったものを書かせていただくことができました。

相変わらずのふざけた珍道中にはなりましたが、本編と合わせて、（とびきり素敵な挿絵と合わせて！）、少しでも楽しんでいただけましたら幸いです。

チャトラン

弊社ノベルズをお買い上げいただきありがとうございます。
この本を読んでのご意見、ご感想など下記住所「編集部」宛までお寄せください。

リブレ公式サイトで、本書のアンケートを受け付けております。
サイトにアクセスし、TOPページの「アンケート」から
該当アンケートを選択してください。
ご協力お待ちしております。

「リブレ公式サイト」
https://libre-inc.co.jp

オタク、ムキムキばかりの異世界でハムスター扱いされてます

著者名　チャトラン

発行日　2024年6月19日　第1刷発行

発行者　太田歳子

発行所　株式会社リブレ

〒162-0825 東京都新宿区神楽坂6-46
ローベル神楽坂ビル
電話03-3235-7405(営業)　03-3235-0317(編集)
FAX 03-3235-0342(営業)

印刷所　株式会社光邦

装丁・本文デザイン　AFTERGLOW

Printed in Japan
ISBN978-4-7997-6766-5